Rieke Jost
Auf finsteren Wegen

AF178706

Das Buch

Irgendwer muss den alten Helmut Fänger abgründig gehasst haben. Auf einem Hochsitz im Kaufunger Wald wird die Leiche des Jägers entdeckt – unzählige Male wurde auf ihn eingestochen. Erste Hinweise führen Kommissarin Lodi Lenke und ihre neue Kollegin zu einer Gruppe militanter Tierschützer. Ein Leben für ein Leben? Die vielversprechenden Spuren am Tatort sorgen sicher für eine schnelle Aufklärung, hofft Lodi, denn noch immer ist für sie jeder Aufenthalt im Wald belastend. Doch je größer der Druck von ihren Vorgesetzten ist und je länger die beiden Kommissarinnen ermitteln, desto klarer wird ihnen: Sie sind dem Täter längst nicht so nah, wie sie zunächst dachten …

Die Autorin

Rieke Jost ist 43 Jahre alt und studierte Romanistin. Sie ist im beschaulichen Marburg in Mittelhessen aufgewachsen, umgeben von Bergen und Wäldern. Außer für Flora und Fauna interessiert sie sich für zeitgenössische Kunst. Sie schwimmt gern in den zahlreichen Seen in ihrer Nähe und hat ein Faible für lange Fahrradtouren. Als Kind wollte sie Kommissarin werden, doch da dies nicht geklappt hat, schreibt sie heute Krimis und lässt ihre Protagonistin Lodi Lenke ermitteln, die ihr in vielen Dingen sehr ähnlich ist. Mit ihrem Debütroman »In dunklen Wäldern« gelang ihr der Sprung in die Top 10 der Kindle-Charts und in die BILD-Bestsellerliste.

RIEKE JOST

AUF FINSTEREN WEGEN

KRIMINALROMAN

LODI LENKE ERMITTELT

Deutsche Erstveröffentlichung bei
Edition M, Amazon Media EU S.à r.l.
38, avenue John F. Kennedy, L-1855 Luxembourg
August 2024
Copyright © der deutschsprachigen Ausgabe 2024
By Rieke Jost

Umschlaggestaltung: Brian Barth, Berlin
Umschlagmotiv: © victor s. brigola / plainpicture
1. Lektorat: Lektorat Kanut Kirches
2. Lektorat und Korrektorat: Rotkel Textwerkstatt
Gedruckt durch:
Amazon Distribution GmbH, Amazonstraße 1, 04347 Leipzig /
CPI Druckdienstleistungen GmbH, Ferdinand-Jühlke-Straße 7, 99095
Erfurt /
CPI books GmbH, Birkstraße 10, 25917 Leck /
Libri Plureos GmbH, Friedensallee 273, 22763 Hamburg

ISBN 978-2-49671-500-2
e-ISBN 978-2-49671-501-9

www.edition-m-verlag.de

»So lasset die Ehe in Ehren sein und das Ehebett unbefleckt;
denn Unzüchtige und Ehebrecher wird Gott richten.«
(Hebräer 13,4)

Prolog

Seine Finger zitterten. Sein Blick huschte nervös zwischen dem handgeschriebenen Brief und dem Schwarz-Weiß-Foto hin und her. Gedanken ratterten durch seinen Kopf, Fragen, Bilder, Erinnerungen. Ihm wurde abwechselnd heiß und kalt.

Räuspernd machte sich die Frau neben ihm bemerkbar. Sie legte eine Hand auf seine Schulter. »Ich lasse Sie wohl besser kurz allein«, sagte sie einfühlsam. »Geben Sie Bescheid, wenn Sie etwas brauchen.« Mit einem mitfühlenden Blick zog sie sich ins Haus zurück.

Er schaute ihr kurz nach. Es war ausgesprochen nett von ihr, dass sie ihn in der Garage allein ließ. Sie musste gespürt haben, dass er einen Moment für sich brauchte, und schien ihm zu vertrauen, obwohl sie einander fremd waren.

Dann betrachtete er wieder das Foto. Es hatte in der Kiste zwischen den anderen gelegen, in einem Sammelsurium von vergangenen Momentaufnahmen, eingewickelt in den Brief. Laut der Frau musste die Kiste jahrzehntelang unbemerkt auf dem Dachboden gestanden haben, bis sie bei ihrem Einzug auf sie gestoßen war. Sie hatte alle Hebel in Bewegung gesetzt, um die Vormieter ausfindig zu machen. So war sie mit seiner Mutter in Kontakt gekommen, die ihm daraufhin aufgetragen hatte, hierherzufahren und die Kiste abzuholen. Doch woher hätte er wissen sollen, was ihn darin erwartete?

Jetzt verstand er, dass alles nur Schein gewesen war. Das Ereignis, das den Verlauf seines Lebens bestimmt hatte, musste sich völlig anders abgespielt haben. Darüber musste er mit ihnen sprechen, am besten noch heute.

Er legte den Brief und das Foto zurück in die Kiste, verschloss sie und klemmte sie sich unter den Arm.

Manchmal veränderte ein einziger Augenblick das Leben mehr als alle anderen davor, dachte er.

Nun hatte sich in seinem Leben bereits der zweite Wendepunkt ereignet.

TAG EINS

Samstag, Vormittag, Stadtmitte

Lodi hätte niemals gedacht, dass es mit Thomas so schnell bergab gehen würde. Sie saß ihm gegenüber am Wohnzimmertisch und versuchte, sich nichts anmerken zu lassen. Allerdings hatten sie jahrelang gemeinsam als Kollegen Fälle gelöst, sie konnte ihm nichts vormachen.

Ihn so zu sehen, traf Lodi mitten ins Herz. Er war nie ausgesprochen schlank gewesen, doch nun hatte er in kurzer Zeit weiter zugenommen. Außerdem war er noch fahler geworden, und seinem Geruch sowie seinem Bart zufolge hatte er seine Körperhygiene seit Tagen vernachlässigt. Lodi fragte sich, womit er seine Zeit verbrachte, seitdem er um seine Entlassung aus dem Dienst gebeten hatte. Er erweckte jedoch den Eindruck, als würde er nicht häufig unter Leute kommen.

Die Luft in der Zweizimmerwohnung war zum Schneiden. In der Stadt herrschte seit Wochen ein fast tropisches Klima, mit Temperaturen, die an der Vierzig-Grad-Marke kratzten, und einer Luftfeuchtigkeit jenseits von Gut und Böse.

Thomas' neue Bleibe befand sich in der vierten Etage eines heruntergekommenen Mehrfamilienhauses, in einer schäbigen Nebenstraße unweit des Hauptbahnhofs, nur wenige Gehminuten vom Polizeipräsidium entfernt. Er wohnte so nah an seinem alten Arbeitsplatz, dass vom Balkon aus über den Dächern sogar die Teppichetage zu erkennen war – das oberste Stockwerk mit den Büros der hohen Tiere. Seinem Ego entsprechend hatte sich Caspar von Rheinfeld, der Polizeipräsident, den größten Raum unter den Nagel gerissen.

Vor einem Vierteljahr hatten Thomas und Tina sich getrennt. Er hatte seiner Frau fast sein gesamtes Hab und Gut überlassen und nur das Allernötigste mitgenommen, sodass die Einrichtung seiner neuen Wohnung spartanisch ausfiel. Thomas kauerte auf seinem abgewetzten Sofa und quälte sich zu einem Lächeln. Von der Muckibude im Erdgeschoss drangen elektronische Musik, dumpfes Stöhnen und die Geräusche gestemmter Gewichte herauf.

»Und, wie gefällt dir meine Präsidenten-Suite?«

Er schenkte ihnen Wasser nach. Obwohl Thomas sich seit dem Vorfall nicht nur äußerlich verändert hatte, hatte er sich sein Faible für sarkastische Sprüche erhalten. Früher war er mit ihnen häufiger übers Ziel hinausgeschossen. Trotzdem freute Lodi sich, dass wenigstens ein Teil seines Charakters von den Ereignissen der letzten Wochen unberührt geblieben war.

Sie sah sich in dem Wohnzimmer um und tat beeindruckt. »Ich ziehe direkt mit ein. Ich bringe nachher die ersten Kisten rüber.«

Thomas lächelte verhalten und winkte ab. »WGs mit Frauen sind nicht mein Ding.«

Eine Zeit lang verfielen sie in Schweigen. Sie nippten an ihren Gläsern und vermieden es, sich anzusehen.

Schließlich räusperte sich Lodi. »Was machen deine ... Du weißt schon.«

Thomas wischte sich übers Gesicht. Sein Blick wurde glasig und weit, als würde er auf dem Tisch vor ihm verzweifelt

Halt suchen. »Seitdem ich das Zeug abgesetzt habe, sind die Attacken wieder da. Sie kommen und gehen, wie sie wollen. Schweißausbrüche, Atemnot, Muskelkrämpfe …«

»Du kannst es nicht weiter nehmen?«

»Nein. Sonst besteht die Gefahr, dass ich süchtig werde.«

Er sprach von dem Medikament Tafil mit dem Wirkstoff Alprazolam. Es gehörte zur Gruppe der Benzodiazepine und wurde zur Behandlung von Angststörungen und Panikattacken eingesetzt. Es beeinflusste das Zentralnervensystem, indem es die Weiterleitung von Erregungsinformationen hemmte.

»Und bei dir?«, fragte Thomas.

»Mir geht's von Woche zu Woche besser«, antwortete Lodi. »Die Therapie hilft.«

»Also keine Panik mehr?«

»Kaum. Ich kann mich immer länger im Wald aufhalten. Manchmal gehe ich sogar im Bergpark spazieren, stell dir das vor.«

Thomas' Nicken wirkte apathisch.

»Soll ich Dr. Klein ansprechen? Vielleicht hat er noch Kapazitäten?«

»Wurde ihm nicht die Approbation entzogen?«

»Ja, aber die Gründe kenne ich nicht. Mein Freund Norbert, der den Kontakt hergestellt hat, verrät sie mir nicht. Ich habe allerdings eine Ahnung.«

»Alkohol?«

»Möglicherweise.«

»Willst du es nicht wissen?«

Lodi zuckte mit den Schultern. »Ja und nein. Ich schätze die Ebene zwischen uns. Manchmal ist es besser, nicht alles über jemanden zu wissen.«

Ihr Handy machte sich bemerkbar. Für Anrufer aus dem Präsidium hatte sie die Titelmelodie des Tatorts als Klingelton eingestellt. »Tut mir leid, da muss ich rangehen.«

Traurigkeit huschte über Thomas' Gesicht. Er musste die Arbeit schmerzlich vermissen, denn er war mit Leib und Seele Kommissar gewesen. Bis zu der Nacht, in der er gezwungen gewesen war, seine Dienstwaffe abzufeuern. Er hatte die Entscheidung, den Dienst hinzuschmeißen, nicht freiwillig getroffen. Die Flashbacks hatten ihm keine Wahl gelassen. Sie überfielen ihn ohne Ankündigung, dann ließen sie ihn jene Nacht in der Hütte am Edersee aufs Neue durchleben.

Lodi sah aufs Display.

»Kathrin, was gibt's?«

»He, Lodi. Tut mir leid, wenn ich störe.«

»Schon gut. Was ist los?«

»Ein paar Wanderer haben eine Leiche entdeckt. Wir müssen hinfahren, es sieht wohl ziemlich übel aus.«

»Wo?«

»Auf einem Hochsitz im Kaufunger Wald.«

* * *

Kathrin wartete am Straßenrand. Als Lodi in den Grünen Weg einbog und ihre Kollegin sie erkannte, winkte diese ihr zu und startete den Motor. Lodi stieg auf der Beifahrerseite ein, sank in den Sitz und wünschte einen guten Morgen. Im Wagen war es unerträglich heiß.

Kathrin schenkte ihr ein breites Lächeln. »Hello Sunshine!« Sie schaltete den Ganghebel auf »D« und fuhr los in Richtung Osten. »Dann wollen wir mal. Die Kollegen warten schon auf uns.«

Sie arbeiteten erst seit Kurzem zusammen. Lodi war fasziniert von der guten Laune, mit der ihre neue Kollegin stets zum Dienst erschien, und fragte sich, wo Kathrin diese unerschütterliche Fröhlichkeit bloß herholte. Vermutlich lag es am Yoga.

Schweigend fuhren sie dem Stadtrand entgegen. Nach dem Kreisverkehr am Platz der Deutschen Einheit drehte Lodi sich um.

»Und, welche Weisheit ist es diesmal?«, spielte sie darauf an, dass ihre Kollegin über ihrer luftigen Leinenhose auch heute wieder ein T-Shirt mit Aufschrift trug, die allerdings vom Sicherheitsgurt verdeckt wurde.

Kathrin zitierte grinsend: »Ich war gerade beim Yoga und hasse jetzt alle Menschen ein bisschen achtsamer.«

Das entlockte auch Lodi ein Grinsen, denn dieser Spruch drückte mustergültig aus, welchen Eindruck sie von ihr, die an Thomas' Stelle gerückt war, seither gewonnen hatte. Als Tochter von Yogalehrern hatte sie den Sonnengruß zwar mit der Muttermilch aufgesogen, aber trotzdem war die Praxis für Kathrin nie zum Dogma geworden. Sie konnte sowohl über sich als auch über Yoga herzlich lachen, und neben der guten Laune schätzte Lodi das an ihr besonders.

Sie schaute wieder nach vorn auf den Verkehr. Sie hatten den Stadtrand erreicht. Bis zum Fundort der Leiche im Kaufunger Wald waren es nur noch wenige Kilometer.

Bisher spürte Lodi kein Kribbeln in den Beinen und auch keine anderen Vorboten einer Panikattacke. Der Zusammenbruch im vergangenen November hatte sich allerdings auch nicht angekündigt, sondern war schlagartig hereingebrochen wie der sintflutartige Regen damals über die Region. Selbst die zarten Therapieerfolge verschafften ihr keine Gewissheit, dass im Wald alles gut gehen würde. Die aufblitzenden Bilder aus ihrer Vergangenheit hatte sie zwar im Griff, aber inmitten von Bäumen fühlte sie sich nach wie vor ein wenig angespannt.

Lodi wischte sich den Schweiß von der Stirn. Sie streckte ihren Kopf ein kleines Stück aus dem Fenster und genoss den kühlen Fahrtwind auf der Haut. Das machte die Gluthitze zumindest für einen kurzen Moment etwas erträglicher.

»Ich bin dafür, dass wir die Klimaanlage einschalten«, ächzte Lodi. Ihre Hand wanderte in Richtung des Reglers.

Kathrins strafender Blick ließ sie innehalten. »Du weißt schon, dass diese Dinger echte Klimakiller sind?« Sie zog eine Augenbraue hoch. »Die Chemikalien, die in den Geräten zum Einsatz kommen, sind sehr potente Treibhausgase. Der GWP-Wert ist doppelt so hoch wie bei CO_2!«

Lodi legte die Stirn in Falten. »Was für ein Wert?«

»Das *Global Warming Potential.* Das ist die Referenzgröße für klimaschädliche Gase. Als Standardkältemittel kommt bei Klimaanlagen das R410A zum Einsatz, und durch Lecks oder nachlässige Wartung kann es entweichen. Für die Atmosphäre ist das Scheißzeug doppelt so schädlich wie Kohlendioxid.«

Lodi machte ein beeindrucktes Gesicht. Was bei Kathrin für Yoga galt, galt offensichtlich nicht für den Klimaschutz. Bei diesem Thema verstand sie keinen Spaß.

»Okay, also ohne Klimaanlage. Dann schwitzen wir zwei eben weiter.« Zwinkernd versuchte Lodi, die Situation aufzulockern.

Kathrin lächelte gezwungen.

Die restliche Fahrt konzentrierten sich die beiden Frauen schweigend auf den Verkehr.

Eine Viertelstunde später kamen sie am Rand der Gemeinde Kaufungen an. Hinter dem Parkplatz eines Altenpflegeheims tauchte ein Pfad in den Wald ab. Über Funk ließ Lodi sich versichern, dass er befahrbar war, und anschließend steuerte Kathrin sie so dicht wie möglich an den Fundort heran. Auf einer Anhöhe stellten sie den Wagen ab. Sie rüsteten sich mit Basecaps aus dem Kofferraum gegen die Sonne und folgten in Stille dem Weg.

Wie immer, wenn Lodi in der Nähe eines Waldes war, schärfte dieser Umstand ihre Sinne. Ein Überbleibsel aus ihrer Kindheit und Jugend, als sie täglich viele Stunden in den Wäldern um Marburg verbracht hatte. Wie damals roch sie auch jetzt intensiver als sonst die von einem wohligen Duft nach frischem Grün und Erde erfüllte Luft. Spürte deutlicher den zarten Windhauch, der über ihre Haut strich und die Blätter des Mischwaldes zum Tanzen brachte. Durch ihre Bewegungen warfen sie flimmernde Formen und Figuren auf den Schotterweg, sodass Lodi bei jedem Schritt in eine bunte Mischung aus Sonnenlicht und Schatten eintauchte. Für sie sah der Waldboden wie ein goldgrün schimmernder Teppich aus, bedeckt mit Moos und Blättern, zwischen die sich Farbkleckse in Form leuchtender Wildblumen mischten. In der Ferne hörte Lodi das Rauschen eines Baches, dazu die Gesänge der Vögel in den Baumkronen und das Knacken der Äste. Dann, als sie den Blick wieder auf ihre unmittelbare Umgebung richtete, erkannte sie die rot-weißen Absperrbänder des Erkennungsdienstes. Sie waren nur noch wenige Meter entfernt.

Dort angekommen, begrüßte sie ihr Kollege Richard. Er stand auf der anderen Seite des Absperrbands und streifte sich gerade die Plastikhandschuhe ab. Obwohl die eng geschnürte Kapuze seines Schutzanzugs nur einen kleinen Ausschnitt seines Gesichts frei ließ, sah er mitgenommen aus. Als spukten die Bilder vom Fundort weiter in seinem Kopf herum.

»Ist ein ziemliches Blutbad«, sagte er und nickte zu dem Hochsitz links vom Weg hinüber. »Jemand muss den Kerl sehr gehasst haben.« Er schüttelte den Kopf. »Meine Güte. Wer tut so etwas einem zweiundsiebzigjährigen Mann an?«

»Ihr habt ihn also schon identifiziert?«, fragte Lodi.

»Er hatte sein Portemonnaie bei sich. Das Foto auf dem Personalausweis stimmt überein. Der Tote heißt Helmut Fänger.«

»Könnten wir es mit einem Raubmord zu tun haben?«

»Darauf haben wir keine Hinweise gefunden. Geldscheine, Bank- und Kreditkarten sind noch drin.«

»Habt ihr ihn schon bei POLAS überprüft?«

»Laut unserem Polizeiauskunftssystem gab's mal einen Jagdunfall. Allerdings vor über zwanzig Jahren, wenn ich's mir richtig gemerkt habe.«

»Ist es zu einer Anklage gekommen?«

»Nein, die Staatsanwaltschaft hat die Ermittlungen schnell eingestellt. Irgendein Leichtsinniger hat sich unerlaubt im Sperrgebiet aufgehalten und ist in Fängers Schusslinie geraten.«

»Keine weiteren Einträge?«

Richard schüttelte den Kopf. »Er hatte eine saubere Weste.«

»Du siehst also keinen Zusammenhang mit diesem Fall?«, fragte Lodi.

»In meinen Augen spricht nicht viel dafür. Es wurde als Jagdunfall verbucht und ist ein Vierteljahrhundert her …« Richard zuckte mit den Schultern. »Wir sollten unsere Ermittlungen auf die Fakten aus der Gegenwart konzentrieren.«

Lodi erschien das plausibel, und auch Kathrins Gesichtsausdruck sah nach Zustimmung aus. Sie nahm ihren Kollegen beim Wort und fragte: »Was ist mit der Tatwaffe?«

Richard nickte und zeigte auf eine Kühlbox, die ein weiterer Kollege herumtrug und in der der Erkennungsdienst alle Spuren aufbewahrte. »Wir haben ein Messer gefunden, Klingenlänge vierundzwanzig Zentimeter. Es handelt sich um ein sogenanntes Gürtelmesser eines bekannten Herstellers für Jagd- und Outdoormesser. Es lag in der Blutlache, direkt vor der Leiche. Der Griff ist voller blutiger Fingerabdrücke.«

Kathrin verschränkte die Arme und sah sich nachdenklich um. »Demnach ist die Tat wahrscheinlich auch hier verübt worden.«

»Davon ist auszugehen«, bestätigte Richard.

Lodis skeptischer Blick glitt über den Boden unter der Plattform. Um die Leiter herum mussten die Kollegen auf unzählige Schuhspuren gestoßen sein. Immerhin war es trocken, dachte sie. Vor sechs Monaten, als Thomas und sie zum Fundort der mit einem Stein erschlagenen Sonja Werkmann gefahren waren, hatte der Regen den Habichtswald in eine Schlammlandschaft verwandelt. Dadurch waren viele Spuren unbrauchbar geworden.

Richard schien ihre Gedanken zu lesen. Er deutete in die Richtung des Hochsitzes. »In dem Moos hat's ausgesehen, als sei eine Horde Gnus durchgetrampelt.«

»Ich nehme an, ihr könnt noch nichts dazu sagen?«, fragte Lodi.

»Es ist noch zu früh. Wir müssen erst die Analyse abwarten.«

Richard ballte seine Hand wieder zur Faust und stemmte sie an seine Hüfte. Lodi spürte es: Da war eine Sache, die ihn beschäftigte. Es war nicht der Inhalt dessen, was er gesagt hatte, sondern der Ton, der sie glauben ließ, dass er etwas zurückhielt.

»Aber eine Vermutung hast du bereits, oder?«, fragte Lodi weiter.

Ihre Blicke trafen sich flüchtig, Richard machte ein ertapptes Gesicht. Seine Mundwinkel zuckten, als würden sie sich für ein Lächeln warm machen.

»Die habe ich in der Tat. Eine Reihe von Schuhspuren führt durch den Wald zu einer etwas entfernten Stelle zwischen zwei Eichen. Dort ist auf einer Fläche von etwa zwei mal zwei Metern alles platt gedrückt, und ein paar Zigarettenstummel haben wir dort auch gefunden. Das muss nichts zu bedeuten haben, aber ...« Er ließ den beiden Frauen Zeit zum Nachdenken, als erwartete er, dass sie dieselben Schlüsse zogen wie er.

Kathrin beendete schließlich das Ratespiel. Mit den Schultern zuckend fragte sie: »Und was schließt du daraus?«

»Dass dort jemand im Gras gelegen und den Hochsitz ausgespäht haben könnte«, antwortete Richard.

Samstag, Mittag, Kaufunger Wald

Er begleitete sie zu dem Hochsitz hinüber. Für einen leichteren Zugang waren eine zusätzliche Metallleiter aufgestellt sowie an einer Seite Teile des Verschlags abgeschraubt worden.

Richard zeigte auf die blutigen Schuhspuren und Handabdrücke auf der Holzleiter. »Wir werden sehen, wer genau hier hoch- und runtergeklettert ist«, kommentierte er. »Wenn ihr da oben fertig seid, wird sie abgebaut. Die Einzelteile schicken wir dann zur Untersuchung nach Wiesbaden.«

Lodi stellte sich neben ihn und betrachtete mit gerunzelter Stirn jede Sprosse. Auf den oberen beiden machte sie durchsichtigen Schleim sowie kleine Bröckchen darin aus.

»Ist das … Erbrochenes?«, fragte sie.

Richard nickte. »Aus der Gruppe, die den Leichnam entdeckt hat, ist einer hochgeklettert. Der Anblick muss ihm den Magen auf links gedreht haben, und ehrlich gesagt kann ich's verstehen.«

Kathrin deutete noch einmal auf die Abdrücke. »Demnach dürften einige hiervon zu ihm gehören.«

Richard brummte zustimmend. Dann sah er flüchtig nach oben zu der Plattform. Er verzog das Gesicht, zückte ein Taschentuch und hielt es sich vor Mund und Nase. »Ihr könnt hochgehen, die Kollegen haben alles fotografiert. Nehmt es mir nicht übel, aber ich bleibe hier unten. Einmal anschauen genügt mir.« Er hob seine freie Hand zu einem kurzen Abschiedsgruß und schlappte davon.

Wenn ein erfahrener Kollege wie er so mitgenommen war, musste es dort oben wirklich übel aussehen, dachte Lodi.

Kathrin wandte sich wieder dem Hochsitz zu. Schnaufend fischte sie ein silbernes Döschen aus ihrer Leinenhose.

Wie bei der Tatortbegehung im Habichtswald vor einem halben Jahr, erinnerte sich Lodi. Mit dem Unterschied, dass Thomas sich die Paste bei ausnahmslos jedem Einsatz als Ritual unter die Nase geschmiert hatte. Damals hatte die Leiche von Sonja Werkmann in der frischen, gewittrigen Novemberluft nicht gerochen, weshalb Lodi dankend abgelehnt hatte. Heute stellte sich der Fall anders dar: Laut Richard ertrank der Hochsitz förmlich in Blut, und außerdem war es furchtbar heiß. Wie lange der Leichnam schon dort oben lag, war unbekannt. Sie mussten davon ausgehen, dass sich Getier an ihm zu schaffen machte. Vieles sprach dafür, dass in dem Verschlag ein übler Gestank festhing.

»Möchtest du auch?«, fragte Kathrin.

»Danke«, antwortete Lodi. Mit zwei Fingern schabte sie etwas von der Paste ab und schmierte es sich unter die Nase.

Kathrin tat es ihr nach. Sie präparierten sich mit dem Vollschutz, bestehend aus Schutzanzügen und Überziehern an den Schuhen, und gingen zur Metallleiter hinüber. Dort hielten sie kurz inne, schauten nach oben, ein letztes Mal durchschnaufen.

Kathrin kletterte zuerst hinauf. Lodi folgte ihr. Die Paste überdeckte den Gestank, den der Hochsitz verströmte, kaum.

Mit jeder Sprosse wurde er intensiver. Als würde der Hauch des Zerfalls durch die Luft wabern, die Essenz von Zersetzung und Vergänglichkeit, in Form winziger, sich ausbreitender Partikel. Ein süßlich-herbes Gemisch aus Ammoniak und Schwefelwasserstoff, vermengt mit dem stechenden Ton von Skatol. Der olfaktorische Beleg, dass der Tod in der Nähe war – und sie ihm jeden Moment gegenübertreten würden.

Oben angekommen, verschaffte Lodi sich einen Überblick. Der Hochsitz war größer, als er von unten aussah, denn er bot ausreichend Platz für zwei Personen. Durch die scheibenlosen Fenster fiel nicht nur Licht herein, sondern sie ermöglichten zudem einen Rundumblick über das umliegende Waldstück.

Der Tote lag auf der gegenüberliegenden Seite, inmitten einer Blutlache. Ein Schild markierte die Stelle, an der die Kollegen vom Erkennungsdienst die Tatwaffe gefunden hatten. In Fötusstellung kauerte die Leiche auf den Holzlatten und sah dabei auf beklemmende Weise entspannt aus, auf keinen Fall wie jemand, der gewaltsam gestorben war. Weder aufgerissene Augen noch ein weit geöffneter Mund. Der Kopf ruhte auf den ineinandergelegten Händen, als habe Fänger sich nur erschöpft hingelegt, sei eingeschlafen und einfach nicht wieder aufgewacht. Das sanfte Lächeln auf seinen Lippen unterstrich seine friedliche Erscheinung, doch zugleich verstörte es Lodi.

Wenn nicht gerade ein Ebenbild ihrer Mutter vor ihr lag und dieser Anblick sie erstarren ließ, so wie im vergangenen November, schaute sie den Todesopfern zuallererst in die Augen. Dadurch erfuhr sie, wie weit der Körper bereits ausgetrocknet war. Bei offenen Augen trübte sich schon nach zwei Stunden die Hornhaut ein, und die Bindehaut verdunkelte sich von gelblich zu bräunlich und schließlich zu schwarz. Auch an den Lippen, die ebenfalls austrockneten, sowie an den Fingerkuppen, die sich rötlich-braun färbten, war dies abzulesen. Fängers Augen waren jedoch verschlossen, und seine Hände lagen unter dem Kopf, sodass Lodi diese Informationsquellen verwehrt blieben.

Kathrin trat achtsam um die Lache herum. Die Spalten zwischen den Bodenbrettern, durch die das Blut gesickert war, durchzogen diese wie geradlinige Straßen auf einer Landkarte. Während ihre Kollegin sich an die Kopfseite stellte, positionierte Lodi sich an den Füßen. Die beiden stützten sich am Fensterrahmen ab und beugten sich vorsichtig über den Leichnam.

Der Gestank bohrte sich unerbittlich in Lodis Verstand. Sie hätte sich die doppelte Menge unter die Nase schmieren können, dachte sie, auch das hätte nichts geholfen. Mühevoll würgte sie ihren plötzlich aufkommenden Brechreiz hinunter.

Kathrin erging es ähnlich, auch sie drehte sich weg und kämpfte gegen das Würgen an. Wenige Sekunden später hatte sie sich jedoch wieder im Griff.

»Sieh dir seinen Oberkörper an«, sagte sie gedämpft. »Der Täter hat verdammt oft zugestochen.«

»Richard hat recht«, erwiderte Lodi, wobei jedes Wort sie Überwindung kostete. »Es muss viel Hass im Spiel gewesen sein.«

Kathrin lenkte ihre Aufmerksamkeit auf mehrere dunkelrote Krusten, die die Einstichstellen umrahmten. Beim Herausziehen der Klinge musste Blut an der Kleidung haften geblieben und getrocknet sein, sodass die Reste an den Fransen eine Art Rinde gebildet hatten.

Sie drückten sich wieder hoch und traten ein Stück zurück. Lodi zeigte auf die Blutlache. »Sieht aus, als wäre es kaum länger als vierundzwanzig Stunden her«, spielte sie auf die Farbe sowie die augenscheinliche Konsistenz an.

Kathrin brummte zustimmend. Doch statt zu antworten, verzog sie das Gesicht und guckte sich mit kritischem Blick weiter in dem Verschlag um.

»Was meinst du, haben wir es bei dem Toten mit einem Jäger zu tun?«, fragte sie.

»Es spricht einiges dafür«, antwortete Lodi. »Schau dir die Kleidung an: kurze Hose, T-Shirt und Weste in Dunkelgrün, dazu Wollsocken in geschnürten Wanderschuhen, trotz der Hitze.«

Kathrins Nicken wirkte nachdenklich. Ihr Blick verfing sich in einer Ecke des Holzverschlags. »Du hast recht. Aber was ist mit dem Gewehr? Es müsste doch hier irgendwo sein.«

Derselbe Gedanke hatte sich auch Lodi aufgedrängt. Wenn es sich bei dem Opfer tatsächlich um einen Jäger handelte, worauf die bisherigen Indizien hinwiesen, warum fehlte hier oben jede Spur von seiner Waffe?

»Er könnte auch ohne Gewehr hier hochgekommen sein«, mutmaßte Lodi. »Vielleicht wollte er diesmal nicht jagen, sondern nur die Lage auskundschaften.« Sie zuckte mit den Schultern.

»Möglich. Aber für mich ergibt das keinen Sinn.«

»Der Täter könnte es mitgenommen haben. Als Trophäe.«

»Oder als eine Art Zeichen.«

Lodi legte den Kopf schief. »Du meinst, diese Tat steht in Verbindung zu seinem Jagen?«

»Ich weiß es nicht, aber es wäre vorstellbar. Warum sonst sollte der Täter das Gewehr mitnehmen, die Tatwaffe jedoch zurücklassen?« Kathrin ging neben der Blutlache in die Hocke, presste die Lippen zusammen und wippte sanft auf und ab. »Ich glaube, wir sollten diese These ins Auge fassen.«

Lodi sah zu ihr hinunter und nickte. Ihre neue Kollegin war ein heller Kopf, das stellte sie nicht zum ersten Mal fest. Kein Wunder, dass Kathrin sich mit ihrem scharfen Verstand beim Kriminaldauerdienst, dem KDD, einen Namen gemacht hatte. Obwohl Lodi sich immer noch schwertat, zu akzeptieren, dass sie ohne Thomas Fälle löste, war sie heilfroh, Kathrin an ihrer Seite zu wissen.

Nachdem sie sich auf dem Hochsitz umgesehen hatten, kletterten Lodi und Kathrin wieder hinunter und kehrten zurück zu den Absperrbändern. Sie legten den Vollschutz ab und erfrischten sich mit Wasser aus einer Kühlbox.

Während sie tranken, kam Richard zu ihnen herüber. Im Schlepptau hatte er zwei junge Männer Mitte zwanzig und zwei offensichtlich gleichaltrige Frauen. Er stellte sie als die Wandergruppe vor, die den Leichnam entdeckt hatte. Die Personalien waren bereits aufgenommen.

»Wir waren auf dem Weg zu einem Geburtstagspicknick«, erklärte einer der Männer. »Ich bin dann aus Neugier auf den Hochsitz hochgeklettert. Ich weiß nicht, warum mir das Blut an den Sprossen nicht aufgefa…« Er würgte und drehte sich weg, schaffte es aber gerade noch, sich nicht zu übergeben.

»Das Erbrochene, das wir sichergestellt haben, ist von Ihnen?«, fragte Lodi.

Er nickte und atmete tief durch. Dann schüttelte er sich und schaute Lodi mit einem Funkeln in den Augen an, als hätte das Bild von der Leiche sich auch in seine Netzhaut gebrannt. In ihrer Laufbahn hatte sie diesen Blick häufiger bei Leuten gesehen, die als Erste an einem Tatort eingetroffen waren.

»Ist Ihnen etwas Sonderbares aufgefallen?«, fragte Lodi die anderen. »Zum Beispiel auf dem Weg?«

Kollektives Kopfschütteln, bleiche Gesichter. Sie wären weder Menschen begegnet, noch hätten sie ungewöhnliche Dinge bemerkt. Es sei eine stinknormale Wanderung gewesen – bis zu dem Moment, als sie auf den Hochsitz aufmerksam wurden.

»Haben Sie vielen Dank für Ihre Zeit«, bedankte sich Lodi. »Wenn Sie wünschen, können wir Ihnen einen Seelsorger einbestellen?«

»Ja, das … das wäre gut«, antwortete nun eine der jungen Frauen.

»Ich kläre das mit der Leitstelle«, sagte Richard. »Kommen Sie mit, wir gehen zum Wagen und warten dort.«

»Alles Gute«, wünschte Lodi. »Und falls wir noch weitere Fragen haben, kommen wir auf Sie zu.«

Die vier verabschiedeten sich wortkarg und schlurften mit hängenden Köpfen davon. Lodi schaute ihnen nach. An diesen Tag werden sie sich ihr Leben lang erinnern, dachte sie.

»Wohin als Nächstes?«, fragte Kathrin. »Zurück ins Präsidium?«

Lodi schüttelte den Kopf. »Wir müssen die Hinterbliebenen informieren«, antwortete sie. »Falls es welche gibt.«

* * *

Kathrin übernahm die Wohnsitzabfrage über ihr Diensthandy. Helmut Fänger war in Niederkaufungen gemeldet, dem westlichen Teil der Gemeinde im Kasseler Speckgürtel. Ein klassisches Wohngebiet mit gepflegten Vorgärten, Solarpaneelen auf den Dächern und steinernen Sichtschutzwänden, über dem das Geräusch von Rasensprengern lag. Das Mehrfamilienhaus befand sich gegenüber einer kleinen katholischen Kirche. Alles wirkte friedlich. Gestern hatten die Sommerferien begonnen, fiel Lodi ein, sodass die eine oder andere Familie vermutlich bereits aufgebrochen war.

Die Kommissarinnen parkten am Straßenrand. Sie gingen durch das angelehnte Gartentor und über den gepflasterten Weg zur Tür. In dem Haus lebten vier Parteien, doch laut den

Klingelschildern war Helmut Fänger der Einzige, der allein hier gewohnt hatte.

Trotzdem ließen Lodi und Kathrin es nicht unversucht und klingelten. Durch die gekippten Fenster der Wohnung unterm Dach drang ein schriller Ton zu ihnen herunter.

Keine Reaktion.

Lodi klingelte ein zweites Mal. Aber auch dieser Versuch blieb erfolglos.

»Was ist mit den anderen Bewohnern?«, fragte Kathrin.

Lodi sah auf ihr Smartphone, es war kurz vor dreizehn Uhr. Spät genug, um jemanden an einem Wochenende rauszuklingeln. »Wir sollten keine Möglichkeit auslassen.«

Nacheinander probierten sie es bei den übrigen Parteien.

Nichts. Dasselbe Ergebnis wie bei Fänger, es war niemand da.

Lodis Blick wanderte an der Hauswand entlang. Wie Unkraut wuchsen Briefe, Zeitungen und Werbeprospekte aus den Briefkästen. Nur der von Fänger quoll nicht über.

Plötzlich fiel Lodi aus den Augenwinkeln ein Mann auf. Er schlenderte mit einem breiten Lächeln im Gesicht den Bürgersteig entlang und trällerte im gleichmäßigen Takt seiner Flip-Flops ein Lied. Der wolkenlose Himmel spiegelte sich in seiner Sonnenbrille, während aus dem Rundhalsausschnitt des Leinenhemds dichte Brustbehaarung wuchs. Die Hände vergrub er lässig in den Taschen seiner kakifarbenen Shorts.

Als er um die Ecke bog, bemerkte er die beiden Kommissarinnen, blieb stehen und verstummte. Er nahm die Sonnenbrille ab und klemmte sie sich grinsend in den Ausschnitt. Lodi schätzte ihn auf Mitte vierzig.

»Schönen guten Tag, die Damen.« Seine Stimme klang schleimig wie eine Schneckenspur. »Zu wem möchten Sie?«

Lodi hielt ihm den Dienstausweis hin. »Ich bin Oberkommissarin Lenke vom K11. Das ist meine Kollegin, Frau Hertz.«

»Polizei also.« Der Mann kam zu ihnen herüber und machte eine Geste, als wollte er die beiden in die Arme schließen. »Für nette Kommissarinnen wie Sie öffne ich gern mein Herz.« Er zwinkerte. Unbeirrt lächelte er weiter, während der Ausdruck in seinen funkelnden Augen verriet, dass er mit »nett« etwas anderes gemeint hatte.

Die beiden Frauen sahen sich angewidert an. Was für ein abstoßender Typ, ging es Lodi durch den Kopf. Sie war gespannt, wie Kathrin auf diese Anspielung auf ihren Nachnamen reagieren würde.

»Wenn Sie Ihren schlechten Wortwitz verdaut haben«, lieferte sie prompt die Antwort, »besäßen Sie dann die Güte, uns zu verraten, wer Sie sind?«

Ein Satz wie ein Faustschlag. Zwar schmolz das breite Lächeln des Mannes dahin, aber er fing sich schnell wieder. Als hätte er mit seinem Spruch nur einen Testballon gestartet, sodass er nun, nachdem dieser vom Himmel gefallen war, sein wahres Gesicht offenbarte.

»Mein Name ist Karsten Fänger«, sagte er so kühl, dass seine Stimme bei diesen Temperaturen eine willkommene Abkühlung gewesen wäre. Er zeigte auf die Haustür. »Mein Vater wohnt hier. Ich wollte nach dem Rechten sehen.«

Wieder sahen sie sich kurz in die Augen. Lodis kaum vernehmliches Nicken beantwortete Kathrin auf dieselbe Weise. Ihre neue Kollegin hatte verstanden, was sie ihr mitteilen wollte. Lodi war sowohl im weltlichen als auch im dienstlichen Sinn die Ältere von ihnen. Somit oblag ihr die undankbare Aufgabe, die traurige Botschaft zu überbringen.

Sie räusperte sich, dann sagte sie: »Ich bedauere sehr, Ihnen sagen zu müssen, dass Ihr Vater verstorben ist ...«

»Und ist das … Ich meine, sind Sie ganz sicher, dass es sich um meinen …« Karsten Fänger rang um Worte. Die Nachricht vom Tod seines Vaters hatte ihn in ein Häufchen Elend verwandelt. Keine Spur mehr von dem Grinsen, bei dem seine gebleichten Zähne zum Vorschein gekommen waren.

»Wir haben den Personalausweis bei seinem Leichnam gefunden«, erklärte Lodi. »Es tut mir sehr leid.«

Fänger erstarrte. Bis er anfing zu blinzeln und kurz darauf Tränen in seinen Augenwinkeln glitzerten. »Haben Sie schon … Ich meine, wie ist es passiert?« In derselben Sekunde fiel der Groschen bei ihm. »Scheiße, Sie sind vom K11, haben Sie gesagt. Das heißt, Sie gehen davon aus, dass mein Vater …« Er schluckte.

Lodi deutete auf das Haus. »Es wäre besser, wenn wir uns drinnen weiter unterhalten …«

Fänger schloss auf und ging voran in die Wohnung. Lodi ließ Kathrin vor, machte hinter sich die Tür zu … und roch es sofort. Schwebte hier tatsächlich ein Hauch von Moos und Erde in der Luft?

»Wir würden uns gern kurz umsehen«, sagte Lodi.

Fänger hatte nichts dagegen. Er setzte sich an einen Holztisch, auf dem Gefäße voller Kräuter und Pilze standen.

Während Kathrin bei ihm blieb, startete Lodi ihren Rundgang. Die Dielen knarzten und wirbelten Staubpartikel auf, die im Licht eine wirre Choreografie tanzten. Im Flur hingen Fotos von Fänger senior in verschiedenen Lebensphasen, außerdem führte er in das geräumige Wohnzimmer mit schlichter Küchenzeile. Die Jalousien an den Dachfenstern dunkelten den Raum etwas ab und hielten ihn gleichzeitig angenehm kühl.

Unter dem größten Fenster stand ein Schreibtisch; er versank unter Türmen aus Papieren und Fotos.

Als Nächstes fiel Lodi die antike Standuhr auf. An der Wand daneben befand sich ein Eichenholzregal voller Jagdtrophäen, links davon hingen Hirschgeweihe und ausgestopfte Vogelpräparate mit glänzenden Augen. Sie erschienen Lodi fast wie lebendig, als wollten sie ihr Geschichten über Helmut Fängers Erlebnisse erzählen. Ein Ölgemälde zeigte den Verstorbenen vor einer herbstlichen Kulisse und mit einem frisch geschossenen Tier. Außerdem waren noch weitere Errungenschaften in der Wohnung verstreut: ein Bärenfell, das über einen Sessel drapiert war, sowie ein Fuchspelz, der auf der Lehne des rustikalen Schreibtischstuhls ruhte.

Die Wohnung kam Lodi wie ein Mausoleum vor. Sie konservierte die Erinnerungen eines Mannes, der sein Leben der Jagd verschrieben hatte. Bewahrte die Spuren seiner Abenteuer, als lebte in ihr die Seele des Verstorbenen weiter.

Nachdem sie sich umgesehen hatte, setzte sich Lodi zu Karsten Fänger an den Tisch. Kathrins Angebot, einen Seelsorger hinzuziehen, hatte er abgelehnt.

»Wo bewahrte Ihr Vater seine Waffen auf?«, fragte Lodi nun. »Im Wohnzimmer hängen zwar allerlei Jagdandenken, aber einen Schrank mit Gewehren habe ich nicht entdeckt …«

Apathisch starrte ihr Gegenüber auf den Tisch. Er nahm die Sonnenbrille aus seinem Ausschnitt und klappte sie wiederholt zusammen und auseinander.

»Mein Vater ist ein guter Mensch gewesen. Ein guter Mensch.«

Für Lodi hörte er sich zweifelnd an. Seine Worte klangen wie ein Mantra, als ob er sich etwas einzureden versuchte. Oder hatte er diesen Satz oft von jemand anderem zu hören bekommen?

»Herr Fänger, haben Sie meine Frage verstanden?«

Er nickte kraftlos. »Ja, ich ...« Er legte die Sonnenbrille ab, atmete tief durch und drückte sich mühevoll hoch zum Stehen. »Die Gewehre sind im Schlafzimmer ...«

Er führte sie einen Raum weiter. Der Waffenschrank war dank der Innenbeleuchtung nicht zu übersehen. Er stand an der Wand gegenüber der Tür und wirkte auf Lodi wie ein Schrein. Fänger ließ Kathrin und ihr den Vortritt.

Der dunkelbraune, massive Stahlschrank war fest im Boden verankert. Er maß etwa eins achtzig in der Höhe, circa einen Meter in der Breite und einen halben in der Tiefe. Wie es das Gesetz verlangte, sicherte ihn ein elektronisches Schloss mit Tastenfeld und Verschlusskrone vor unbefugtem Zugriff. Die Scheibe in der Tür gewährte einen Blick auf seinen Innenraum aus hellrotem Teppich, wo vier Gewehre aufgereiht in den Halterungen hingen. In der Mitte schien eines zu fehlen.

Lodi runzelte die Stirn. »Wie viele Gewehre besaß Ihr Vater?«

Karsten Fänger machte ein skeptisches Gesicht und ging dichter heran. »Fünf, wenn ich mich recht erinnere.« Er zeigte erst auf die linken beiden und erklärte, dass es sich um doppelläufige Gewehre für Schrotmunition handelte, und dann auf die rechten, die über einen kürzeren Lauf sowie einen Schalldämpfer verfügten. Laut seinem Vater sei das seit Jahren ein Trend in der Jagdszene. »Seine Lieblingswaffe war eine Repetierbüchse mit Zielfernrohr, ein Modell des Herstellers Sauer.« Er schwieg für einen Moment. »Sie wissen, wie ein Repetiersystem funktioniert?«

»Wissen wir«, antwortete Kathrin. »Nach Abgabe des Schusses wird der Verschluss manuell zurückgezogen und wieder vorgeschoben. Somit wird die Waffe nachgeladen und gespannt.«

Fänger nickte beeindruckt und tippte schließlich drei Mal gegen die Scheibe. »Das Gewehr fehlt.« Er drehte sich zu ihnen um. »Sie haben nicht zufällig am Fundort eines entdeckt?«

Lodi schüttelte den Kopf.

»Das ist seltsam. Wissen Sie schon, wo … Ich meine, haben Sie schon eine –«

»Mehr dürfen wir Ihnen derzeit nicht sagen«, schnitt sie ihm das Wort ab. »Laufende Ermittlungen, Sie verstehen. Gibt es noch weitere Hinterbliebene, die wir informieren müssen?«

Fänger räusperte sich. »Nein.«

»Sie haben keine Geschwister?«

»Ich bin Einzelkind.«

»Was ist mit Ihrer Mutter?«

»Meine Eltern haben sich scheiden lassen vor …« Fänger kniff die Augen zusammen, als würde er im Kopf die Zeit überschlagen. Kurz darauf winkte er ab. »Puh, vor einer Ewigkeit. Genauer weiß ich es im Augenblick nicht, da müsste ich nachschauen. Es ist auf jeden Fall schon über fünfzehn Jahre her.«

»Wo finden wir Ihre Mutter?«

»Sie lebt nicht mehr. Sie ist letzten Winter verunglückt, als sie mit einer Gruppe Rentner nach Kroatien verreist ist. Der Bus ist von der Straße abgekommen. Der Fahrer hatte wohl getrunken.«

»Mein Beileid«, sagte Lodi.

»Mein Beileid«, stimmte Kathrin ein.

Fänger verschränkte die Arme und presste ein knappes »Danke« aus sich heraus.

Eine Weile standen die drei schweigend vor dem Schrank. Nur das laute Ticken der Standuhr aus dem Wohnzimmer durchbrach die bedrückende Stille in der kleinen Dachgeschosswohnung.

Lodi beschäftigten weiterhin ein paar ungeklärte Fragen. »Noch mal zurück zu Ihrem Vater: Wann haben Sie ihn zum letzten Mal gesehen?«

Fänger brauchte einen Moment für seine Antwort. »Vor drei Tagen.«

»Wo?«

»Hier in der Wohnung. Ich habe ihn besucht, wir haben Karten gespielt.«

»Haben Sie in der Zwischenzeit etwas voneinander gehört?«

»Nein, ich …« Wie vorhin am Tisch schienen Fängers Gedanken ihn wieder wegzutragen. Sein Kopf sank langsam auf die Brust, als würde er einschlafen. Dann schüttelte er sich plötzlich und sah zu ihnen auf. »Entschuldigen Sie, wie war Ihre Frage?«

»Ob Sie mit Ihrem Vater nach Ihrer letzten Begegnung noch Kontakt hatten?«

Er griff sich an die Nase. »Nein.«

»Nicht mal eine WhatsApp-Nachricht, SMS, Anruf?«

»Nein, gar nichts.«

Kathrin kniff die Augenbrauen zusammen.

Lodi zögerte. Irgendwann musste sie Karsten Fänger diese eine unangenehme Frage stellen. Ihm, der gerade erst erfahren hatte, dass sein Vater ermordet worden war. Das gehörte zu ihrem Beruf, und in der Vergangenheit hatte sie bereits verschiedene Herangehensweisen ausprobiert. Es hatte sich bewährt, die Frage direkt und so schnell wie möglich hinter sich zu bringen. In einem Rutsch, wie beim Entfernen eines Pflasters.

Lodi rief sich die Bilder vom Fundort ins Gedächtnis. Aus der Konsistenz des Blutes hatten Kathrin und sie geschlossen, dass die Tat erst wenige Stunden her gewesen sein konnte.

»Herr Fänger, wo sind Sie in den letzten vierundzwanzig Stunden gewesen?«, fragte sie.

Jetzt war es ihr Gegenüber, der die Stirn in Falten legte und dessen Augenbrauen fragend zuckten. Sein Blick wurde finster. Bis zu dieser Sekunde hatte Karsten Fänger in dem einen oder anderen Moment wie entrückt gewirkt, was Lodi angesichts der schockierenden Neuigkeit, die sie ihm überbracht hatte, verstehen konnte. Doch nun sah er mit einem Mal konzentriert aus,

33

als habe ihre Frage seinen Grübeleien und Erinnerungsschleifen ein abruptes Ende gesetzt. Er stemmte die Hände in die Hüften.

»Wollen Sie damit etwa andeuten, dass ich …« Er sprach es nicht aus. »Das ist … Mir fehlen die Worte.«

Kathrin kam Lodi zu Hilfe. »Wir müssen Ihnen diese Frage stellen, Herr Fänger.«

Er drehte sich weg. Schnaufte. Auf seiner Stirn glitzerten Schweißperlen. Sein Wangenmuskel trat nun deutlich hervor, er schien sich angespannt auf die Zähne zu beißen.

Dann wandte er sich den beiden wieder zu.

»Ich bin ein paar Tage weg gewesen, an der Nordsee.«

»Allein?«

Er schüttelte den Kopf. »Mit meiner … Mit einer Freundin.«

»Wie heißt sie und wie können wir sie erreichen?«

»Lange, Sophia Lange. Warten Sie, ich gebe Ihnen ihre Nummer …«

Lodi notierte sie sich in ihrer App. »Danke, wir überprüfen das. Noch mal zu Ihrem letzten Treffen, wie hat Ihr Vater da auf Sie gewirkt?«

Fänger zuckte mit den Schultern. »Er war wie immer.«

»Was genau dürfen wir uns darunter vorstellen?«

»Er hat nicht viel geredet.« Fängers Blick schweifte zu einem der Fotos an der Wand über dem Bett, das seinen Vater in voller Jägermontur zeigte, mit Gewehr im Anschlag. »Im Wald war er glücklich. Auf dem Hochsitz war er allein mit sich und der Natur.«

»Ihnen ist also nichts Ungewöhnliches aufgefallen?«

»Nein, da war nichts. Wir haben nur –« Er schoss zu ihr herum. »Warten Sie, da war dieser Brief!«

Lodi beugte sich über den Tisch. »Was für ein Brief?«

»Mein Vater, er hat –« Karsten Fänger wirkte nun aufgeregt wie ein Gameshow-Kandidat, dem die Antwort auf die finale

Frage eingefallen war. »Vielleicht liegt er irgendwo auf dem Schreibtisch.«

»Bitte erzählen Sie uns mehr über diesen Brief«, versuchte Lodi, zu ihm durchzudringen. »Ich kann Ihnen noch nicht folgen.«

Doch er ließ sich nicht beruhigen. Er gestikulierte wirr und wischte sich mehrmals durchs Gesicht.

»Verflucht, warum habe ich nichts getan? Sie müssen ihn sofort verhaften!«

»Von wem reden Sie?«

»Dieser Mistkerl! Er hat geschrieben, dass er ihn beseitigen würde, und jetzt ist er tot!«

Lodi legte die Stirn in Falten. »Wollen Sie damit andeuten, dass ihr Vater bedroht wurde?«

»Ja, das sage ich doch!«

»Von wem?«

»Was weiß ich denn, von irgendeinem Spinner.«

»Von wann ist dieser Brief?«

»Ich glaube, mein Vater hat ihn vor etwa zwei Wochen bekommen.«

»Wie ist er damit umgegangen?«

Fänger zuckte mit den Schultern. »Pff, wie soll er schon reagiert haben?«

»Das möchte ich von Ihnen wissen.«

»Auf jeden Fall wollte er sich nicht das Leben versauen lassen. Er hat den Brief nicht ernst genommen. Genauso wenig wie die anderen davor.«

Lodi schluckte.

Als sie zu einer weiteren Frage ansetzte, kam Kathrin ihr zuvor. Sie wollte wissen, ob es sich demnach nicht um den ersten Drohbrief gehandelt hatte.

Karsten Fänger nickte.

Eine Weile sahen die drei sich wortlos in die Augen. Eine bedrückende Stille breitete sich in dem Schlafzimmer aus.

»Wir müssen diesen Brief finden«, sagte Lodi schließlich. Sie zeigte über die Schulter zum Flur. »Am besten so schnell wie möglich.«

Sie teilten die Zettel- und Fotowirtschaft in drei etwa gleich große Teile auf. Kathrin nahm sich den ersten, Lodi den zweiten und Fänger den dritten Berg vor. Stumm durchsuchten sie die Unterlagen, überflogen behördliche Briefe, entzifferten Notizen und betrachteten Farb- sowie Schwarz-Weiß-Fotos.

Helmut Fänger hatte seine Wohnung gewissenhaft in Ordnung gehalten und vor allem seine Jagdtrophäen gepflegt. Für seinen Arbeitsplatz galt das nicht. Er erweckte den Eindruck, als habe Fänger sämtliche Dinge, mit denen er nichts anzufangen wusste, dort abgeladen. In der Hoffnung, dass sie sich von selbst erledigen würden, wenn sie nur lange genug in dem Wust versunken waren.

Soweit Lodi es abschätzen konnte, bestand ihr Stapel ausschließlich aus ungeordneten Fotos. Auf alte Aufnahmen folgten neue, dann wieder alte, neue, alte. Lodi betrachtete sie nur oberflächlich, sie flackerten als punktuelle Eindrücke in ein fremdes Leben vor ihren Augen vorbei. Bei dem einen oder anderen Foto überprüfte sie das aufgedruckte Datum auf der Rückseite. Szenen aus jüngerer, manche aber auch aus weit zurückliegender Vergangenheit. 2019, 1975, 2003, 1983 …

»In meinem ist nichts dabei«, kommentierte Fänger schließlich. Schnaufend ließ er seinen Stapel auf den Tisch fallen. »Ich wusste ja, dass mein Vater kein Ordnungsfanatiker war, was seine Dokumente und Unterlagen anging. Aber das …«

Kathrin seufzte und legte ihren Stapel ebenfalls aus der Hand. »Leider dasselbe bei mir …«

»In meinem sind nur Fotos«, ergänzte Lodi. »Wir brechen jetzt auf, Herr Fänger. Folgen Sie uns bitte nach draußen, Sie dürfen sich hier nicht mehr allein aufhalten.«

»Was passiert mit der Wohnung?«, fragte er.

»Sie wird noch einmal vollständig durchsucht und anschließend versiegelt.«

Er nahm es blinzelnd zur Kenntnis.

»Sollte der letzte Brief oder einer der anderen wieder auftauchen, treten Sie bitte mit uns in Kontakt.«

Fänger versprach, sich in diesem Fall umgehend zu melden.

* * *

Während der ersten Minuten ihrer Rückfahrt zum Präsidium schaute Lodi nach draußen. Die Gebäude zogen wie Kulissen vor ihrem Fenster vorbei. Am Himmel stand die Nachmittagssonne, prall, heiß und unnachgiebig. Sie tauchte die Stadt in ein grelles Licht. Über dem Asphalt flimmerte die aufgeheizte Luft.

»Was hältst du von der Sache?«, fragte Kathrin wie aus dem Nichts. »Von dem Brief, meine ich.«

Lodi wischte sich den Schweiß von der Stirn. Wieder durchzuckte sie der Impuls, die Klimaanlage aufzudrehen, doch sie unterdrückte ihn.

»Wir haben ihn nicht gefunden«, antwortete sie. »Von daher kann ich nichts dazu sagen. Vielleicht haben die Kollegen bei der Durchsuchung mehr Glück als wir.«

Kathrin schürzte die Lippen. »Was glaubst du, wer ihn geschrieben hat? Wer könnte ein Interesse daran gehabt haben, Fänger zu töten? Noch dazu auf diese bestialische Weise.«

Lodi zuckte mit den Schultern. »Warten wir ab, bis wir Genaueres wissen. Zunächst einmal brauchen wir die Bestätigung, dass es diesen Brief wirklich gibt.«

»Du zweifelst daran?«

»Ich bin zurückhaltender geworden. Ich spekuliere nicht mehr über Dinge, deren Existenz nicht sicher ist. Das hat sich zu oft als vergebene Mühe herausgestellt.«

Das brachte Kathrin eine Zeit lang zum Schweigen. Sie fuhren weiter Richtung Stadtmitte, parallel zu den Tramschienen. Als sie an der großen Kreuzung am Stern vor der roten Ampel warteten, stand neben ihnen eine aus allen Nähten platzende Straßenbahn an der Haltestelle. Als »Rollende Sauna« hatte Thomas das meistgenutzte öffentliche Verkehrsmittel in der Stadt immer bezeichnet und dabei die Nase gerümpft. Lodi musste bei dieser Erinnerung schmunzeln. Vor einem halben Jahr hätte sie ausgeschlossen, dass sie seine Sprüche jemals vermissen würde. Aber so war es gekommen.

Eine Stunde später stand Lodi auf ihrer Dachterrasse und ließ den Blick über das Viertel streifen. Ein dichter Nebelschleier und tief hängende Regenwolken hatten im Spätherbst die Sicht auf den Bergpark verdeckt. Jetzt lachten ihr das UNESCO-Weltkulturerbe und der darüber thronende Herkules vom leuchtend blauen Himmel entgegen. Rauch stieg aus den Grills der Besucher über der nahe gelegenen Goethe-Anlage auf, zudem drang von dort ein fröhliches Stimmengewirr herüber. Jugendliche mit Gettoblastern hockten vor dem Portikus des Kongresspalais und genossen den Start der Ferien, indem sie sich sonnten oder Stunts mit ihren Skateboards probten.

Soeben hatte Lodi mit Sophia Lange telefoniert, Karsten Fängers »Freundin«, wie er sie betitelt hatte. Sie hatte seine Aussage bestätigt. Sie hätten drei schöne Tage in St. Peter-Ording miteinander verbracht und seien erst heute am frühen Nachmittag angekommen. Fänger habe sie zu Hause abgesetzt und sei direkt zu seinem Vater weitergefahren. Vermutlich war er deswegen so guter Laune gewesen, erinnerte sich Lodi an ihre

Begegnung, frisch erholt von einem Kurztrip an die Nordsee. Sie bedankte sich bei ihr und legte auf.

Lodi sah auf ihr Smartphone. Auf dem Display blinkte der mahnende Cursor. Er rief ihr ins Gedächtnis, dass sie eine Nachricht an Dr. Klein schicken wollte.

Weil es ihr besser ging, waren die Termine bei ihrem Therapeuten unregelmäßiger geworden. Sie hatten zwar bereits über viele Dinge in Lodis Leben gesprochen, sich dabei aber auf Ereignisse aus der jüngeren Vergangenheit fokussiert. Die beiden Elefanten standen weiterhin im Raum: der Mord an ihrer Mutter und die Verurteilung ihres Vaters. Sobald Lodi sich bereit fühlte, würden sie diese Themen angehen, hatte Dr. Klein verlautbart. Woher auch immer sie wissen sollte, dass sie es war, drängte sich ihr seit geraumer Zeit das Gefühl auf, diese Themen nicht länger aufschieben zu können. Allmählich wurde es ihr zu kuschelig mit zwei Elefanten im Raum.

Seufzend schickte Lodi die Nachricht ab und legte sich einen Moment auf die Liege. Sie verschränkte die Hände hinter dem Kopf, schloss die Augen und streckte sich der Sonne entgegen. Die Strahlen erwärmten ihre Haut, als bedeckte ein warmes Tuch ihr Gesicht.

Lodi wischte sich über die Stirn. Ihr Gehirn funktionierte eingeschränkt bei dieser Hitze, es war ihr schwergefallen, klare Sätze in der Nachricht zu formulieren. Zweifelsohne war sie ein Kind des Sommers, für sie stellten Herbst, Winter und Frühling eine ewig lange Durststrecke bis zur schönsten Zeit des Jahres dar. Vierzig Grad und mehr brauchte aber auch sie nicht. Vor allem nicht in dieser von einer Bergkette eingeschlossenen Stadt, die sich zwischen Juni und August zu einem Kessel aufheizte.

Sie kletterte durch das Dachfenster und über die Leiter nach drinnen, um sich abzukühlen. In der Küche mischte sie sich eine Schorle mit naturtrübem Apfelsaft. Sie trank sie mit nur drei Schlucken aus und blieb anschließend noch einen Moment mit geschlossenen Augen vor dem offenen Kühlschrank stehen.

Dann legte sie sich aufs Sofa. Am frühen Abend waren Kathrin und sie mit Dr. Wittmann verabredet. Der Mediziner des privaten Instituts für Pathologie hatte der kurzfristigen Anfrage des K11 zugestimmt und erklärt, umgehend mit der inneren Leichenschau zu beginnen. Bis dahin wollte Lodi noch ein wenig Energie auftanken. Eine Siesta hatte noch niemandem geschadet.

Samstag, früher Abend, Vorderer Westen

»Wie schön, Sie wiederzusehen, Frau Lenke!«

Dr. Wittmann streckte Lodi eine Hand entgegen. Während er über den Flur auf sie zukam, flatterte sein Kittel bei jedem Schritt wie im Wind.

Kathrin machte ein verwundertes Gesicht. Genauso hatte auch Lodi bei ihrer ersten Begegnung mit Wittmann geguckt, denn das Wort »Nerd« stand dem Pathologen auf die Stirn geschrieben. In Großbuchstaben. Er war immer noch genauso kompakt, seine Haare standen unverändert in alle Richtungen ab, und seiner fahlen Gesichtsfarbe nach zu urteilen, hatte er sich kaum in der Sonne aufgehalten. Damals hatte Lodi seine Blässe dem fehlenden Tageslicht im Spätherbst zugeschrieben, doch davon konnte aktuell keine Rede mehr sein. Wittmann schien sich dem Hochsommer bewusst zu entziehen.

»Die Freude ist ganz meinerseits«, erwiderte Lodi. »Vielen Dank, dass Sie sich Zeit für uns nehmen.« Sie schüttelten die Hände. »Das ist meine neue Kollegin, Frau Hertz.«

Wittmann musterte Kathrin mit einem flüchtigen Blick, bei dem seine Holzbrille mit den flaschendicken Gläsern ein Stück hinunterrutschte. Er blinzelte irritiert, als er den Spruch auf ihrem T-Shirt las. Lodi rechnete mit einem Kommentar, doch er verkniff ihn sich.

»Willkommen im Institut für Pathologie«, sagte er kühl und reichte nun auch Kathrin die Hand. »Sie sehen jung aus. Sind Sie schon mal bei einer inneren Leichenschau dabei gewesen?«

»An der Polizeihochschule«, antwortete Kathrin. Sie streckte sich und stellte sich breitbeinig hin. »Außerdem war ich vorher beim KDD, da habe ich einiges gesehen. Ich bin hart im Nehmen.«

Wittmann nickte zaghaft, es sah jedoch mehr nach Befürchtung als nach Bestätigung aus. »Ich muss Sie vorwarnen. Es ist ein übler Anblick.«

Dasselbe hatte Thomas stets von sich behauptet: dass ihn nichts umhauen würde. Es entsprach nicht der Wahrheit. An Tatorten hatten Leichen ihm zwar nichts ausgemacht, doch sobald sie nach der Obduktion auf dem Untersuchungstisch vor ihm lagen, färbte sein Gesicht sich grünblau und er fing an zu taumeln. Mehr als einmal war er kurz davor gewesen umzufallen.

»Folgen Sie mir«, sagte Wittmann und ging voran.

Im Vorraum des Sektionssaals ließen Lodi und Kathrin sämtliche Gegenstände in Schließfächern, zogen sich anschließend Kittel an und streiften den obligatorischen Mund-Nasen-Schutz über.

»Dann wollen wir mal«, sagte Kathrin.

Wittmann war schon reingegangen. Er stand hinter dem mittleren Tisch in der linken Reihe und wischte über ein Tablet-Display. Auch im Institut für Pathologie war also die Digitalisierung eingekehrt. Bei Lodis letztem Besuch hatte er noch durch Papiere auf einem Klemmbrett geblättert.

Unter dem Tuch deuteten sich die Wölbungen der Leiche an. Wittmann zog es ohne Ankündigung herunter. Sofort stachen Lodi die zugenähten Schnitte ins Auge: einer am Schädel, die anderen entlang der Brust und des Bauches. Wittmann hatte den Oberkörper mit einem sogenannten Y-Schnitt geöffnet und dann das Brustbein sowie angrenzende Rippen entfernt, um an die Organe zu gelangen. Es gehörte zu seinen Aufgaben, deren Zustand detailliert zu beschreiben und sie auf mögliche krankheitsbedingte Veränderungen zu untersuchen. Denn obwohl die Ursache von Helmut Fängers Tod sich aufdrängte, galt es, alle anderen – wie zum Beispiel natürliche Ursachen – auszuschließen.

»Ihren Unterlagen entnehme ich, dass wir es diesmal mit einem Mann namens Helmut Fänger zu tun haben«, leitete Wittmann seinen Bericht ein. »Zweiundsiebzig, wohnhaft in Kaufungen, von Beruf Rentner.«

»Korrekt. Wir haben das Portemonnaie mit Personalausweis bei der Leiche gefunden.«

»Ja, ich habe das Foto gesehen. Darauf ist er noch um einiges jünger, aber er ist es, zweifellos. Die Untersuchung hat das bestätigt. Damit wäre die Frage der Identität geklärt.«

»Was können Sie uns über den Toten sagen?«

Wittmann beförderte seine heruntergerutschte Brille mit einer Kopfbewegung wieder nach oben. »Nun, der Mann muss gelebt haben wie ein Mönch. Er war kerngesund. Wie durch ein Wunder zeigen seine lebenswichtigen Organe bis auf Alterserscheinungen keine Veränderungen oder Verletzungen.« Er deutete auf die zugenähten Einstichstellen. Der Täter hatte so oft zugestochen, dass sie sich wie ein verworrenes Netz über den Oberkörper erstreckten. »Wir haben siebenundzwanzig Einstiche gezählt, alle mit derselben Klinge und beinahe identischer Tiefe von sieben Zentimetern.«

»Demnach ist das Opfer nicht an inneren Verletzungen gestorben?«

»Nein, der Mann ist verblutet. Ich schätze, dass er pro Minute zwischen vierhundert und fünfhundert Milliliter verloren hat. Bei dieser Menge hat es etwa drei Minuten gedauert, bis der Tod eingetreten ist.«

»Und das Messer, das wir am Fundort sichergestellt haben? Ist das die Tatwaffe?«

»Nun, auch in diesem Punkt hat die Untersuchung das Offensichtliche bestätigt, die Beschaffenheit der Klinge und die Schnittspuren sind eindeutig. Sie können noch das DNA-Ergebnis der Blutspuren abwarten, aber das wird Ihnen sehr wahrscheinlich dasselbe sagen.«

Kathrin räusperte sich. »Haben Sie Abwehrspuren gefunden? Hat er sich gegen den Angriff gewehrt?«

Der Pathologe hob erst den linken und dann den rechten Arm des Opfers an und zeigte an den Innen- und Außenseiten entlang.

»Üblicherweise würden wir solche Spuren hier finden«, sagte er. »Aber wie Sie sehen, sehen Sie nichts.«

Lodi tippte nachdenklich an ihre Nasenspitze. »Der Angriff muss für ihn überraschend gekommen sein.«

Wittmann wiegte den Kopf hin und her. »Der mit dem Messer, ja. Vermutlich hat der Täter es so schnell gezogen, dass dem Opfer keine Zeit mehr blieb zu reagieren.« Er lenkte die Aufmerksamkeit der beiden auf das Gesicht. »Sehen Sie diese Hämatome am Hals?« Lodi und Kathrin beugten sich ein Stück vor und stellten sich so dicht wie möglich dran. »Das Opfer ist gewürgt worden, vor den tödlichen Stichen. Wir haben auch Hautpartikel und Faserspuren unter den Fingernägeln gefunden, was darauf hindeutet, dass das Opfer sich massiv gewehrt haben muss. Bevor Sie fragen: Ja, die Ergebnisse haben wir schon nach Wiesbaden zur Überprüfung geschickt.«

Lodi lächelte erleichtert und nickte ihm zu. Kathrin und sie richteten sich wieder auf und gingen zwei Schritte zurück.

»Noch mal zu der Anzahl und der Tiefe der Einstiche«, leitete Kathrin ein. »Unterstützen Sie aus rechtsmedizinischer

Sicht die These, dass die Brutalität der Tat auf eine emotionale Verbindung zwischen Täter und Opfer hinweist?«

Wittmann verzog das Gesicht, legte das Tablet hinter sich ab und verschränkte die Arme. »Gute Frage.« Wortlos betrachtete er eine Weile die Leiche, dann zuckte er mit den Schultern. »Das ist spekulativ, also nageln Sie mich bitte nicht fest. Aber aus meiner Erfahrung heraus vermute ich, dass hier viel Hass im Spiel war. Siebenundzwanzig Einstiche? Das geht weit über eine bloße Tötungsabsicht hinaus.«

»Sie denken an … Bestrafung?«, fragte Lodi.

Wittmann nickte. »Wer auch immer den Mann abgestochen hat, hat es sicherlich nicht im Affekt getan.«

TAG ZWEI

Sonntag, Vormittag, Präsidium

So sah man sich wieder, dachte Lodi. Ganz oben auf der Liste der Begegnungen, auf die sie verzichten konnte, standen die Gespräche mit dem Präsidenten des Polizeipräsidiums Nordhessen. Schon auf dem Weg durchs Treppenhaus hoch in die Teppichetage stieg jedes Mal Unbehagen in Lodi auf. Sie fing an zu schwitzen und fühlte sich zunehmend angespannt. Während man für gewöhnlich von einem »Folterkeller« sprach, war von Rheinfelds Büro hingegen ein »Folter-Penthouse«.

Von Rheinfeld hatte Lodi im vergangenen November auf den Maulwurf in ihrer Behörde angesetzt. Seitdem rief er sie mit Herzenslust zum Rapport. Er selbst hatte zuerst Thomas verdächtigt und war davon ausgegangen, dass die Indiskretionen mit dessen freiwilligem Ausscheiden enden würden. Lodi war ihrem Kollegen zur Seite gesprungen, und zum Glück hatte sich bewahrheitet, dass er nicht der Maulwurf war. Deshalb ging die Jagd weiter.

Das »Peter-Prinzip«, dachte Lodi, als sie nun ihrem Chef an dessen überbordendem Schreibtisch gegenübersaß. Erst neulich hatte sie in einem Interview mit einem Kolumnisten zum ersten Mal von dieser These gehört. Die hatte sie so erheitert, dass Lodi sie nachgelesen und auswendig gelernt hatte: »In einer Hierarchie neigt jeder Beschäftigte dazu, bis zu seiner Grenze der Unfähigkeit aufzusteigen.« Was konkret bedeutete, dass zum Beispiel bei der Polizei jedes Mitglied so lange die Karriereleiter erklimmen würde, bis die Anforderungen der neuen Position seine Fähigkeiten überstiegen. Erst dann würden weitere Beförderungen ausbleiben.

Auch jetzt brachte das Peter-Prinzip Lodi um ein Haar wieder zum Lachen. Sie hatte gelesen, dass es 1969 in dem gleichnamigen Buch veröffentlicht wurde, das wiederum zu den Klassikern der nordamerikanischen Managementliteratur zählte. Wäre sie Laurence J. Peter, der sich das Prinzip erdacht hatte, zu Lebzeiten begegnet, hätte sie ihm massiv widersprochen. Von Rheinfeld war der beste Gegenbeleg zu Peters These, denn seine Fähigkeiten und die Anzahl seiner Beförderungen hatten sich schon lange entkoppelt.

Der Präsident des Polizeipräsidiums Nordhessen legte die Finger vor seiner Brust zu einem Dreieck aneinander. Er musterte Lodi mit seinen grünen Augen und einem Blick, in dem sich Wut und Überheblichkeit trafen. Letztere drückte sich auch in dem hochpreisigen Anzug aus, mit dem er sich gern im Präsidium zeigte, Sonntag hin oder her. Als maßgeschneiderte Erinnerung, dass der Stuhl, auf dem er saß, nicht das Ende seiner Karriere sein sollte. In der Tat schien Lodis Vorgesetzter nur auf den richtigen Moment zu warten, um seine Fühler nach dem Posten des Landespolizeipräsidenten auszustrecken. Bis dahin würde er sich weiter mit den Lorbeeren anderer Leute schmücken.

Von Rheinfeld wippte mit den Fingern, sodass das Dreieck sich abwechselnd ausdehnte und zusammenzog. »Sie versuchen mir also mitzuteilen, dass es Ihnen in einem halben Jahr nicht gelungen ist, mir diesen Schweinehund auszuliefern«, sagte er. »Oder habe ich Ihr Gestammel falsch verstanden?«

Lodi hüstelte sich in die Faust. »Nein, Herr Präsident.«

»Nein was?«

»Nein, es gibt trotz meiner Bemühungen noch keine Hinweise auf die Person, die der Presse Informationen zuträgt.«

Er sah sie eine Weile wortlos an.

»Sie setzen die falschen Prioritäten, Frau Lenke«, sagte er schließlich, kühl und doch bedrohlich. Er zog eine Schublade auf, entnahm ihr eine Mappe, aus der ein Stück eines Zeitungsartikels hervorlugte, und ließ sie mit einem Klatschen auf den Tisch fallen. »Sehen Sie sich dieses Dossier an. Unsere geschätzte Pressesprecherin schneidet alle Berichte aus, die nur geschrieben werden können, weil dieser …« Eine Phalanx von herabsetzenden Begriffen schien durch seinen Verstand zu laufen.

»Informant«, soufflierte Lodi.

»Nennen Sie diese Ratte, wie Sie wollen. Diese verfluchte Mappe wird fetter und fetter. Und Sie sehen zu, wie jemand sie mästet.«

»Ich tue, was ich kann, Herr Präsident.«

Er schnaufte und drehte sich zum Fenster, vor dem eine Linde zum Himmel wuchs.

Lodi fragte sich nicht zum ersten Mal, warum von Rheinfeld so versessen darauf war, das Leck zu finden. Eines wusste sie jedoch: Sie kaufte ihm das Bild, das er von sich nach außen präsentierte, nicht ab. Er war nicht der tugendhafte Präsident, der sich schützend vor die Menschen in seiner Behörde warf. Er jagte dem Maulwurf nicht aus Selbstlosigkeit nach, sondern er brachte sich in Stellung. Denn je schneller er der Öffentlichkeit einen Schuldigen präsentierte, desto wahrscheinlicher würde er für den scheidenden Landespolizeipräsidenten nachrücken.

Lodi steckte in einem Dilemma. Einerseits war sie frei von Sympathien für ihren Chef und missgönnte ihm diesen Posten. Andererseits würde er im Zuge einer Beförderung nach Wiesbaden wechseln, sodass sie ihn los wäre. Zugleich durfte sie es sich bei ihm aber nicht verscherzen, denn den womöglich bald ranghöchsten Polizisten des Landes hatte man besser nicht gegen sich.

Von Rheinfeld hatte genug aus dem Fenster geschaut und drehte sich wieder um. »Was ist mit diesem ermordeten Jäger?«, fragte er. »Die Pressefritzen belagern mich seit gestern wegen dieser Sache. Mein E-Mail-Postfach quillt über vor Anfragen. Können wir diesen Hyänen etwas hinwerfen?«

Demnach waren auch in Lodis neuem Fall binnen weniger Stunden Details an die Presse gelangt. In ihren Augen ließ das nur eine Schlussfolgerung zu: Das Leck musste an hoher Stelle zu finden sein. Es konnte nur jemand sein, der Zugang zu fallsensiblen Informationen besaß.

»Die Kollegin Hertz und ich waren gestern Abend in der Pathologie«, berichtete Lodi. »Es wurde siebenundzwanzig Mal auf den Mann eingestochen. Laut Dr. Wittmann, dem Pathologen, spricht dies gegen eine Tötung im Affekt. Er glaubt, dass zwischen Täter und Opfer eine Beziehung bestanden haben muss, möglicherweise eine ziemlich enge.«

Von Rheinfeld verkniff das Gesicht, sodass zwischen seinen Augenbrauen eine Falte entstand. »Sie denken an ein Familienmitglied?«

»Das ist möglich. Wir werden alle überprüfen.«

»Gibt es sonst noch Hinweise? Wer auch immer es getan hat, bei diesem Blutbad kann der Täter unmöglich von dem Hochsitz runtergekommen sein, ohne Spuren hinterlassen zu haben.«

»Wir haben die Tatwaffe. Außerdem Fingerabdrücke, die wir gerade abgleichen, Blut, das nicht vom Opfer stammt, sowie

Hautpartikel und Faserspuren. Wird alles bereits von Wiesbaden überprüft.«

»Noch etwas?«

Lodi erinnerte sich daran, was Richard ihr am Fundort mitgeteilt hatte. »In der Nähe des Hochsitzes sind die Kollegen auf eine großflächig platt gedrückte Fläche im Gras gestoßen. Es wäre möglich, dass sich dort jemand niedergelassen und das Opfer ausspioniert hat. Wir müssen uns anschauen, was die Spurensicherung dazu sagt.«

Der Brief, fiel es Lodi ein. Sollte sie ihren Vorgesetzten über ihn aufklären?

Sie entschied sich dagegen. Aus demselben Grund, weshalb sie Kathrin abgeraten hatte, über den Verfasser zu spekulieren: Weil es nicht sicher war, ob er existierte. Zwar nahm sie Karsten Fänger seine Aussage ab, aber man konnte nie wissen.

Lodi sah zu von Rheinfeld hinüber. Sein Blick quoll über vor Erwartung. »Einen Mangel an Spuren können Sie diesmal jedenfalls nicht beklagen, Frau Lenke.« Er sparte sich weitere Worte, und dennoch war Lodi klar, was diese Augen ihr beibringen sollten: Von Rheinfeld würde lange Ermittlungen nicht tolerieren. Vor allem jedoch keinen Misserfolg.

* * *

Lodi ging durchs Treppenhaus zurück in den dritten Stock. In Gedanken war sie immer noch bei dem Gespräch mit dem Polizeipräsidenten. Wie konnte es ein karrierefixierter Mann wie er in ein solch hohes Amt schaffen? Von Rheinfeld war nicht der Erste, bei dem sie sich diese Frage stellte. Er war das Produkt eines Systems, in dem statt den Fleißigen meistens die Speichellecker die Karriereleiter emporkletterten. Lodi liebte ihren Beruf, und obwohl er häufig an ihren Kräften zehrte, konnte sie sich keinen besseren vorstellen. Das schützte sie nicht davor, sich innerhalb der Strukturen bewegen zu müssen, und damit hatte sie schon immer ihre Schwierigkeiten gehabt. Auf der Klaviatur der Eitelkeiten konnte sie bestenfalls einen Flohwalzer spielen, und Speichelleckerei war für sie nie infrage gekommen.

Also musste sie sich mit der Tatsache abfinden, dass das Leistungsprinzip in Behörden eine untergeordnete Rolle einnahm. Am weitesten kam, wer nach den Regeln spielte und diese für seine Karriere nutzte. Wie Corinna Sternberg, die vor einem halben Jahr zur Leiterin der Pressestelle ernannt worden war. Seitdem kursierten beim K11 wilde Gerüchte, wie die Mittfünfzigerin mit der blonden Hochsteckfrisur zu diesem Posten gekommen war. Die wohlmeinendste Theorie lautete, sie habe von Rheinfeld garantiert, den Maulwurf zu finden, als Gegenleistung dafür, dass er sie zur Leiterin machte. Bösere Zungen behaupteten, dass Sternberg sich ihre Beförderung anderweitig verdient und von Rheinfelds Ehekrise ausgelöst habe.

Lodi ging gerade die letzte Treppe hinunter, als ihr Handy sich meldete. Eine unbekannte Nummer blinkte auf dem Display. Skeptisch nahm sie ab. »Lenke?«

»Hallo, hier ist Karsten Fänger. Sie haben mich gestern über den …« Es schien ihm schwerzufallen, den Tod seines Vaters auszusprechen. Sekundenlanges Schweigen ergriff die Leitung.

»Ich erinnere mich an Sie«, sagte Lodi. Ihr fiel wieder ein, dass sie ihm ihre Dienstnummer notiert hatte. »Was kann ich für Sie tun?«

»Zunächst möchte ich mich entschuldigen, dass ich Sie an einem Sonntag anrufe.«

»Kein Problem. Unsere Dienste richten sich nicht immer nach den Arbeitszeiten der übrigen Bevölkerung.«

»Das kann ich mir vorstellen.« Er legte eine kurze Pause ein. »Ich rufe an, weil ... Ich hatte Ihnen von dem Drohbrief erzählt?«

Lodi brummte zustimmend. »Haben Sie ihn gefunden?«

»Nein, leider noch nicht. Aber mir ist eingefallen, dass mein Vater ihn mir bei meinem letzten Besuch gezeigt hat. Er hat mich gebeten, ein Bild mit dem Handy zu machen, für alle Fälle. Das hatte ich total vergessen.«

»Das heißt, Sie sind im Besitz eines Fotos, auf dem der Brief zu sehen ist?«

»Genau. Es ist zwar nur eins und die Qualität lässt auch zu wünschen übrig, aber ich dachte, ich melde es Ihnen besser.«

»Absolut. Das war die richtige Entscheidung.«

»Mit dem heutigen Wissen wünsche ich mir, ich hätte meinem Vater besser zugehört und seine Sorgen nicht abgetan. Vielleicht würde er dann heute noch leben.«

Bei ihrer gestrigen Begegnung hatte Karsten Fänger sich als unangenehmer Mensch präsentiert. Selbstverliebt, überheblich, geringschätzig. Seitdem Lodi ihm die Todesnachricht überbracht hatte, zeigte er sich wie verwandelt. Als hätte diese Nachricht ihm den Stecker gezogen.

Sie hüstelte sich in die Faust. »Herr Fänger, wenn Sie mir eine Anmerkung gestatten: Nur einer trägt die Verantwortung für den Tod Ihres Vaters. Nämlich derjenige, der es getan hat. Nichts, was Sie unternommen oder unterlassen haben, hat zu dieser abscheulichen Tat beigetragen. Ich wiederhole: nichts.« Schweigen. »Verstehen Sie das?«

Er schniefte. Seine Stimme klang mürbe, als er antwortete: »Vielen Dank. Das ist sehr nett von Ihnen.«

»Es ist die Wahrheit. Aber kommen wir zurück zu dem Foto: Bitte schicken Sie es mir so zeitnah wie möglich.«

»Selbstverständlich«, versicherte Fänger. »Sobald wir aufgelegt haben.«

Er hielt seine Zusage ein und leitete umgehend das Foto weiter. Lodi suchte nach Kathrin und fand sie im Besprechungsraum, wo sie ebenfalls gerade telefoniert hatte. Sie schmunzelte, als sie den Aufdruck auf dem T-Shirt ihrer Kollegin las: »Karma regelt das«. Sie setzte sich neben sie und legte ihr Handy auf den Tisch. Gespannt beugten die beiden Frauen sich über das Display.

»Ich leite das Foto hiernach direkt ans LKA weiter«, sagte Lodi. »Die Kollegen sollen die Handschrift analysieren. Mal sehen, was sie uns danach über den Verfasser verraten können. Ob es sich um einen Mann oder eine Frau handelt, mit welcher Altersgruppe wir es zu tun haben …«

Kathrin zog die Augenbrauen zusammen. »Der Sprachgebrauch weist eindeutig auf eine gebildete Person hin«, sagte sie und scrollte zu einer Textstelle. »Hier steht's: Sollten Sie sich außerstande sehen, Ihre Mordlust zu zügeln, sind wir gezwungen, Ihnen auch mittels Anwendung von Gewalt als Ultima Ratio Einhalt zu gebieten.«

Kathrin hatte recht, das klang schwülstig und gestelzt, beinahe wie Beamtensprache. Als sei der Drohbrief ein Verwaltungsakt. Der restliche Text war ähnlich formuliert.

»Sehr wahrscheinlich hat unser Täter einen akademischen Hintergrund«, fuhr Kathrin fort. »Ich werte den Begriff Ultima Ratio als Beleg dafür.«

Auch das stimmte. Zwar zählte der Ausdruck zu den bekanntesten und am häufigsten benutzten lateinischen Phrasen, aber diese wurden vor allem in Bevölkerungskreisen mit höheren Bildungsabschlüssen verwendet. Zusammen mit dem gespreizten Satzbau unterstrich dies Kathrins These.

Lodis Aufmerksamkeit hatte jedoch ein anderer Teil des Briefes erregt. Sie vergrößerte die Stelle und zitierte: »Sehen *wir* uns gezwungen.« Die beiden tauschten einen flüchtigen Blick aus.

»Möglicherweise haben wir es mit mehr als einem Täter zu tun«, schlussfolgerte Kathrin.

»Oder mit jemandem, der vortäuscht, nicht allein zu sein«, ergänzte Lodi. »Wir sollten das Internet und die sozialen Medien durchforsten. Vielleicht stoßen wir auf etwas, das uns weiterbringt.«

Kathrin nickte verhalten. Sie sah aus dem Fenster und trommelte mit den Fingern auf dem Tisch. Auf Lodi erweckte ihre Kollegin den Eindruck, als beschäftigte sie noch ein weiterer Punkt.

»Nun rück schon raus damit«, forderte sie sie in liebevollem Ton auf. »Ich sehe dir doch an, dass du dir wegen irgendwas Gedanken machst.«

»Es ist dieses eine Wort«, antwortete Kathrin. »Mordlust. Das lässt mir keine Ruhe.«

Lodi nahm das Handy vom Tisch und las sich den Satz erneut durch. Auch sie blieb an dem Wort hängen. Ihr drängte sich jedoch nicht sofort auf, warum.

»Offenkundig verurteilt jemand die Art, mit der Fänger seiner Passion nachgegangen ist«, sagte sie. »Das könnte ein Ermittlungsansatz sein. Hat er als Jäger möglicherweise mehr Tiere getötet als nötig?«

»Das ist es nicht. Mir geht es um die Semantik.«

»Du meinst, das Wort verrät uns etwas über die Gesinnung des Täters?«

Kathrin zuckte mit den Schultern. Sie faltete die Hände einander und legte sie vor sich auf dem Tisch ab. »Ich assoziiere dieses Wort mit der Tötung eines Menschen. Natürlich sind Tiere Lebewesen, aber indem Fänger hier Mordlust nachgesagt wird, stellt der Verfasser Tier und Mensch auf dieselbe Stufe.«

»So habe ich es noch nicht betrachtet.«

»Sagt dir der Begriff Speziesismus etwas?«

»Leider nein. Was bedeutet er?«

»Er beschreibt, dass Lebewesen aufgrund ihrer Zugehörigkeit zu einer Art von einer anderen diskriminiert werden. Klassisches Beispiel: die unterschiedliche Behandlung von Kühen und Hunden durch uns Menschen.«

»Inwiefern siehst du eine Verbindung zu unserem Drohbrief?«

»Nun, bei dem Verfasser könnte es sich um einen sogenannten Antispeziesisten handeln. Ich habe erst kürzlich von einer wachsenden Tierbefreiungsbewegung gelesen. Dort wird Speziesismus als Ideologie angesehen, die die moralische Rechtfertigung zur Ausbeutung der Tiere in der menschlichen Gesellschaft liefere. Diese gelte es auf allen Ebenen zu bekämpfen. Auch auf der sprachlichen, wo zum Beispiel von einer dummen Kuh, Nutztieren und Legehennen die Rede ist. Genauso wie wir zwischen essen und fressen oder gebären und werfen unterscheiden, obwohl es sich um dieselben Vorgänge handelt.«

Lodi musste diese Informationen sacken lassen. Sie hatte von der Bewegung, von der Kathrin gesprochen hatte, noch nichts gehört. Den Gedanken und Rückschlüssen ihrer Kollegin konnte sie jedoch folgen. Für sie ergaben sie Sinn.

»Was schlägst du also vor?«, fragte sie.

»Ich werde mich durch einschlägige Tierschutzforen lesen«, antwortete Kathrin. »Ich gehe zwar nicht davon aus, dass der Täter dort seine Pläne breitgetreten hat, aber möglicherweise ergibt sich für uns ja ein Ermittlungsansatz ...«

Sonntag, Vormittag, Stadtmitte

Lodi stand vor dem Präsidium und wischte sich schnaufend den Schweiß von der Stirn. Am Himmel war keine Wolke zu sehen. Stattdessen ein schier endloses Blau, dasselbe Bild wie in den letzten Wochen. Als hätte Petrus die Tastenkombination für »Kopieren und Einfügen« entdeckt.

Lodi zückte ihr Smartphone. Zweiunddreißig Grad, behauptete die Wetter-App, immerhin acht Grad weniger als gestern. Morgen sollten es aber wieder vierzig werden.

Die Stadt gierte nach Abkühlung. Die Kasseler flüchteten in die Freibäder, schwammen in der Fulda oder im Buga-See. Die Zeitungen und Radiosender warnten vor den gesundheitlichen Gefahren der Hitze, und im Unterschied zu den langsam zur Neige gehenden Wasserbeständen in den Supermärkten nahm die Aggressivität der Menschen stetig zu.

Lodi überquerte den Vorplatz des Hauptbahnhofs. In einer Drogerie kaufte sie sich eine Apfelschorle und trank sie in einem Zug aus. Ein Obdachloser bat sie vor dem Laden höflich um die Pfandflasche, weshalb sie in das Geschäft zurückging und einige Snacks sowie mehrere Flaschen Wasser für ihn kaufte. Der

Mann sah Lodi beschämt und dankbar zugleich an. Er bekam kein Wort heraus.

»Schon gut«, sagte sie. »Lass es dir schmecken.« Zumindest eine kleine gute Tat, dachte Lodi.

Diese Begegnung stimmte sie nachdenklich. Aufgefallen waren ihr die Veränderungen in der Stadt zum ersten Mal im vergangenen November. Zwar überstrahlte der Sonnenschein die Wahrheit derzeit, doch seitdem konnte Lodi sie nicht mehr übersehen. Die Armut wuchs, Geschäfte kehrten der Innenstadt den Rücken und hinterließen leere Schaufenster, die Kriminalität stieg. Die Antwort aus dem Rathaus? Dröhnendes Schweigen. Die Menschen sorgten sich über die offensichtliche Rat- und Handlungslosigkeit der Stadtverwaltung. Für sie sah es aus, als würde die Politik die Augen vor dem Unangenehmen, aber Realen verschließen.

Lodi ging die Werner-Hilpert-Straße hinunter, vorbei am Hotel Reiss, einem Falafel-Imbiss und einer Shishabar, und klingelte bei Thomas.

»Du schon wieder«, begrüßte er sie an der Wohnungstür. »Du willst doch nicht etwa wirklich einziehen?«

»Ich freue mich auch, dich zu sehen«, erwiderte sie. »Und zu deiner Frage: Ich bin mit meiner Wohnsituation zufrieden.«

Er schmunzelte, dann bat er sie herein. Die Fenster waren mit Decken verhangen. Das erforderte, dass sie geschlossen blieben, weshalb Thomas längere Zeit nicht gelüftet hatte. Ein übler Mief hing zwischen den Wänden.

Thomas holte zwei Limo-Dosen aus dem Kühlschrank, kühlte sich mit einer davon die Stirn und reichte Lodi die andere. Er schloss die Augen und seufzte genießerisch.

»Setzen wir uns auf den Balkon?«, schlug er vor. »Ich habe einen Sonnenschirm aufgestellt …«

Kurz darauf saßen sie auf Klappstühlen und prosteten sich zu. Mit viel Wohlwollen maß der Balkon gerade einmal zwei Quadratmeter.

»Da wird es selbst mit der euphemistischen Beschreibung als französischer Balkon schwierig«, kommentierte Thomas.

Lodi lächelte und trank einen Schluck. Zitronengeschmack, den mochte sie am liebsten. Ihr ehemaliger Kollege wusste das und hatte extra ein paar Dosen gekauft, für den Fall, dass sie ihn besuchte.

»Wie geht's dir?«, fragte Lodi. Sie stellte die Limo neben sich ab, überschlug die Beine und legte ihre Hände aufs Knie. »Du siehst ...« Sie zögerte. »Besser aus als neulich.«

Thomas winkte ab. Über seine Lippen huschte ein gezwungenes Lächeln. »Das mit dem Lügen solltest du noch mal üben.«

Lodi zuckte mit den Schultern. »Tut mir leid.«

Sie verfielen einen Augenblick in Schweigen, bis Lodi die Stille durchbrach. »Um ehrlich zu sein, überfordert mich die Situation ein wenig. Ich meine, wir haben sechs Jahre lang zusammen in unserem Büro gesessen, ermittelt, Zeugen und Verdächtige befragt ...« Sie deutete mit dem Kinn in die Richtung des Polizeipräsidiums. »Und dann warst du von einem auf den anderen Tag nicht mehr da.«

Thomas nickte eine Weile vor sich hin, sein glasiger Blick verschwamm auf den Balkonfliesen. Er schien in seinem Wortschatz nach Begriffen für seine Gefühle zu suchen. Das war ihm noch nie besonders gut gelungen, deshalb lenkte er in solchen Momenten meistens ab, indem er etwas Lustiges von sich gab.

»Gib's zu, du vermisst meine Sprüche«, sagte er. Er schaute zu ihr auf und zwinkerte. Er setzte sich aufrecht hin, streckte den Rücken durch und die Brust raus. »Kann ich verstehen. So einen humorvollen Kollegen wie mich findest du kein zweites Mal in unserem schönen Bundesland.«

Lodi musste schmunzeln. Thomas gelang es immer noch, Situationen wie diese aufzulockern. Manchmal hatte es ihm jedoch an dem Gespür gefehlt, wann sein Humor angebracht war und wann nicht.

»Du könntest recht haben«, antwortete sie. »Allerdings muss ich auch nicht mehr den Blitzableiter spielen. Ich musste verdammt viele aufgebrachte Personen wegen dir beruhigen.«

Thomas nippte an seiner Limo. »Dafür habe ich mich nie bei dir bedankt, oder?«, fragte er mit trauriger Stimme.

Lodi schaute ihm in die Augen. Er brauchte nichts zu sagen, ihr stilles Verständnis funktionierte noch immer. Stumm entschuldigte Thomas sich bei ihr und drückte ihr seine Dankbarkeit aus.

»Ich hab in der Zeitung etwas von einer Leiche im Kaufunger Wald gelesen«, sagte er anschließend. »Vermute ich richtig, dass du und die Neue an dem Fall dran seid?«

»Ja, Kathrin ist super. Ich glaube, sie hat ein außerordentliches Gespür. Sie ist schon jetzt eine gute Kommissarin, und wenn sie ihren Weg weitergeht, wird sie eine hervorragende Ermittlerin werden.«

»Habt ihr schon etwas herausgefunden?«

»Es gibt erste Indizien, aber nichts Eindeutiges. Noch wissen wir nicht, wohin sie uns führen.«

»Um was für Hinweise handelt es sich?«

Lodi setzte zu einer Antwort an … und stoppte, bevor das erste Wort ihren Mund verlassen hatte. Ja, Thomas und sie waren lange Zeit ein Team gewesen, hatten sich sogar angefreundet. Doch Vertrauen hin oder her, auch wenn seine Gesundheit ihm keine Wahl gelassen hatte, war er nun mal aus dem K11 ausgeschieden. Juristisch gesehen würde Lodi daher einem Zivilisten ermittlungsrelevante Details verraten, und das stellte einen fundamentalen Verstoß gegen dienstrechtliche Vorschriften dar.

Wenn dies irgendwie zu von Rheinfeld durchsickerte, würde er glauben, dass Weihnachten und Ostern auf einen Tag gefallen seien.

Lodi räusperte sich. »Thomas, ich würde dir sehr gern …«

Das Klingeln ihres Handys rettete sie aus der Bredouille. Der Ton riss sie aus ihrem Konzept, sie schreckte auf. Sie tippte sich erklärend an die Hosentasche.

»Entschuldige mich bitte kurz.« Sie ging zurück in die Wohnung und nahm ab. »Lenke?«

»Hallo, hier ist Öztürk.« Die Kollegin vom LKA, die Lodi während ihrer Ermittlungen im Fall Sonja Werkmann kennengelernt hatte. »Störe ich?«

»Nein, alles gut. Ich besuche gerade meinen ehemaligen Kollegen, Thomas Ziegler.«

»Oh, das ist …«

Öztürks Stimme klang betroffen. Auch sie hatte die Ereignisse im letzten Herbst mitbekommen, die zu Thomas' Absturz geführt hatten. Ihr schienen jedoch nicht die richtigen Worte einzufallen, sodass sie lieber schwieg. Das Mitgefühl der jungen Frau drang auch so durch die Leitung.

»Ich rufe Sie wegen den Fingerabdrücken an der Tatwaffe an«, sagte sie kurz darauf.

Lodi zog sich einen Stuhl vom Wohnzimmertisch heran und setzte sich. »Sagen Sie bloß, Sie haben einen Treffer?«

»Den haben wir. Sein Name ist Jacob Krentz.«

Lodis Augen weiteten sich. Würde es ihnen so schnell gelingen, den Fall Fänger aufzuklären? Das würde von Rheinfeld den Wind aus den Segeln nehmen, zumindest fürs Erste. Sie konnte es kaum erwarten, ihm eine Festnahme und somit einen raschen Ermittlungserfolg auf seinen übergroßen Schreibtisch zu knallen. Es würde sie Mühe kosten, dabei nicht mit breiter Brust zu grinsen.

»Es gibt allerdings ein Problem«, zerstörte Öztürk ihre Hoffnung auf dem Fuße. »Die EMA-Abfrage hat ergeben, dass Krentz nirgendwo gemeldet ist.«

Lodi blinzelte irritiert. »Sie meinen, er ist vermutlich obdachlos?«

»Er hat zumindest keinen festen Wohnsitz. Er könnte natürlich auch bei Familienmitgliedern, Freunden oder Bekannten untergeschlüpft sein, aber erfahrungsgemäß … Ach, wem erzähle ich das? Sie wissen besser als ich, dass OFW meistens gleichbedeutend ist mit Obdachlosigkeit.«

Lodi ließ den Kopf hängen. Sie schloss die Augen und seufzte.

»Tut mir leid«, sagte Öztürk.

»Schon gut. Ich hatte nur gehofft, dass wir … Sie wissen schon, den Fall abschließen können.« Lodi atmete tief durch – was für eine Achterbahnfahrt der Gefühle. »Woher stammen die Fingerabdrücke von Krentz eigentlich? Er muss demnach ja mal erkennungsdienstlich behandelt worden sein.«

»Er wurde vor drei Jahren bei einer Demonstration in Gießen festgenommen. Da muss er wohl die Kontrolle verloren und die Kollegen von der Bereitschaftspolizei beleidigt und bespuckt haben.«

»Was für eine Demonstration?«

»Das habe ich mich auch gefragt und deshalb nachgeschaut. Die Organisation heißt AFF. Sagt Ihnen das etwas?«

»Leider nein.«

»Das steht für Animal Freedom Force.«

»Klingt irgendwie nach … radikalen Tierschutzaktivisten?«

»Die Annahme liegt nahe. Mehr als die Bedeutung des Kürzels weiß ich allerdings auch nicht über die AFF. Da müssten Sie noch mal nachforschen.«

»Okay, machen wir. Haben Sie vielen Dank, Frau Öztürk, Sie haben uns trotzdem weitergeholfen. Bitte melden Sie sich, sobald Sie etwas Neues zu den Hautpartikeln wissen.«

Lodi ließ sich von ihr noch die Adresse durchgeben, unter der Jacob Krentz zuletzt gemeldet gewesen war, und verabschiedete sich. Eine Zeit lang blieb sie sitzen, den Kopf auf die Hand gestützt, und blickte ins Leere. Aus der Traum von der schnellen Verhaftung. Es hätte so schön sein können.

Dann stand sie auf und schob den Stuhl zurück an den Tisch.

»Ich muss los«, rief sie Thomas auf dem Balkon zu. »Danke für die Limo!«

* * *

Draußen erwartete Lodi eine Hitzewand. Sie trat aus dem Haus auf den Bürgersteig, ächzte und schaute sich um. Auf der Straße flimmerte die Luft. Um sich abzukühlen, zerrte Lodi an ihrer oversized Bluse, doch es half nicht. Dann setzte sie sich mit einem Stöhnen in Bewegung und ging los in Richtung Präsidium. Sie wollte mit Kathrin besprechen, was sie soeben von Frau Öztürk erfahren hatte.

Es war früher Nachmittag. Die Sonne hatte ihren höchsten Stand erreicht. Die zweiunddreißig Grad, auf die sie die Stadt erhitzte, würden sich bis in den späten Abend hinein halten. Für Lodi versprach es eine weitere Nacht mit wenig Schlaf zu werden. Im Internet hatte sie bereits in den vergangenen Tagen nach verschiedenen Tipps gesucht: Sie hatte einen Luftentfeuchter gekauft und eine Sommerdecke bestellt, sie hatte vorher geduscht und sich nur leicht abgetrocknet, damit ein feuchter Film ihre Haut benetzte, sie hatte ihre Fenster tagsüber geschlossen gehalten und sie erst kurz vorm Zubettgehen aufgerissen und sie hatte ihre Funktionswäsche ins Eisfach gelegt. Nichts davon hatte geholfen. Wenn es mit der Hitze in der Stadt so weiterging, würde sie um eine Klimaanlage im Schlafzimmer nicht mehr herumkommen. Von diesem Plan durfte sie Kathrin auf keinen Fall erzählen, denn dann würde sie ihr wieder eine Predigt halten.

Sie fand ihre neue Kollegin in der Teeküche. Sie saß über ein Tupperware-Behältnis gebeugt und fischte mit zwei Stäbchen darin herum. Daneben stand eine Fruchtschorle mit Eiswürfeln, aus der ein Glasstrohhalm herausragte.

»He, ich mache gerade mal eine Pause vom Recherchieren.« Kathrin zeigte mit den Stäbchen auf den kleinen Kühlschrank in der Küchenzeile. »Hast du Hunger? Ich habe genug mitgebracht. Du musst es dir nur rausholen und warm machen.«

Lodi beugte sich zu ihr hinüber und linste in das Behältnis. »Ist das Kichererbsencurry?«

Kathrin nickte. »Nimm dir noch ein bisschen von dem Naturjoghurt dazu. Das schmeckt richtig gut.«

»Und was trinkst du da?«

»Traubensaftschorle.« Sie zog an dem Strohhalm und strahlte. »Ist sehr erfrischend. Auch davon habe ich genug mitgebracht. Gieß dir einfach etwas ein …«

Lodi lud eine Portion Kichererbsencurry auf einen Teller, stellte ihn in die Mikrowelle und programmierte sie auf zwei Minuten. Dann goss sie sich ein Glas von der gekühlten Schorle ein. Kathrin hatte recht, sie schmeckte wirklich erfrischend.

»Karsten Fänger ist vorbestraft«, sagte ihre Kollegin da. »Wusstest du das?«

Lodi drehte sich zu ihr um und lehnte sich mit verschränkten Armen gegen die Arbeitsplatte. »Nein. Aber ehrlich gesagt bin ich nicht überrascht. Ich hatte bei ihm gleich so einen Riecher.«

»Ich auch. Er wirkt wie ein zwielichtiger Kerl.«

»Wofür ist er verurteilt worden?«

»Rate mal. Ich wette, du kommst nicht darauf. Mir wäre es nicht in den Sinn gekommen.«

66

»Hmmm…« Lodi sah zur Decke und runzelte die Stirn. Karsten Fänger hatte nicht den Eindruck eines Gewalttäters erweckt. Aufgrund seiner schmächtigen und untrainierten Statur schloss sie körperliche Delikte aus. Auch wenn ihre Polizeilaufbahn sie gelehrt hatte, dass man keine voreiligen Schlüsse aus dem Erscheinungsbild eines Menschen ziehen sollte, denn manchmal entpuppten sie sich als Vorurteile. In einigen Fällen stellten sie sich jedoch auch als zutreffend heraus. Fänger wirkte wie ein kluges Köpfchen, gleichzeitig hielt Lodi ihn für eine linke Bazille. Für sie kamen nur Straftaten in Betracht, bei denen diese beiden Qualitäten gefragt waren. Das konnte nur …

»Wirtschaftsdelikte«, tippte sie. »Was hat er verbrochen? Steuern hinterzogen? Insidergeschäfte an der Börse getätigt?«

Kathrin verzog den Mund und nickte beeindruckt. »Nicht schlecht, nur knapp daneben: Crypto-Crime.«

Lodi ging ein Licht auf. »Du meinst … Kryptowährung?«

»Exakt. Er hat Schadsoftware auf fremde Privatrechner geladen und mit ihnen Bitcoins geschürft. Nach ein paar Monaten ist den ersten Geschädigten dann anhand der Rechnung der Stadtwerke aufgefallen, dass etwas nicht mit rechten Dingen zuging. Fänger hat allerdings einen eher bescheidenen finanziellen Schaden verursacht, der beschränkt sich auf die Stromkosten und die Abnutzung der Computer. Deshalb ist er mit einem blauen Auge davongekommen. Trotzdem ist ein Jahr Freiheitsstrafe auf Bewährung herausgekommen, in einem halben Jahr hat er auch die hinter sich …«

Wenig später saßen sie gut gesättigt am Tisch und prosteten sich zu. Kathrin hatte im Hinblick auf ihr Kichererbsencurry nicht zu viel versprochen. Der Reis schmeckte Lodi besonders gut. Auf Nachfrage verriet ihre Kollegin ihr das Geheimnis: Sie hatte sich vor Kurzem einen Reiskocher gekauft und gab seitdem ein Reisgewürz hinzu, das das spezielle Aroma ausmachte.

»Kann ich von nun an häufiger mitbringen, was?«

»Ich hätte nichts dagegen.«

Kathrin lächelte. Wieder sah es aus, als würden das nicht nur ihre Lippen tun, sondern ihr Gesicht als Ganzes. Einen so einnehmenden Ausdruck der Freude hatte Lodi vorher noch bei keinem Menschen beobachtet. Fasziniert sah sie ihr Gegenüber an.

»Die Kollegin vom LKA hat mich angerufen«, sagte sie schließlich und fasste die Erkenntnisse aus dem Gespräch mit Öztürk zusammen.

Kathrins Mundwinkel wanderten wieder nach unten. Sie seufzte. »Dann könnte es schwierig für uns werden, den Kerl zu finden.«

Lodi startete die Notizenapp auf dem Smartphone und drehte das Display zu ihrer Kollegin hin. »Ich habe mir von Öztürk seine letzte Meldeadresse geben lassen. Wir sollten hinfahren und uns umhören. Vielleicht erfahren wir etwas von den Nachmietern oder den Nachbarn.«

»Gute Idee!«

Als Lodi nun von der Demonstration der AFF erzählte, bei der Krentz festgenommen worden war, weiteten sich Kathrins Augen.

»Über die habe ich etwas in einem Forum gelesen«, sagte sie. »Ist wohl eine ziemlich kleine Truppe, höchstens zwischen vierzig und fünfzig Personen. Aber dafür sind sie in ihren Ansichten umso radikaler. Zumindest nach dem, was ich über sie aufgeschnappt habe.«

Lodi verschränkte die Arme und lehnte sich zurück. »Das würde sich mit unseren Annahmen decken, die wir aus dem Drohbrief an Fänger herausgelesen haben.«

Kathrin nickte stumm.

Lodi tippte sich an die Nasenspitze und dachte nach. »Ich rufe die Staatsanwältin an«, sagte sie schließlich. »Sie soll den Richter fragen, ob er einer Fahndung nach Krentz zustimmt.«

»Mach das. Ich versuche in der Zwischenzeit, mehr über die AFF herauszufinden. Und danach fahren wir zu der letzten Meldeadresse …«

Sonntag, früher Nachmittag, Büro

»Frau Lenke«, begrüßte Hannah Grün sie beschwingt. »Es freut mich, von Ihnen zu hören. Wie lange ist das her?«

»Etwa ein halbes Jahr«, antwortete Lodi.

»Puh, die Zeit rennt. Wie geht es Ihnen?«

»Ganz gut so weit. Bis auf die Hitze, die macht mir etwas zu schaffen. Und das, obwohl ich sommerliche Temperaturen mag.«

»Wem sagen Sie das?« Grün prustete, danach dämpfte sie ihre Stimme. »Mir ist zu Ohren gekommen, dass Ihr Kollege aus dem Dienst ausgeschieden ist? Wie tragisch.«

Lodi erinnerte sich an Thomas, wie er erst gestern an seinem Wohnzimmertisch saß. Blass, ungepflegt, mit traurigem Blick.

»Ja, er ...« Das Bild erschwerte es ihr, zu sprechen. »Die Schüsse, er hat sie ... Diese Nacht am Edersee, die hat ihn ...«

Es entstand ein unangenehmes Schweigen.

»Entschuldigen Sie, ich wollte Ihnen damit nicht zu nahe treten«, beendete die Staatsanwältin es. »Wenn Sie ihn sehen, grüßen Sie ihn bitte von mir. Aber kommen wir zu Ihrem Anruf. Sie klingen in Eile, was kann ich für Sie tun?«

Lodi atmete tief durch, dann brachte sie Grün auf den aktuellen Stand im Fall Helmut Fänger und unterrichtete sie über die geplanten nächsten Ermittlungsschritte.

»Sie denken an eine Fahndung«, schlussfolgerte Grün. »Wir machen es so: Sie fahren zu der letzten Meldeadresse, denn vielleicht kriegen Sie dort ja wirklich etwas über seinen Aufenthaltsort heraus, und ich kläre das in der Zwischenzeit mit dem Richter. Einverstanden?«

Lodi bedankte sich und stimmte zu, dann verabschiedeten sie sich. Als hätte Kathrin draußen auf dem Flur nur das Gesprächsende abgewartet, kam sie nun ins Büro.

»Und, was sagt die Staatsanwältin?«

»Sie spricht es ab und meldet sich danach.«

Lodi deutete auf das Notebook, das unter dem Arm ihrer Kollegin klemmte.

»Hast du über die AFF recherchiert?«

»Habe ich. Aber das erzähle ich dir unterwegs …«

Sie verließen das Präsidium, stiegen in einen freien Dienstwagen und fuhren los. Trotz des Sonnenschutzes hinter der Windschutzscheibe hatte sich die Hitze in dem Auto aufgestaut, denn es hatte tagelang ungenutzt auf dem Parkplatz im Innenhof gestanden. Lodi hätte gern die Klimaanlage aufgedreht. Kathrins kleiner Vortrag war ihr jedoch noch präsent genug, sodass sie stattdessen ihr Fenster herunterfuhr und das Schiebedach öffnete. Der Fahrtwind zog durch den Wagen und sorgte zumindest für ein bisschen Abkühlung. Sie folgten der Wolfhager Straße und schlängelten sich auf ihr durch die Stadt.

»Schieß los, was hast du über diese Gruppe herausgefunden?«

»Nun, es wird dich wahrscheinlich genauso wenig überraschen wie mich, dass die AFF über keine Internetpräsenz verfügt. Ich habe mich also in Foren, Blogs und Zeitungsartikeln schlaugemacht.«

Kathrin fing an zu erzählen. Erst vor sechs Jahren hatten sich Umweltwissenschaftler, Tierrechtsanwälte und Aktivisten aus anderen sozialen Bewegungen in Göttingen zur Animal Freedom Force zusammengeschlossen. Die Gründung der Gruppe verstanden die Mitglieder als Antwort auf die zahllosen Fälle von Tierquälerei, die in den 2010er-Jahren publik geworden waren. Was sie vereinte, war ihre Empörung über die Ausbeutung von Tieren, die sie im Speziesismus begründet sahen. Sie riefen zu Demonstrationen und Protestmärschen auf. Doch dieser Weg trug keine Früchte, und so ging die Gruppe alsbald zu radikaleren Maßnahmen über. Während sie sich anfangs kompromissbereit zeigte, verfolgte sie nun eine Strategie des »Alles oder nichts«. Die AFF befreite Tiere aus Laboren, zerstörte Einrichtungen, die sie als Zentren der Tierquälerei ausmachte, und spielte den Medien die Aufnahmen ihrer Aktionen zu. Mit ihnen polarisierte sie die Gesellschaft. Einige wenige Bürger sahen in der AFF etwas Gutes, betrachteten sie als notwendigen Stachel im Fleisch des Systems. Für die übergroße Mehrheit hingegen stellte die Gruppe eine wachsende extremistische Gefahr dar. Ihre militanten Einstellungen gingen sogar anderen Tierschutzorganisationen zu weit, sodass diese sich von ihr distanzierten.

»Für mich spricht vieles dafür, dass wir auf der richtigen Spur sind«, sagte Kathrin. »Ich wundere mich nur, dass ich von dieser Gruppe so wenig mitbekommen habe.«

»Geht mir genauso«, erwiderte Lodi.

»Vielleicht weil die AFF sich mit ihren Aktionen bisher auf Niedersachsen beschränkt und die anderen Bundesländer verschont hat? Auf der anderen Seite ist Niedersachsen mehr oder weniger um die Ecke. Über die Autobahn sind's dreißig Minuten nach Hannoversch Münden, eine Stunde nach Göttingen. Kein weiter Sprung also, um den Aktionsradius auszudehnen.«

»Hm, hm«, brummte Lodi, und war selbst überrascht, wie skeptisch sie klang.

Sie drehte sich zur Seite. Den Kopf auf die Faust gestützt, lehnte sie sich gegen den Fensterrahmen und sah nach draußen, wo farblose Gebäude an ihr vorbeizogen. Beton und Asphalt, Grau in Grau, nur hin und wieder mischten sich vertrocknete Bäume und Hecken als blassgrüne Farbtupfer hinein.

»Du hörst dich nicht gerade überzeugt an«, stellte Kathrin fest.

Lodi drehte sich zu ihr um. »Bin ich ehrlicherweise auch nicht. Mir erschließt sich diese Tat noch nicht. Wir haben eine kleine, dafür umso radikalere Tierschutzgruppe, die bisher nur in Niedersachsen agiert hat. So weit, so gut. Dann soll auf einmal einer, der mit der Gruppe mindestens sympathisiert, womöglich sogar Mitglied ist, das Ganze auf die Spitze getrieben haben, indem er einen pensionierten Hobbyjäger regelrecht abschlachtet?«

Kathrin zuckte mit den Schultern. »Erinnere dich an den Brief. Vielleicht hatte Krentz gar nicht vor, ihn zu töten, sondern wollte ihn bloß einschüchtern, und dann ist die Sache aus dem Ruder gelaufen.«

»Mir ist klar, dass Fänger für die AFF ein rotes Tuch war. Von mir aus auch das personifizierte Böse. Aber für mich passt das trotzdem nicht zusammen.«

Schweigend fuhren sie weiter geradeaus. Mittlerweile hatten sie den Stadtteil Harleshausen durchquert und kamen nun am proppenvollen Freibad vorbei. Auf den Wiesen lagen die Menschen so dicht beieinander, dass sich ihre Decken zu einem abstrakten Mosaik zusammenfügten.

»Versteh mich nicht falsch«, sagte Lodi. »So sehr ich das Anliegen der AFF unterstütze, sind sie in meinen Augen auf dem falschen Weg. Sie sollten versuchen, die Bürger für sich zu gewinnen, statt sie mit ihren Aktionen zu verprellen. Unsere

Demokratie bietet genügend Möglichkeiten, auf friedlichere Art für das eigene Anliegen zu streiten.«

Kathrin wiegte den Kopf hin und her. »Die Frage ist, ob diese so Erfolg versprechend sind. Für die AFF haben die Aktionen in ihrer Anfangszeit jedenfalls nichts eingebracht. Aber lassen wir das.«

Am Wanderparkplatz steuerte sie nachts rechts auf die Rasenallee. In wenigen Minuten würden sie in Ahnatal sein, einer Gemeinde im nordwestlichen Speckgürtel. Krentz' letzte Meldeadresse lag im Ortsteil Weimar.

Kathrin sprach weiter: »Für mich liegt es jedenfalls auf der Hand, welche Schlüsse sie daraus gezogen haben könnten. Nämlich, dass es härtere Geschütze braucht. Für mich passen diese Puzzleteile sehr wohl zusammen.«

»Wenn man die augenscheinlichen Fakten betrachtet, stimmt das«, sagte Lodi. »Aber ich weiß nicht, siebenundzwanzig Einstiche?«

»Da meldet sich dein kriminalistischer Riecher, hm?«

»Mir erschließt sich diese Brutalität einfach nicht. Ich habe die Worte von Wittmann noch im Ohr: ›Die Art und Weise geht weit über eine bloße Tötungsabsicht hinaus.‹ Er hält Bestrafung als Zweck für möglich.«

»Aber das schließt Krentz als Täter nicht aus, im Gegenteil. Nehmen wir an, dass er die Radikalität der AFF nicht nur geduldet, sondern unterstützt hat. Vielleicht wollte er Fänger tatsächlich bestrafen? Dafür, dass er als Jäger Tiere – in den Augen der Gruppe – ›ermordet‹ hat. Für ihn war Fänger Teil des menschlichen Unterdrückungsapparats.«

Lodi verzog zweifelnd den Mund. Natürlich ergaben die ihnen bisher bekannten Indizien ein erstaunlich klares Bild: Ihr Opfer war schriftlich mit dem Leben bedroht worden. Auf der Tatwaffe hatte das LKA die Fingerabdrücke eines Mannes gefunden, von dem sie wussten, dass er die Politik der radikalen

Tierrechtsaktivisten von der AFF teilte. Es brauchte kein Studium in Kriminalistik, um hier eine Verbindung herzustellen.

»Vielleicht gab es auch Mittäter?«, spann Kathrin weiter. »Richard hat doch gesagt, dass Schuhspuren zu einer platt gedrückten Stelle in der Nähe des Hochsitzes führten und dass die Kollegen dort Zigarettenstummel gefunden haben. Möglicherweise haben sich dort auch noch andere aus der Gruppe aufgehalten.«

»Wir werden sehen«, erwiderte Lodi. »Aber ich gebe dir recht: Es spricht vieles dafür, dass Krentz der Täter war. Wie sonst sollen seine Fingerabdrücke auf das Messer gekommen sein …«

* * *

Das Haus, in dem Jacob Krentz zuletzt gemeldet gewesen war, lag gegenüber der Kirche. Es war ein charmantes altes Fachwerkhaus, wie man sie in nordhessischen Gemeinden und Kleinstädten häufig fand. Die mit Schnitzereien verzierten Balken in der Fassade bildeten ein kunstvolles Geflecht, und mit seinen kleinen Fenstern mit Holzrahmen und seinem Dach aus alten, unregelmäßig geformten Schindeln sah das Haus gemütlich und einladend aus.

Kathrin parkte den Wagen auf dem Hof davor. Sie stiegen aus und gingen die Steintreppe hoch zur Tür. Die Namen auf dem Klingelschild der Wohngemeinschaft waren so oft durchgestrichen und überschrieben worden, dass Lodi nur einzelne Buchstaben entziffern konnte.

»Dann wollen wir mal«, sagte sie und klingelte.

Im Haus blieb es still. Keine Rufe, dass jemand gleich zur Tür kommen würde, keine Geräusche, keine Regung.

Lodi versuchte es ein zweites Mal.

Wieder nichts.

»Wir müssen wohl noch mal wiederkommen«, sagte Kathrin. »Wollen wir eine Nachricht an der Tür hinterlassen?«

Da schwang über ihnen ein Fenster auf. Eine junge Frau mit Rastalocken, schätzungsweise Mitte zwanzig, streckte ihren Kopf ins Freie. Sie rieb sich die Augen.

»Ich habe es doch schon beim letzten Mal gesagt«, rief sie nach unten, »ich will nicht über Gott reden. Und jetzt dürfen Sie gern wieder gehen.«

Lodi zückte ihren Ausweis und streckte ihn in die Luft. »Guten Tag! Mein Name ist Lenke, das ist meine Kollegin Hertz, wir sind von der Polizei Kassel. Wir würden uns gern mit Ihnen unterhalten, allerdings nicht über Gott. Wäre das möglich?«

Die junge Frau brauchte einen Moment.

»Sie sind gar nicht von den Zeugen Jehovas?«

Kathrin schüttelte den Kopf. »Kriminalpolizei.«

Sie gingen die enge und steile Holztreppe hoch, die bei jedem Schritt knarzte. Die junge Frau empfing sie an der Tür zum Wohnbereich. Jetzt, als Lodi nicht nur einen Ausschnitt ihres Kopfes sah, beschlich sie eine Vermutung, warum sie sich die Augen gerieben hatte. Sie trug eine graue, fleckige Jogginghose, darüber einen weiten Hoodie, ebenfalls grau, aber sauber, und über ihr Gesicht zogen sich Druckstellen und rötliche Kissenfalten. Gähnend trat sie zur Seite und bat Lodi und Kathrin mit einer Geste herein.

»Wie Sie sehen, bin ich nicht vorbereitet auf Besuch«, sagte sie und führte sie ins Wohnzimmer. Dort sammelte sie die Dreckwäsche von der Couch und den Sesseln ein und warf sie auf einen Haufen in einer Ecke. »Bitte, nehmen Sie Platz. Entschuldigen Sie, dass es hier so chaotisch aussieht. Ich bin übrigens Paula.«

Sie setzten sich. Lodi deutete mit dem Kinn auf den Wohnzimmertisch, auf dem sich um einen überquellenden

Aschenbecher herum leere Bier- und Likörflaschen zwischen gestapelten Pizzakartons tummelten.

»Wir haben einen kleinen WG-Ausstand gefeiert«, erklärte Paula. Sie gähnte erneut und kratzte sich am Kopf. »Wobei, klein war er nicht, wie Sie unschwer erkennen können. Es war kurz nach fünf, glaube ich, als ich mich ausgeklinkt habe. Die anderen haben länger gemacht und schlafen bestimmt noch.«

»Ausstand ist ein gutes Stichwort«, sagte Lodi. »Wir sind wegen Jacob Krentz hier, er muss früher in dieser WG gewohnt haben. Sagt dir der Name etwas?«

»Jacob, ja, klar. Kurz nachdem ich eingezogen bin, ist er ausgezogen.«

»Wie lange ist das her?«

»Puh, ziemlich genau zwei Jahre müssten das sein. Ich bin kurz vor dem Beginn meines Studiums nach Ahnatal gezogen und komme jetzt nach der vorlesungsfreien Zeit ins fünfte Semester. Ich studiere nachhaltiges Wirtschaften.« Sie drehte eine Rastalocke zwischen den Fingern. »Hören Sie, im Gegensatz zu meinen Mitbewohnern habe ich nichts gegen die Polizei, ehrlich. Aber ich würde trotzdem gern wissen, warum Sie hier sind und mich über Jacob ausfragen.«

»Wir sind von der Mordkommission«, erklärte Lodi. »Wir ermitteln in einem Tötungsdelikt. Mehr dürfen wir dir nicht sagen.«

»Tötungsde–« Paula brach ab und schluckte. Augenblicklich hörte sie auf, mit ihren Haaren zu spielen, und machte ein betroffenes Gesicht.

Dann fing sie an, kaum merklich zu nicken.

»Ich verstehe. Okay, ich helfe Ihnen, wo ich kann.«

Lodi malte über ihrem Kopf einen Kreis in die Luft. »Mit wie vielen Leuten wohnt ihr hier?«

»Zu sechst. Die meiste Zeit jedenfalls, wir waren auch schon mal ein paar Wochen nur fünf, bis dann jemand Neues eingezogen ist.«

»Weißt du, wo Jacob sich derzeit aufhält?«

»Sie meinen, wo er inzwischen wohnt?«

»Er ist nirgendwo gemeldet«, erklärte nun Kathrin.

»Oh, heißt das, dass er …« Paula bekam es nicht über die Lippen. »Lebt er …«

»Im besten Fall bei irgendwelchen Freunden«, sagte Lodi. »Oder auf der Straße.«

Paula nahm eine Hand vor den Mund. Mit einem Mal wirkten ihre Augen wach, als hätte diese Neuigkeit ihre Müdigkeit verjagt. Eine Weile starrte sie die Kommissarinnen stumm an.

»Entschuldigen Sie, ich …« Sie griff nach einer Wasserflasche, die unter dem Tisch stand, und trank geräuschvoll einen Schluck. Ihr Blick wurde traurig und nachdenklich. »Dann muss Jacob ganz schön abgestürzt sein.«

Lodi beugte sich ein Stück nach vorn. »Offensichtlich hast du nicht viel Kontakt zu ihm?«

»Nein. Wir hatten nur in den Wochen vor und nach meinem Einzug miteinander zu tun, danach nicht mehr.« Paula stellte die Wasserflasche auf dem Tisch ab. »Trotzdem ist es seltsam, dass ich davon nichts mitbekommen habe. Dass er obdachlos ist, meine ich. Elias, mein Mitbewohner, telefoniert häufig mit ihm, er müsste das doch wissen. Warum hat er mir davon nichts erzählt?«

Lodi drehte sich flüchtig zu ihrer Kollegin um, sie tauschten Blicke aus.

»Wo ist Elias jetzt?«, wollte Kathrin wissen. »Schläft er?«

»Nein, er ist nicht da, soweit ich weiß. Er hat auch nicht mitgefeiert. Aber ich kann trotzdem mal bei ihm klopfen? Vielleicht ist er ja zurückgekommen, während ich geschlafen habe.«

Lodi stand auf. »Wir begleiten dich.«

Sie gingen durch die Wohnung, vorbei an einer Einbauküche, an der die WG-Jahre deutliche Abnutzungsspuren hinterlassen hatten, Paulas Zimmer und einer Gästetoilette. Sie hielten vor einer von oben bis unten mit Sprüche- und Mottokarten beklebten Tür.

Paula klopfte an, keine Antwort. Ihr Mitbewohner schien tief und fest zu schlafen oder tatsächlich nicht da zu sein. Sie probierte es ein weiteres Mal, ohne Erfolg.

»Ich linse mal rein«, sagte sie.

Achtsam drückte sie die Klinke runter, schob ihren Kopf durch den Spalt und schaute sich um.

»Elias?«, fragte sie zunächst flüsternd, dann lauter.

Nichts.

Sie zog ihren Kopf wieder heraus und zuckte mit den Schultern. »Es hätte ja sein können, dass ich etwas falsch verstanden habe. Aber er ist wirklich nicht da.«

»Wo müsste er deiner Meinung nach sein?«, fragte Lodi.

»Mir hat er gesagt, dass er wieder zu einem dieser Treffen nach Witzenhausen fahren wollte. Das macht er regelmäßig, alle paar Wochen ist er dort.«

Die nordhessische Kleinstadt, von der Paula sprach, befand sich im Werra-Meißner-Kreis, wenige Kilometer vor der Landesgrenze zu Niedersachsen. Und somit auch nicht weit von Göttingen, dem Gründungsort der AFF, entfernt, ging es Lodi durch den Kopf. Zufall?

»Was für Treffen?«, fragte sie.

Paula hob die Hände und spreizte sie nach außen. Sie wusste es nicht, sollte das heißen.

»Du hast also gar keine Idee?«

Sie verzog den Mund, kratzte sich am Kopf, wiegte ihn hin und her. »Na ja, ich habe da so eine Vermutung. Aber wissen tue ich es wie gesagt nicht …«

Lodi verschränkte die Hände und legte sie vor den Bauch. »Wir haben Zeit.«

Paula lächelte leicht gequält. »Ja, wie soll ich sagen … Elias hat viel über Tierrechte gesprochen. Sie wissen schon, dass Tiere genauso Gefühle haben wie wir Menschen und so …« Sie schaute den Kommissarinnen erwartungsvoll in die Augen, und als Lodi ihr bestätigend zublinzelte, fuhr sie fort: »Vor allem hat er viel darüber gelesen, Studien, Statistiken und so Zeugs, egal, wo er war. Im Bett, am Wohnzimmertisch, sogar auf dem Klo.« Sie tippte sich an die Stirn. »Das muss man sich mal vorstellen, man kann's auch übertreiben, oder?«

Sie ließen diese rhetorische Frage unbeantwortet.

»Wenn ich dich richtig verstehe, glaubst du also, dass die Treffen irgendetwas mit Tierschutz zu tun haben könnten?«, schloss Lodi stattdessen ihrerseits mit einer an.

Paula zuckte mit den Schultern. »Ich könnte es mir vorstellen.«

»Okay, wir brauchen bitte Elias' Handynummer, hast du sie?«

Sie nickte, zückte ihr Smartphone aus der Jogginghose und diktierte sie ihr.

»Danke. Weißt du, wo in Witzenhausen diese Treffen stattfinden?«

»Nein, ich habe mich ehrlicherweise nie dafür interessiert. Aber einem der Typen, von dem Elias mir mal erzählt hat, gehört wohl ein Schrebergarten mit Häuschen auf der Anlage des Kleingartenvereins. Ich meine mich zu erinnern, dass sie sich dort treffen.«

»Der Name?«

»Keine Ahnung, sorry.«

Lodi zeigte auf die anderen Zimmertüren weiter hinten im Flur. »Was ist mit deinen Mitbewohnern, wissen die möglicherweise etwas?«

»Nein, ausgeschlossen«, antwortete Paula. Sie verschränkte die Arme. »Elias ist ein sehr verschlossener Kerl. Ich bin die Einzige, mit der er überhaupt ein paar Worte spricht. Er kommt auch mehr oder weniger nur zum Schlafen hierher.«

»Wie ist sein Nachname?«

»Er heißt Lichtenberg, Elias Lichtenberg.«

»Hast du ein Foto von ihm? Könntest du es mir schicken?«

Paula schnippte in die Luft. »Kein Foto, aber ein Video. Und da sind sogar beide drauf, Elias und Jacob.« Sie fischte erneut ihr Handy aus der Jogginghose. »Warten Sie, ich suche es Ihnen raus …«

Sonntag, Nachmittag, Ahnatal

Lodi trat vor die Tür und ächzte. Im Haus war es angenehm kühl gewesen, doch draußen nahm sie nun wieder die pralle Sonne in Empfang. Sie beschirmte ihre Augen und senkte den Blick, bis sie sich an das grelle Licht gewöhnt hatte.

Auch Kathrin gab ein gequältes Geräusch von sich. »Das ist unerträglich«, sagte sie. »Als würde man gegen eine Wand laufen.«

»Tja, Klimaanlagen haben schon ihre Berechtigung«, entgegnete Lodi. Sie zwinkerte ihr zu.

Kathrin schmunzelte. »Wir schalten sie trotzdem nicht ein.« Sie wischte sich über die Stirn und zeigte auf ihren Dienstwagen. »Was denkst du, zurück ins Präsidium oder direkt weiterfahren?«

»Ich schlage vor, wir machen uns auf den Weg nach Witzenhausen.«

»Ich bin dabei.«

Sie sanken in ihre Sitze. Obwohl sie sich nicht lange im Haus aufgehalten hatten, waren die Temperaturen im Auto auf ein unleidliches Maß geklettert. Kathrin ließ die Zündung an und fuhr sofort alle Fenster runter, während Lodi das Schiebedach öffnete.

»Was ist mit dem Video?«, fragte sie. »Schauen wir es uns an, bevor wir losfahren?«

»Besser wär's«, antwortete Kathrin. »Wenn wir es dort in der Kleingartenanlage jemandem zeigen, sollten wir wissen, was darauf zu sehen ist.«

Lodi zückte ihr Handy, stellte es in der Ablage im oberen Teil der Mittelkonsole ab, sodass sie beide draufschauen konnten, und drückte auf Play. Zwar waren mehrere durcheinanderredende Stimmen zu hören, aber das Display blieb schwarz. Zu der Geräuschkulisse mischten sich das Klirren von Gläsern und Flaschen, Gelächter und rockige Musik.

Kathrin runzelte die Stirn. »Habe ich etwas an den Ohren, oder ist das … ›Jailhouse Rock‹ von Elvis Presley?«

Sie hatte recht, jetzt erkannte Lodi es.

»Ja, das ist der Song.«

»Warum läuft da Fünfzigerjahre-Musik?«

Als wäre Kathrins Frage erhört worden, verschwand der schwarze Bildschirm plötzlich und zwei junge Männer waren zu sehen. Sie lagen sich in den Armen und sahen betrunken aus. Beide trugen schwarze Lederjacken mit Nieten und Schnallen, darunter gestreifte Bowlinghemden mit schmalen Krawatten. Ihre Haare hatten sie im Elvis-Presley-Look frisiert, an den Seiten kurz und das Deckhaar nach oben gestylt. Sie lachten, grölten den Rock-Klassiker mit und stießen zwischendurch mit einem Cocktail an, der nach einem Whiskey Sour aussah.

»Das ist eine Mottoparty«, stellte Lodi fest. »Die Musik, die Klamotten, die Drinks, alles Fünfzigerjahre.«

Sie drückte auf Pause, das Bild fror ein. Sie hatte einen guten Moment abgepasst, denn die beiden jungen Männer sahen nun direkt in die Kamera. Für eine Bildschirmaufnahme wischte sie mit drei Fingern quer über das Display.

»Wir brauchen ein Foto«, erklärte sie. »Wir können nicht jedes Mal das Video vorzeigen.«

Kathrin nickte und ließ den Motor an. Sie verließen Ahnatal auf demselben Weg, auf dem sie gekommen waren.

Kurz hinter dem Ortsschild mischte sich ein Magenknurren zwischen die Fahrgeräusche.

»Und du willst da wirklich jetzt gleich hin?«, fragte Kathrin. Sie zeigte auf ihren Bauch. »Du hast ihn gehört, der wird langsam ungeduldig.«

»Wenn wir zurück sind, gehen wir etwas essen«, versprach Lodi. »Aber zuerst möchte ich mich in dieser Kleingartenanlage umschauen.«

»Ich nehme dich beim Wort ...«

Sie entschieden sich für den Weg über die Bundesstraße. Laut Navi würde er lediglich eine Minute länger dauern. Der vermeintlich schnellere hätte sie zurück nach Kassel, quer durch die Stadt und auf der anderen Seite der Fulda auf die Autobahn geführt. Außerdem merkte Kathrin an, dass die Strecke über Land fünf Kilometer kürzer und somit ökologisch sinnvoller war. Also würden sie über die Dörfer fahren, den Reinhardswald streifen und das Fachwerkstädtchen, das man in der Gegend nur mit Hann. Münden abkürzte, durchqueren.

Lodi sah aus dem Fenster auf regendurstige Felder und Wiesen. Der Anblick von Dürre löste in vielen Menschen ein unbehagliches Gefühl aus. Sie bildete da keine Ausnahme. Natürlich hatte es bereits in ihrer Kindheit heiße und trockene Sommer gegeben, aber früher waren solche Tage seltener gewesen. Die Temperaturen hatten sich nicht derart kontinuierlich über eine längere Zeit gehalten, und zwischendurch hatte es geregnet. Im letzten Jahrzehnt hatte allerdings ein Rekordsommer den nächsten gejagt.

»Die Staatsanwältin, wie ist sie so?«, fragte Kathrin da.

Lodi drehte sich zu ihr um. Wie konnte sie Hannah Grün am besten beschreiben? Sie erinnerte sich an den Moment, als die Staatsanwältin sie in der Eingangshalle der Justizbehörden empfangen hatte. Das war vor mehr als einem halben Jahr gewesen, im vergangenen November. Der Tag, nach dem Thomas und sie die Leiche von Sonja Werkmann im Habichtswald begutachtet hatten. Das war zwar nicht ihre erste Begegnung gewesen, aber Lodi hatte bei diesem Aufeinandertreffen viel über Hannah Grün erfahren.

»Sie ist jung und hoch motiviert«, stieg sie in ihre Beschreibung ein, »und der Polizei zugewandt. Wir haben bisher alles von ihr bekommen, und das so schnell wie möglich. Sie arbeitet sehr gewissenhaft.«

»Das ist gut. So jemanden braucht man.«

»Ich glaube, sie kann unangenehm werden, wenn man sie nicht auf ihrer Seite hat. Aber sie hat Humor, auch wenn er trockener ist als die Felder da draußen.«

Kathrin schmunzelte. »Das nächste Mal, wenn du zu ihr fährst, komme ich mit.«

»Ja, ihr solltet euch kennenlernen. Falls ich mal krank werden oder aus anderweitigen Gründen nicht im Dienst sein sollte.«

Lodi hatte wieder das Bild aus der Empfangshalle vor Augen. Hannah Grün, wie sie mit zackigen Schritten auf sie zukam, in einem anthrazitfarbenen Business-Kostüm, das ihre asketische Figur betonte, mit farblich abgestimmtem Lidschatten, kräftigem Lippenstift und akkurat gezogenem schwarzer Eyeliner. Damals sahen ihre Haare frisch geschnitten und gefärbt aus, indem sie sich nicht mehr über ihre Schultern wellten, sondern abgestuft auf Kinnhöhe endeten und kupferrot statt braun glänzten. Lodi hatte daraus geschlossen, dass Grün hin und wieder eine Veränderung brauchte. Da sie seit dem Werkmann-Fall nur miteinander telefoniert hatten, konnte sie ihre Vermutung bisher nicht bestätigen.

Nun wandte Kathrin sich ihr flüchtig zu. »Sag mal, darf ich dir eine persönliche Frage stellen?«

»Nur zu«, antwortete Lodi.

»Im Dienst kommt man oft gar nicht dazu, sich über private Dinge auszutauschen, finde ich. Da bleibt das Zwischenmenschliche häufig auf der Strecke.«

»Schon gut, frag ruhig. Bei Thomas und mir hat es ein Jahr gedauert, bis wir etwas aufgetaut sind.«

Kathrin wollte wissen, wie sie aufgewachsen und warum sie Polizistin geworden war. Lodi hatte es noch nie gemocht, über sich zu sprechen, sie hörte lieber anderen zu. Auch jetzt fühlte sie sich nicht wohl dabei.

Sie fing mit ihrer Kindheit in Marburg an. Sie hatte sie auf dem Richtsberg verbracht, in einem Stadtteil, der sich bereits zu dieser Zeit im Wandel befunden hatte. Schon damals stand er an der Schwelle zum sozialen Brennpunkt, galt als Integrationsstadtteil. Heute lebten überwiegend Spätaussiedler und deren Nachfahren dort, sogenannte Russlanddeutsche. Russisch dominierte die Straßen rund um die Wohnblocks, sodass auch Lodi unweigerlich ein paar Brocken gelernt hatte: »Kak tibja sawut«, wie heißt du, »Minja sawut«, ich heiße, »Kak djela«, wie geht's. An die Schimpfwörter, die sie aufgeschnappt hatte, erinnerte sie sich heute nicht mehr.

Richtsberg lag höher als der Rest der Stadt und war durch den Wald drum herum von ihr abgeschnitten, wie eine eigene, abgeschlossene Welt. Manchmal, wenn Lodi von dem Hochhaus, in dem sie mit ihren Eltern wohnte, auf die Stadt hinabgeschaut hatte, war sie sich vorgekommen wie in einem Turmverlies. Sie war eine Außenseiterin gewesen. Ihre einzigen Freunde waren die Bäume, die Tiere im Wald, die Stille. Damals hatte sie gelernt, allein zu sein. Ihre Vergangenheit hatte sie zur

Einzelgängerin gemacht. Bis auf Norbert, den sie leider zu selten traf, und Thomas besaß sie auch heute keine Freunde.

Kathrin warf ihr einen mitfühlenden Blick zu. »Klingt, als hättest du eine schwierige Kindheit gehabt.«

»Ich habe es überstanden«, erwiderte Lodi kühl.

Die Konflikte in ihrer Familie hatte sie ausgelassen. Bei ihren Eltern waren oft die Fetzen geflogen, sodass Lodi in ihr Zimmer geflüchtet war. Dort hatte sie sich aufs Bett gekauert, die Decke über den Kopf geworfen und sich die Hände auf die Ohren gepresst. So lange, bis ihre Mutter reingekommen war, sich zu ihr gesetzt und sie eine gefühlte Ewigkeit schweigend in den Arm genommen hatte. Mit den Jahren hatte Lodi ein Gespür entwickelt, wenn sich ein Streit angebahnt hatte, und war vor dem Ausbruch in den Wald geflüchtet. Dort hatte sie sich unter die Bäume ins Gras gelegt, den Zweigen bei ihrem Auf und Ab im Wind zugesehen und zwischen den Kronen hindurch die vorbeiziehenden Wolkenformationen am Himmel bestaunt. Oder sie hatte mit verschlossenen Augen den Geräuschen des Waldes gelauscht, den surrenden Bienen, den zwitschernden Vögeln, den sich durchs Geäst pirschenden Rehen.

»Besuchst du deine Eltern häufig?«, fragte Kathrin.

»Sie leben beide nicht mehr«, antwortete Lodi.

»Oh, das tut mir leid.«

»Alles gut, das konntest du ja nicht wissen.«

Diese Lüge hatte sich seit ihrem dreizehnten Lebensjahr in Lodis Kopf festgesetzt: An dem Tag, als sie die Leiche ihrer Mutter im Wald gefunden hatte, war auch ihr Vater gestorben. In Wahrheit war er als Mörder verurteilt und inhaftiert worden. Vor fünfundzwanzig Jahren, was bedeutete, dass er seit einiger Zeit wieder auf freiem Fuß sein musste. Oder er war inzwischen wirklich nicht mehr auf dieser Welt. Lodi war es egal. Für sie entsprach eine andere Erzählung den Tatsachen: Mit dreizehn war sie zur Vollwaise geworden.

»Und wie bist du zur Polizei gekommen?«, fragte Kathrin weiter.

»Durch Zufall«, log Lodi erneut. »Damals haben zwei Kommissare von der Kripo unsere Schulklasse besucht. Ich war hin und weg. Bis zu diesem Tag hatte ich keine Ahnung, was ich werden wollte, doch von da an wusste ich es. Diesen Weg bin ich konsequent gegangen. Abitur, Fachhochschule, Bereitschafts- und Schutzpolizei, Kriminaldauerdienst und dann K11.«

Kathrin nickte. »Interessant.«

»Wie war's bei dir?«

»Ich habe mich schon immer für Polizeiarbeit begeistert. Meine Eltern und meine Geschwister haben mich sogar ›das Krimimonster‹ getauft, in Anlehnung an das Krümelmonster, das so gern Kekse verputzt. Bis heute verschlinge ich Krimis in allen Formen, als Bücher, Filme, Hörspiele, Podcasts.«

»Du meinst diese True-Crime-Geschichten?«

»Genau. Man könnte meinen, ich hätte in unserem Beruf genug True Crime, aber ich bekomme anscheinend einfach den Hals nicht voll.« Kathrin zuckte mit den Schultern und lächelte. »Ich weiß, ich bin da etwas speziell. Aber was soll ich machen.«

Lodi wandte sich ab und sah aus dem Fenster. Ihr tatsächlicher Werdegang hatte anders ausgesehen. Ihr Ziel, Kommissarin zu werden, war erst später gewachsen. Ihre Großeltern hatten sie nach dem Mord an ihrer Mutter und der Inhaftierung ihres Vaters zu sich in die Niederlande genommen, in das Dorf Warder in der Provinz Nordholland, direkt am IJsselmeer. Lodi hatte ihren Namen angenommen, Lenke, den Mädchennamen ihrer Mutter. Es kam ihr vor, als hätte sie damit ihre Vergangenheit abgestreift. Geprägt von der Erfahrung, dass ihr Vater ein Mörder war, gedieh in ihr der Wunsch, Polizistin zu werden. Sie wollte Verbrecher jagen und Verbrechen verhindern. So wenige Kinder wie möglich sollten aufwachsen wie sie.

Während der restlichen Fahrt sprachen sie über ihre Hobbys. Lodi malte hin und wieder gern, las ein Buch oder kochte ausgiebig. Dass ihre Kollegin Yoga praktizierte, wusste sie bereits. Von Kathrins Interesse für Sternkunde erfuhr sie hingegen erst jetzt. Sie gehörte sogar einer astronomischen Beobachtungsgruppe an, und insofern der Dienstplan es zuließ, setzte sie sich mit den anderen auf eine freie Wiese und erkundete den Nachthimmel.

»Ich wohne im obersten Stock und habe eine riesige Dachterrasse«, erzählte Lodi. »In klaren Nächten kommen mir die Sterne von dort oben viel näher vor. Als könnte ich nach ihnen greifen, wenn ich mich nur weit genug strecken würde.«

»Wow, eine Dachterrasse?«, fragte Kathrin. »Das hört sich toll an! Dann komme ich mal mit meinem Teleskop vorbei.« Ihr Lippen formten sich zu einem Lächeln. »Wir üben ein bisschen Yoga, trinken danach einen leckeren Wein und dabei gebe ich dir eine kleine Astronomie-Stunde. Was denkst du?«

Lodi zögerte kurz.

»So machen wir's«, antwortete sie.

Als sie nun wieder auf die Straße schaute, erkannte sie wenige Hundert Meter vor ihnen das Ortsschild von Witzenhausen.

* * *

Sie fuhren auf der Bundesstraße von Norden nach Witzenhausen hinein. Neben ihnen schlängelte sich die Werra durch die hügelige Landschaft, auf dem Wasser glitzerte die Sonne. Kurz vor der Werrabrücke, über die sie in den eigentlichen Ortskern gelangt wären, bogen sie in eine Seitenstraße ab, die an der Anlage des Kleingartenvereins endete.

Sie parkten den Wagen vor einem hohen Maschendrahtzaun, stiegen aus und stellten sich davor. Auf der anderen Seite stand eine überdachte Informationstafel, dahinter führten verwinkelte Schotterwege und Hecken durch die Anlage. Lodi kniff die Augen zusammen und sah durch die Zaunmaschen, doch so sehr sie sich auch anstrengte, konnte sie auf den Zetteln in der Glasvitrine nichts erkennen.

»Na, dann wollen wir uns mal umsehen«, schlug Kathrin vor. »Obwohl es hier ziemlich ausgestorben ist. Man sollte meinen, dass an einem Sonntag, noch dazu bei diesem Wetter, mehr los ist …«

Lodi ließ den Blick schweifen. In der Ferne wölbten sich dicht bewaldete Hügel zum Sommerhimmel. Zwischen den Gewächs- und Gartenhäuschen standen vereinzelte Masten mit Deutschlandfahnen. Der höchste von allen befand sich jedoch neben der Informationstafel. An seiner Spitze wehte die Fahne eines regionalen Kleingärtnerverbands im Wind, sodass die Strippe immer wieder klappernd gegen das hohle Metallrohr schlug. Lodi hätte erwartet, dass von irgendwoher gedämpfte Gespräche, Lachen und Musik an ihr Ohr gedrungen wären, doch da war nur das ferne Rauschen der Autos auf der Bundesstraße. Ein Hauch von Idylle lag über der Anlage.

»Könnte nicht friedlicher wirken«, kommentierte Kathrin. »Sieht für mich nicht nach einem Treffpunkt der AFF aus.«

»Warten wir's ab«, erwiderte Lodi. »Möglicherweise trügt der Schein.«

»Hast du dir diese Häuschen mal angeguckt?« Kathrin nickte zu einer der Lauben hinüber. »Die sind höchstens zwanzig Quadratmeter groß. In großer Runde treffen die sich darin jedenfalls nicht.«

»Vielleicht ist es nur der harte Kern.« Lodi zeigte auf den Zaun, der etwa dreißig Meter weiter hinten im rechten Winkel abknickte und um das Gelände herumführte. »Wir sollten uns trotzdem umsehen. Eventuell treffen wir jemanden, dem wir Fragen stellen können.«

Sie gingen an dem Zaun entlang. Neben der Anlage erstreckte sich ein weites offenes Feld. Die Grundstücke wurden durch einen Weg getrennt, er verlief über die gesamte Länge der Anlage und mündete in die Bundesstraße, von der die Zufahrt durch eine Schranke blockiert wurde.

Immer wieder blieben sie auf ihrem Weg stehen und versuchten, zwischen den Gartenlauben und Gewächshäusern etwas zu erkennen, doch vergeblich. Nirgendwo trieb sich jemand herum. Wenn sie es nicht besser gewusst hätte, hätte Lodi angenommen, dass der Kleingartenverein aufgelöst worden sei.

Als sie an der Schranke ankamen, blieben sie kurz stehen und schauten zurück. Kathrin stützte die Hände in die Hüften. »Was schätzt du, wie viele Quadratmeter hat die Anlage?«

Lodi zeigte zum Anfang des Weges. »Bis dahinten sind es etwa hundert Meter. In der Breite sind es etwas weniger, glaube ich, vielleicht achtzig?«

»Das wären dann achttausend Quadratmeter. Und es ist niemand da? Seltsam, findest du nicht?«

»In der Tat.«

Kathrin machte ein ratloses Gesicht. »Wie sieht unser Plan aus? Hier stehen bleiben, rufen und warten, bis uns jemand hört?«

»Ich hab eine bessere Idee …«, antwortete Lodi.

Wenige Minuten später hatten sie mithilfe ihrer Smartphones im Internet den Namen des Vereinsvorstands recherchiert. Als Kathrin ihn las, fing sie an zu lachen.

»Der heißt nicht wirklich Werner Laube?«, fragte sie, nachdem sie sich wieder beruhigt hatte. »Kein Wunder, dass der Kleingartenverein ihn in den Vorstand gewählt hat. Dieses Amt wurde ihm ja in die Wiege gelegt.«

Lodi schmunzelte. Kathrin hatte recht, einen treffenderen Namen für einen Mann in seiner Position gab es nicht.

Sie wählte die auf der Website des Vereins hinterlegte Nummer. Es klingelte und klingelte. Eine gefühlte Ewigkeit später gab Lodi auf.

»Es geht keiner ran.«

Kathrin kratzte sich nachdenklich am Kinn. Ihr Blick wanderte über die Schotterwege durch die Anlage. Nach einer Weile wandte sie sich wieder Lodi zu und zeigte auf das Handy in ihrer Hand.

»Müsste auf der Homepage nicht irgendwo die Adresse des Vorstands aufgeführt sein?«

Lodi öffnete die Website erneut und scrollte nach unten. Sie klickte auf »Impressum«, und eine Gedenksekunde später, die der langsamen Internetverbindung geschuldet war, tauchten die Namen der Vorstandsmitglieder und darunter Straße und Hausnummer des Kleingartenvereins auf.

Lodi rollte enttäuscht mit den Augen. »Da steht nur die Adresse, an der wir gerade sind«, sagte sie. »Ich probiere es noch mal bei Herrn Laube.«

Kathrin zuckte mit den Schultern. »Einen Versuch ist es wert.«

Wieder schien es unendlich lang zu klingeln.

Kurz bevor Lodi erneut auflegen wollte, knackste es in der Leitung.

»Hallo?«, fragte eine freundliche, warme Männerstimme. Sie klang schlaftrunken, als ob sie ihn aus seinem Mittagsschlaf gerissen hätten.

»Guten Tag, mein Name ist Lenke von der Kripo Kassel«, stellte Lodi sich vor. »Entschuldigen Sie die Störung. Spreche ich mit Herrn Werner Laube?«

»Ja, der bin ich.« Mit einem Mal hörte er sich besorgt an. »Kriminalpolizei? Ist etwas Schlimmes passiert?«

»Sie sind im Vorstand des Kleingartenvereins von Witzenhausen?«, ging Lodi nicht auf seine Frage ein.

»Ja, ich bin der ... Entschuldigen Sie, ich verstehe nicht ...
Geht es um meine Enkelin, ist Larissa etwas zugestoßen?«

»Nein, es geht nicht um Larissa. Meine Kollegin und ich
haben nur ein paar Fragen zur Anlage des Vereins. Hätten Sie
im Augenblick Zeit, uns diese zu beantworten?«

Laube stöhnte. So laut, als sei ihm ein ganzer Sack voller
Steine vom Herzen gefallen.

»Sie haben mir vielleicht Angst eingejagt!«

»Ich bitte vielmals um Entschuldigung, das war nicht meine
Absicht. Können wir zu Ihnen kommen?«

Er schluckte und atmete ein paarmal in den Hörer.

Dann nannte er ihr seine Adresse.

Sonntag, Nachmittag, Witzenhausen

Lodi und Kathrin setzten sich umgehend ins Auto. Dem Navi zufolge wohnte Werner Laube am anderen Ende der Stadt. Über die Werrabrücke steuerte Kathrin sie zu dem mittelalterlichen Zentrum mit seinen Fachwerk- und Steinhäusern. Sie umfuhren es Richtung Süden und bogen kurz vor Ortsausgang in ein Wohnviertel ab.

Sie ließen den Wagen direkt vorm Haus stehen. Ein klassischer Sechzigerjahre-Bau, mit leicht geneigtem Satteldach, klaren Linien, einer Garage, einem kleinen Vorgarten und bodentiefen Panoramafenstern an den von der Straße abgewandten Seiten. Haus und Grundstück erweckten einen gepflegten Eindruck.

Sie gingen über den schmalen Pflasterweg zur Tür und klingelten. Ein paar Sekunden verstrichen, bis sich im Inneren etwas regte. Wenige Augenblicke später stand ein korpulenter, kurz gewachsener Mann vor ihnen und blickte sie erwartungsvoll an. Lodi schätzte ihn auf Mitte siebzig. Mit seiner grauen Stoffhose, über der er trotz der Hitze einen dünnen roten Pullunder trug, dem Seitenscheitel und seiner breitrandigen Brille sah er aus wie ein pensionierter Sparkassenmitarbeiter, strahlte aber zugleich Gemütlichkeit aus. Lodi erkannte etwas Gutmütiges in seinen Augen.

»Herr Laube?«, fragte sie. »Haben wir eben miteinander telefoniert?«

Sein linkes Augenlid zuckte, er blinzelte. Sein Gesicht war fahl.

»Die Kriminalpolizei, richtig?« Seine betont deutliche Aussprache zeugte davon, dass er – wie viele seiner Generation – großen Respekt vor den staatlichen Ordnungshütern hatte. Kathrin und Lodi zeigten ihre Ausweise vor.

Laube trat ein Stück zur Seite und machte eine einladende Handbewegung. »Bitte, kommen Sie rein.«

Er leitete sie durchs Haus nach hinten auf die Holzterrasse. Ein naturbelassener Teich mit dichtem Schilf an den Ufern grenzte an sie an.

»Dort können wir uns ungestört unterhalten«, sagte Laube und zeigte auf eine Mole, die zu einer Insel in der Teichmitte führte. Auf ihr standen Klappstühle um einen Holztisch, der mit einer Karaffe und Gläsern gedeckt war. Der Hausherr ließ seinen beiden Gästen den Vortritt, wartete, bis sie sich gesetzt hatten, und ließ sich erst danach in seinen Stuhl sinken.

»Bitte entschuldigen Sie, ich bin etwas nervös. Ich hatte noch nie mit der Polizei zu tun.«

»Sie haben nichts zu befürchten«, beschwichtigte Lodi. »Wir sind tatsächlich nur wegen des Kleingartenvereins hier.«

Er blinzelte erneut. Wirklich beruhigt wirkte er nicht.

Er bot den Kommissarinnen stilles Wasser an. Alle drei tranken einen Schluck.

Lodi stieg zum Warmmachen mit einer harmlosen Frage ein. »Wie lange sind Sie schon im Vorstand des Vereins, Herr Laube?«

Er verschränkte die Arme und sah kurz in den Himmel. »Zum ersten Mal haben mich die Mitglieder vor zehn Jahren gewählt. Seitdem wurde ich immer wieder im Amt bestätigt.«

»Das spricht für Sie und Ihre Arbeit.« Oder dafür, dass niemand anders scharf auf diesen Posten war, dachte Lodi, behielt es aber für sich.

Kathrin schob nahtlos eine Bemerkung hinterher: »Bevor wir zu Ihnen gefahren sind, haben meine Kollegin und ich uns an der Anlage umgesehen. Wir waren überrascht, dort niemanden anzutreffen, zumal an einem Sonntagnachmittag.«

»Nun, mich verwundert das weniger. Wir hatten heute Vormittag eine Vereinssitzung. Meiner Erfahrung nach verbringen die Mitglieder den Rest des Tages im Anschluss meistens woanders.«

»Wo hat diese Sitzung stattgefunden?«

»In der Anlage.«

»Waren alle Mitglieder anwesend?«

»Bis auf eines, ja.«

»Wer hat gefehlt?«

Laube verschränkte die Arme noch etwas enger. Auf seiner Stirn bildete sich eine Falte. Aus seinen Augen, die hinter den dicken Brillengläsern vergrößert aussahen, schaute er Lodi und Kathrin skeptisch an.

»Frau Lenke, Frau Hertz, sehen Sie es mir bitte nach, dass ich nun zuerst gern wüsste, warum genau Sie hier sind?«

Lodi nickte. »Selbstverständlich. Meine Kollegin und ich ermitteln in dem Mord an einem Mann, dessen Leichnam gestern auf einem Hochsitz im Kaufunger Wald gefunden wurde.« Sie beließ es bei den Informationen, die man aus öffentlich zugänglichen Quellen herausfinden konnte. »Wir gehen einem Hinweis nach, der möglicherweise zu einem Ihrer Mitglieder führt. Mehr darf ich Ihnen nicht sagen.«

Laube klappte die Kinnlade herunter. Sekundenlang starrte er Lodi und Kathrin wortlos an.

»Mord«, wiederholte er schließlich flüsternd. Er sprach mit gedämpfter, brüchiger Stimme weiter: »Aber was hat das mit unserem Verein zu tun? Ich lege die Hand für jeden von uns ins Feuer. Niemand könnte so etwas Furchtbares tun.«

Kathrin rutschte mit dem Stuhl ein Stück auf ihn zu. »Herr Laube, haben Sie schon einmal von der AFF gehört?«

»Nein, wer oder was soll das sein?«

»Die Abkürzung steht für Animal Freedom Force. Es handelt sich um eine Gruppe von radikalen Tierschutzaktivisten.«

Er schüttelte den Kopf. »Ich höre davon zum ersten Mal.« Seine Antwort wirkte ehrlich.

Lodi suchte auf dem Handy das Bildschirmfoto heraus, das sie von dem Video geschossen hatte, und zeigte es ihm.

»Erkennen Sie einen dieser beiden jungen Männer?«

Laube sah hin. Er verzog die Augenbrauen, legte den Kopf schief, murmelte vor sich hin.

»Warum sehen die aus wie Elvis Presley?«, fragte er.

»Es handelt sich um einen Schnappschuss auf einer Mottoparty«, erklärte Kathrin. Laube schaute zu ihr auf, der Begriff schien ihm nicht geläufig zu sein. »Eine Feier, bei der alles im Zeichen des entsprechenden Themas steht. Hier waren es die Fünfzigerjahre.«

»Trotz der Verkleidung: Erkennen Sie diese Männer?«, fragte Lodi.

Laube verzog den Mund und schüttelte erneut den Kopf.

»Werner?«, tönte es da von der Terrasse.

Die drei drehten sich um. Eine Frau, die im selben Alter wie der Hausherr sein musste, stand dort und sah zu ihnen herüber. Sie trug eine Tunika in Braun, Weiß und Dunkelgrün und stützte ihre Hände in die Hüften.

»He, Erika. Das sind die Kommissarinnen Lenke und Hertz von der Kriminalpolizei.« Laube wandte sich ihnen kurz zu. »Meine Frau«, flüsterte er.

»Kriminalpolizei?« Bei diesem Wort wandelte sich der Blick der Frau von verwundert zu eingeschüchtert. »Ich verstehe nicht …«

»Guten Tag, Frau Laube«, rief Lodi ihr zu. »Wären Sie so nett, sich zu uns zu setzen? Wir würden auch Ihnen gern ein paar Fragen stellen.«

»Ja, ich …«

Sie kratzte sich am Kopf. Mit überfordertem Blick kam sie über die Mole zu ihnen auf die Insel. Lodi und Kathrin standen auf, stellten sich noch einmal vor und zeigten auch ihr die Ausweise.

Werner Laube half seiner Frau beim Hinsetzen. »Erika, hast du schon mal etwas von einer … Wie hieß diese Gruppe wieder?«

Lodi wiederholte ihre Erklärung von eben zur Animal Freedom Force und resümierte Paulas Zeugenaussage, die sie zu der Kleingartenanlage geführt hatte.

Erika Laube schluckte. Fassungslos sah sie ihren Mann an. Auch er wurde nun zum ersten Mal mit diesem Verdacht konfrontiert. Es verschlug ihm die Sprache.

Kurz darauf fand er sie zum Glück wieder. »Unser Verein ein Ort für Radikale? Das kann nicht sein! Wo sollen diese Treffen denn stattfinden? Ich meine, Sie haben sich ja dort umgesehen …« Er drehte sich kurz um und wies in die Richtung der Schrebergärten. »Ich kann mir das beim besten Willen nicht vorstellen. Davon hätte ich etwas mitbekommen.«

Lodi zeigte nun auch seiner Frau das Foto. »Bitte schauen Sie sich diese Aufnahme an, Frau Laube. Erkennen Sie jemanden darauf?«

Die Angesprochene zog die Augenbrauen zusammen. Sie nahm das Handy dicht vors Gesicht und musterte abwechselnd die beiden Elvis-Doubles. Während ihr Mann dieselbe Frage schnell verneint hatte, schaute sie sich das Foto gründlicher an.

»Der hier«, sie zeigte auf den Linken, »könnte das nicht unser Elias sein?«

Werner Laube beugte sich zu ihr und sah ein weiteres Mal hin.

»Tatsächlich. Das ist er. Ich habe ihn in diesem Aufzug gar nicht erkannt.«

Lodi warf Kathrin einen vielsagenden Blick zu, den sie erwiderte.

»Sie sagten gerade *unser* Elias. Was meinen Sie damit?«

»Elias ist der Freund von Larissa, unserer Enkelin. Sie haben uns schon ein paarmal zusammen besucht. Ein netter, wohlerzogener Junge.«

Der Gesichtsausdruck ihres Mannes verriet, dass er dahin gehend offensichtlich eine andere Meinung vertrat.

»Sie scheinen dem nicht zuzustimmen, Herr Laube?«, fragte Kathrin.

Er zögerte. Zu lange, als dass eine gegenteilige Behauptung glaubhaft rübergekommen wäre.

Dann rollte er mit den Augen. »Was soll ich tun, ich kann nun mal nicht lügen.« Er seufzte und zuckte mit den Schultern. »Ich mag ihn nicht. Irgendetwas stimmt nicht mit dem, das hab ich gleich gespürt.«

»Sie finden ihn nicht gut erzogen und nett?«

»Zu mir war er das jedenfalls nicht.«

»Haben Sie seine Handynummer?«

»Leider nein. Er wohnt irgendwo in Kassel, das ist alles, was wir über ihn wissen.«

»Sie können Larissa fragen«, schlug Erika Laube vor. »Im Gegensatz zu ihren Altersgenossen schaltet sie ihr Handy nur ganz selten mal ein, deshalb ist sie telefonisch schwer erreichbar. Aber sie wohnt hier in Witzenhausen, vielleicht ist sie zu Hause.«

»Wo genau finden wir Ihre Enkelin?«

»Das Haus ist nicht weit von hier, oben am Johannisberg. Einen Moment, ich schaue drinnen nach der Adresse.« Mit Unterstützung ihres Mannes stand sie auf, ging zurück zur Terrasse und verschwand im Haus. Die anderen sahen ihr schweigend nach.

Lodi fiel Laubes Aussage vom Anfang ein: Eines der Mitglieder sei heute nicht zur Versammlung erschienen, hatte er gesagt. Sie berührte den Hausherrn leicht an der Schulter, erkundigte sich nach dem Namen und hielt ihn in ihrer Notizen-App fest.

Kurz danach kam Erika Laube zurück. Sie hatte die Adresse ihrer Enkelin in Druckbuchstaben auf einen kleinen Zettel geschrieben.

Lodi und Kathrin verabschiedeten sich und bedankten sich für die Zeit, die sich das Ehepaar für sie genommen hatte. Sie versprachen, sich zu melden, falls noch weitere Fragen aufkommen sollten. Nachdem sie die Hände geschüttelt hatten, reichte Lodi ihnen ihre Visitenkarte.

»Unter der Nummer können Sie mich erreichen«, sagte sie. »Und jetzt genießen Sie noch Ihren restlichen Sonntag.«

* * *

Wieder grummelte Kathrins Magen.

»Hältst du es noch ein bisschen aus?«, fragte Lodi. »Ich würde gern direkt zu Larissa fahren und sie befragen, wo Elias ist. Ich glaube, er könnte der Schlüssel sein. Danach gehen wir etwas essen, versprochen. Zur Entschädigung lade ich dich ein, und du darfst das Restaurant aussuchen.«

»Abgemacht«, antwortete Kathrin und lächelte. »Das hört sich nach einem guten Geschäft für mich an.«

Sie stiegen ein, gaben die Adresse auf dem Notizzettel ins Navi ein und fuhren los Richtung Norden, aus dem Wohngebiet hinaus. Auf dem Johannisberg angekommen, bogen sie ab und parkten in Fahrtrichtung.

Larissa Laube wohnte im Erdgeschoss eines Einfamilienhauses mit zwei weiteren Parteien. Lodi und Kathrin gingen die Steintreppe hoch zur Tür und klingelten. Einmal, zweimal, dreimal. Doch es machte niemand auf.

Kathrin beugte sich zur Seite, hielt sich am Fensterbrett fest und linste hinein.

»Erkennst du etwas?«, fragte Lodi.

»Nicht wirklich. Aber es ist wohl das Wohnzimmer.« Sie lehnte sich wieder zurück. »Für mich sieht es so aus, als wäre sie tatsächlich nicht da.«

»Wir sollten später noch einmal wiederkommen.«

»Machen wir. Direkt nach dem Essen.«

Sie ließen das Auto stehen und gingen zu Fuß zu dem Restaurant, das sie im Internet ausfindig gemacht hatten. Die Pizzeria war Kathrins Wunsch gewesen.

»Ich muss zugeben, ich bin etwas überrascht«, gestand Lodi. »Ich hätte vermutet, dass du asiatisches Essen bevorzugst.«

Ihre Kollegin zuckte mit den Schultern. Sie zwinkerte. »Wir wollten uns doch besser kennenlernen. Und jetzt weißt du Bescheid über mein Laster, ich liebe Pizza!«

»Du hast nur eins?«

»Sagen wir, mein größtes.«

Die Pizzeria befand sich im Zentrum, dem historischen Stadtkern, und war nur zehn Minuten Fußweg entfernt. Als sie um die Ecke eines Fachwerkhauses bogen, klingelte Lodis

Handy. Nicht die Tatort-Melodie, demnach war es niemand aus dem Präsidium.

»Frau Grün, vielen Dank, dass Sie zurückrufen.«

»Haben Frau Hertz und Sie etwas herausgefunden?«

Lodi fasste für die Staatsanwältin die Gespräche mit Paula in der WG in Ahnatal und Herrn Laube in Witzenhausen sowie ihre Rechercheergebnisse über die AFF zusammen.

»Seine Enkelin ist gerade nicht zu Hause, aber wir versuchen es später noch mal.«

»Sehr gut. Bleiben Sie am Ball in der Kirschenstadt«, spielte Grün darauf an, dass Witzenhausen als das größte geschlossene Kirschenanbaugebiet Europas galt, was in Form einer Kirschenkirmes auch die Kultur der Region bestimmte, »und bitte informieren Sie mich, falls es Neuigkeiten gibt …«

* * *

Als Vegetarierin entschied Kathrin sich für eine Pizza Funghi, während Lodis Wahl einmal mehr auf ihre Lieblingspizza fiel, Hawaii. Ihre Kollegin machte ein Gesicht, als hätte sie in eine Zitrone gebissen. Ananas auf Pizza sei ein kulinarisches Verbrechen, scherzte sie, aber mit Kriminalität würden sie sich ja auskennen. Dazu bestellten sie eine Flasche Sprudelwasser.

»Was hältst du bisher von dem Fall?«, fragte Lodi, während sie auf das Essen warteten.

Kathrin verschränkte die Arme und stützte sich auf den Tisch. »Wir kommen der Sache näher. Noch sehe ich die Zusammenhänge zwischen Jacob Krentz, diesem Elias, Laubes Enkelin und dem Kleingartenverein nicht. Aber meine Spürnase wittert etwas.«

»Geht mir genauso. Ich denke immer noch, dass sich zumindest ein kleiner Teil der AFF in einem der Häuschen trifft. Aber ich stimme dir zu, es ist unwahrscheinlich.«

»Es könnte sich um eine Splittergruppe handeln. Nehmen wir an, Krentz und ein paar andere haben Fänger diesen Drohbrief geschrieben. Wenn sie tatsächlich geplant haben, ihn aus dem Weg zu räumen, könnte dies bei dem Rest auf Widerstand gestoßen sein.« Kathrin zuckte mit den Schultern. »Eine radikale Abspaltung unter Radikalen. Es wäre nicht der erste Fall.«

Lodi nickte. »Die Revolution frisst ihre eigenen Kinder.« Sie schaute kurz aus dem Fenster, draußen fuhr eine Familie auf Fahrrädern vorbei. Die vier sahen abgekämpft aus, als kämen sie von einer längeren Tour zurück. »Wir müssen diesen Elias in die Finger kriegen. Oder noch besser Jacob Krentz. Von Rheinfeld sitzt mir im Nacken. Er will Erfolge sehen, und zwar gestern. Sonst wird's bald ungemütlich für mich.«

Kathrin rollte mit den Augen. Bisher hatten sie sich noch nicht über ihren Chef ausgetauscht.

»Der soll sich mal nicht so aufplustern«, ließ ihre Reaktion aber keine Fragen offen. »Dem geht's doch nur um die Aufklärungsquote, damit er so schnell wie möglich nach Wiesbaden kommt. Der einzige Punkt, bei dem ich mit ihm einer Meinung bin. Ich würde ihn gern in Südhessen sehen.«

Lodi schmunzelte. Bereits vor dieser Unterhaltung hatte sie ihre neue Kollegin gemocht, aber mit dieser Aussage hatte Kathrin weiter auf ihr Sympathiekonto eingezahlt.

Dass von Rheinfeld Lodi auch mit der Jagd nach dem Maulwurf betraut hatte, behielt sie für sich.

Sonntag, später Nachmittag, Witzenhausen

Als sie fertig gegessen hatten, gingen sie zurück zum Wagen. Lodi fühlte sich gestärkt, aber wie so oft nach schwerem Essen etwas träge. Bei diesen Temperaturen war Pizza nicht die klügste Entscheidung gewesen, dachte sie.

Sie klingelten. Eine junge Frau mit hochgesteckten Dreadlocks, Piercings, einem kurzärmligen Top und einer Haremshose öffnete die Tür. Um ihr Handgelenk hingen Festivalbändchen.

»Guten Tag, Lenke und Hertz, Kripo Kassel. Larissa Laube?«

Beim Anblick der Ausweise stürzten ihre Mundwinkel ab. Der eben noch freundliche Blick wurde leer und glasig. Ihre Pupillen weiteten sich.

Kathrin zeigte auf das Klingelschild. »Sind Sie Larissa Laube oder nicht?«

Für einen Moment schien ihr Gegenüber wie erstarrt.

»Ja, ich …«, fing sie an zu stottern. »Ich verstehe nicht, was …«

Plötzlich fiel hinter ihr eine Tür zu, jemand schloss sie hörbar ab. Hielt sich eine weitere Person in der Wohnung auf? Womöglich ihr Freund Elias?

Lodi und Kathrin sprachen sich mit einem kurzen Blick ab. Danach gingen sie gleichzeitig und energisch auf die junge Frau zu, sodass sie zurückweichen musste. Überrumpelungstaktik. Einen Wimpernschlag später standen sie im Flur.

»Wir möchten Ihnen ein paar Fragen stellen«, sagte Lodi mit kräftiger Stimme. »Wir suchen nach Elias Lichtenberg. Wissen Sie, wo er sich aufhält?«

Larissa sah die Kommissarinnen abwechselnd an. Fragezeichen standen ihr ins Gesicht geschrieben.

Sie kratzte sich am Kopf. »Ich weiß nicht, ich … Ich …« Sie nestelte herum, ihr Blick fiel zu Boden. Es überforderte sie, einen vollständigen Satz zu sprechen. »Wie war der Name noch mal?«

Kathrin nickte über ihre Schulter. »Wir kommen gerade von Ihren Großeltern. Sie haben uns erzählt, dass er Ihr Lebensgefährte ist. Ich rate Ihnen daher, uns die Wahrheit zu sagen.«

»Lichtenberg, sagten Sie?« Larissa verschränkte die Arme, legte eine Hand an ihr Kinn und zog die Augenbrauen zusammen. »Nein, tut mir leid. Ich habe diesen Namen noch nie gehört.« Auch wenn Lodi sie zum ersten Mal sah, wusste sie nun etwas über sie: Sie besaß kein schauspielerisches Talent.

Kathrin seufzte. »Frau Laube, machen Sie es nicht schwerer, als es ist. Sie kommen nur in Schwierigkeiten, falls Sie Elias vor irgendetwas schützen wollen.«

»Mein Freund heißt Elias, ja. Aber nicht Lichtenberg, sondern Winterbach.«

Für Lodi klang der Name ausgedacht.

»Nach unseren Informationen gehört Ihr Lebensgefährte zu einer Gruppe radikaler Tierschutzaktivisten, die sich

Animal Freedom Force nennt, kurz AFF«, konfrontierte sie ihr Gegenüber mit ihrem Wissen und beobachtete dabei ihre Reaktion. »Was sagen Sie dazu?«

Larissa zupfte an ihrer Nase. »Mit Aktivisten haben weder Elias noch ich etwas zu tun.«

»Wir gehen außerdem davon aus, dass zumindest Teile der AFF sich in einem der Häuschen auf der Kleingartenanlage treffen.« Wieder Pause. »Der Anlage des Vereins, dem Ihr Großvater vorsteht.«

Ein flüchtiges Lächeln huschte über Larissas Gesicht. Eines der überheblichen Sorte, das so viel ausdrückte wie: »Sie haben ja keine Ahnung.«

Kathrin legte den Kopf schief und fragte: »Was ist so lustig?«

»Ach, ich finde es nur interessant, dass Sie anscheinend glauben, man könnte sich mit mehr als zwei Personen in diesen Schuhkartons aufhalten.«

Zu Anfang ihres Gespräches hatte Larissa unsicher gewirkt. Jetzt kam sie selbstbewusst rüber, als fühlte sie sich überlegen. Lodi staunte über diese rasante Entwicklung, versuchte jedoch, es zu überspielen.

Plötzlich wieder ein Geräusch aus der Wohnung, es klang wie ein Niesen. Es kam aus der Richtung, aus der Lodi die Tür hatte zufallen hören.

Sie sah Larissa stirnrunzelnd an. Die Mimik der jungen Frau fuhr Achterbahn. Eben noch lässig, war sie nun schlagartig angespannt.

»Das ist nur Cosmo, mein Hund«, erklärte sie. Sie scheiterte bei dem Versuch, beiläufig zu klingen. »Ich habe ihn ins Gästezimmer gesperrt. Er würde sonst an Ihnen hochspringen.«

Stille.

Lodi nutzte die Gunst der Stunde und drängte sich weiter in den Flur hinein. »Meine Kollegin und ich kommen gerade vom Mittagessen. Ich habe eine ganze Flasche Wasser getrunken.« Sie zeigte zur WC-Tür am Ende des Flures. »Sie haben doch sicher nichts dagegen?« Per Handzeichen gab sie Kathrin zu verstehen, dass sie die Befragung fortsetzen sollte.

»He, Moment mal«, begann Larissa zu protestieren, »Sie können nicht einfach … Das ist meine Wohnung! Ich möchte, dass Sie …«

Kathrin zog sie sanft an der Schulter zurück. »Sie werden einer Staatsdienerin doch wohl nicht den Gang zur Toilette verwehren?«, fragte sie provokant. Obwohl im Unterschied zu den USA in Deutschland kein sogenanntes Notdurftrecht existierte.

Lodi stellte sich vor das WC und legte ihr Ohr an die Tür. Sie hielt die Luft an, wurde innerlich still, lauschte. Die Stimmen von Kathrin und Larissa drangen nur gedämpft zu ihr durch, wie durch Watte.

Knistern. Rauschen. Brummen.

Leise, kaum hörbare Töne aus dem WC.

Lodi schloss die Augen und konzentrierte sich. Das hatte sie früher im Wald geübt. Damals war es ihr schließlich irgendwann gelungen, die Geräusche nicht als Klangteppich, sondern jedes von ihnen isoliert zu hören. Seit dem Tod ihrer Mutter hatte sie das nicht mehr versucht.

Sie beherrschte es noch immer. Nacheinander fokussierte sie sich nun auf das Knistern, das Rauschen, das Brummen, und blendete die jeweils anderen Geräusche aus. Dann blendete sie alle drei zusammen aus.

Jetzt hörte sie es. Schwach, aber es war da.

Hinter der Tür atmete ein Mensch.

Lodi zeigte auf die WC-Tür. »Wer ist da drin? Es ist noch jemand hier. Ich kann die Person atmen hören.«

Für einen Moment stand Larissa mit offenem Mund da. Doch dann verfinsterte sich ihre Miene, und sie sah ihre ungebetenen Gäste wütend an: »Ich möchte, dass Sie meine Wohnung verlassen. Jetzt sofort!«

Lodi zögerte. Sollten Kathrin und sie der Aufforderung nachkommen? Was hatten sie für Alternativen?

Sie könnten auf Gefahr im Verzug spekulieren und die Tür aufbrechen. Saß Elias Lichtenberg dahinter oder eine andere Person in Not, hätte dies keine dienstrechtlichen Konsequenzen zur Folge gehabt. Doch wenn sie ein leeres WC vorfand, würde es ein Nachspiel für sie geben. In ihrer Vorstellung sah Lodi sich wieder in von Rheinfelds Büro sitzen. Sie stellte sich vor, wie der oberste Polizist des Polizeipräsidiums Nordhessen sie mit hochrotem Kopf anschrie, was ihr einfiele, im äußersten Zipfel ihres Zuständigkeitsbereichs die Klotür einer unbescholtenen jungen Frau aufzubrechen. Wahrscheinlich wäre es das endgültig für sie gewesen.

Kathrin nahm ihr die Entscheidung ab, indem sie Lodi energisch zu sich winkte. Da sie jedoch keine Anstalten machte, sich zu bewegen, zog Kathrin sie an der Schulter.

»Vielen Dank für Ihre Zeit, Frau Laube. Sie hören von uns, falls wir weitere Fragen haben.«

Larissa sparte sich die Verabschiedung. Kaum hatten die beiden das Haus verlassen, warf sie hinter ihnen die Tür zu. Lodi drehte sich kurz um, in Gedanken versprach sie ihr, dass sie in dieser Sache noch nicht das letzte Wort gesprochen hatten.

»Nun komm schon«, forderte Kathrin, »hier gibt's für uns nichts mehr zu holen ...«

Sie fuhren über die Autobahn zurück, denn zum Präsidium in der Innenstadt war es diesmal der schnellere und sogar auch kürzere Weg. Während der ersten Kilometer sah Lodi mit verkniffenem Gesicht stumm aus dem Fenster.

»Was grummelst du so vor dich hin?«, fragte Kathrin.

»Ich glaube ihr kein Wort«, antwortete Lodi, drehte sich aber nicht um. »Da war jemand hinter der Tür, ich habe es gehört.«

»Wir haben nichts gegen Larissa Laube in der Hand, und unsere Informationen über diesen Elias sind – gelinde gesagt – spärlich. Möglicherweise besitzt ein Freund von ihm ein Gartenhäuschen, das ist alles.« Kathrin setzte den Blinker links, beschleunigte und zog an einem Lkw vorbei. »Du hast Werner Laube gehört. Er hätte es mitbekommen, wenn Mitglieder der AFF sich dort getroffen hätten. Die Häuschen sind außerdem viel zu klein, selbst für einen harten Kern.«

»Seine Frau hat Elias auf dem Foto erkannt. Wenn er Larissas Freund ist, belügt sie uns, zumindest in diesem Punkt. Ich frage mich: Wieso?«

»Ein Foto von einer Mottoparty, Lodi. Der junge Mann, den Frau Laube wiedererkannt haben will, war verkleidet wie Elvis Presley.« Den Rest brauchte sie nicht auszusprechen, denn es war klar, worauf sie hinauswollte. Selbst die ihnen gegenüber positiv gestimmte Hannah Grün würde sie bei dieser Sachlage fragen, ob die Hitze nun auch ihrem Denkvermögen zu sehr zugesetzt hatte.

Lodi sah wieder nach vorn und tippte sich eine Zeit lang nachdenklich an die Nasenspitze.

»Ich rufe noch mal Paula an«, beschloss sie. Sie kramte ihr Handy aus der Hose und wählte die Nummer der Studentin aus Ahnatal.

Es tutete eine ganze Weile, bis sie abnahm. Vermutlich hatte sie sich direkt, nachdem die Kommissarinnen aufgebrochen waren, wieder ins Bett gelegt.

»Ja, hallo?«, meldete sie sich schließlich. Ihre Stimme klang verschlafen.

»Hallo Paula, hier spricht noch mal Oberkommissarin Lenke.«

»Oh, hallo. Ich hätte nicht erwartet, so schnell wieder von Ihnen zu hören. Warten Sie bitte, ich muss nur kurz ...« Es

raschelte, sodass Lodi das Handy vom Ohr weghalten musste.
»Da bin ich wieder. Was kann ich für Sie tun?«

»Ich möchte nur wissen, ob Elias inzwischen da ist?«

»Ehrlich gesagt habe ich die ganze Zeit geschlafen. Dieser Ausstand gestern … Oh, Mann.«

»Könntest du das bitte überprüfen? Es ist sehr wichtig. Wenn er da ist, kommen wir sofort vorbei. Wir müssen mit ihm sprechen.«

»Okay, ich sehe nach. Ich nehme Sie mit rüber.«

Paula stand auf und ging über den Flur zu Elias' Zimmer. Lodi hörte ihre wankenden Schritte durch die Leitung, kurz darauf mehrfaches Klopfen, Paulas gedämpfte Stimme, Türknarzen, Stille.

»Nein, er ist immer noch nicht da.« Sie hüstelte. »Ich habe auch auf seinem Schreibtisch nachgesehen. Keine Nachricht, Notiz oder sonst etwas.«

Lodi schürzte enttäuscht die Lippen.

»Und deine anderen Mitbewohner? Ist jemand da und weiß eventuell etwas?«

»Moment, da kommen gerade Geräusche aus der Küche …«

Wieder Schritte, wenig später Geschirrklimpern, dann ein kurzes Frage-Antwort-Spiel zwischen Paula und einem Mann.

»Hören Sie, Frau Lenke? Sind Sie noch dran?«

»Ich war die ganze Zeit dabei.«

»Wir sind aktuell nur zu zweit, Tim und ich. Er weiß auch nicht, wo Elias steckt.«

Lodi hätte am liebsten ins Telefon gebissen. Stattdessen bedankte sie sich und bat Paula, sich unverzüglich zu melden, sobald Elias nach Hause kam oder sie etwas erfuhr.

»Eine Sache noch: Weißt du, ob Elias eine Freundin hat?«

»Puh, da fragen Sie mich was. Er hat mir mal von einer erzählt, mit der er sich trifft. Aber keine Ahnung, ob sie zusammen sind.«

110

»Wie heißt sie?«

»Lassen Sie mich kurz nachdenken.«

Für Lodi schlichen die Sekunden, in denen Paula ihr Gedächtnis durchforstete, gefühlt auf Zehenspitzen vorbei.

»Sorry, ich erinnere mich nicht. Ich glaube, er fing mit L an.«

Lodi richtete sich auf.

»Larissa?«

Kurzes Schweigen.

»Ja, genau, jetzt wo Sie es sagen. Woher wissen Sie das?«

»Das darf ich dir nicht verraten. Ruf mich an, okay?«

Paula versprach, ihrer Bitte nachzukommen.

Lodi wollte gerade ihr Handy einstecken, als der Nachrichtenton eine WhatsApp ankündigte. Sie kam von Dr. Klein.

»Guten Tag, Frau Lenke. Ein Patient ist für morgen früh abgesprungen. Acht Uhr, haben Sie Zeit? Herzliche Grüße!«

Sie antwortete ihm und sagte zu. Ihr letzter Termin lag eine Weile zurück, und nach gestern und heute würde Lodi eine Sitzung mit ihrem Therapeuten guttun.

Sie verstaute ihr Handy in der Hosentasche und beobachtete eine Zeit lang stumm den Verkehr. Kathrin hatte ihr Telefonat mitgehört und stellte keine Fragen. Konzentriert steuerte sie sie weiter Richtung Kassel.

Sie überquerten die Landesgrenze von Niedersachsen und Hessen. Ein Schild wies auf den Bergpark Wilhelmshöhe hin, der sich zwischen den Baumreihen am Fahrbahnrand abzeichnete. Es war früher Abend, die Sonne war dem Horizont ein gutes Stück entgegengesunken, und dennoch strahlte sie weiterhin so kraftvoll, dass sie die Sonnenblenden herunterklappten.

Was für ein wunderschönes Bild, dachte Lodi. Der orange, rote und gelbe Schimmer waberte über der Stadt, tanzte in Form scheuer Lichtblitze an den gläsernen Fassaden entlang, huschte durch die Häuserreihen. Dieser Anblick passte nicht zu Lodis Stimmung, doch er gab ihr Mut. Fraglos war sie enttäuscht, denn von ihrer Fahrt nach Witzenhausen hatte sie sich mehr erhofft. Aber morgen war auch noch ein Tag.

»Setzt du mich zu Hause ab?«, fragte sie.

»Na klar«, antwortete Kathrin. Sie warf ihr ein Lächeln zu. »Dachterrasse?«

Lodi drehte sich zu ihr. »Sei mir nicht böse, gern ein anderes Mal. Heute möchte ich allein sein.«

Sonntag, Abend, Vorderer Westen

Lodi beugte sich zum Beifahrerfenster hinunter.

»Wie gesagt, ich hoffe, du verstehst das.«

Kathrin winkte ab. »Kein Problem. Wir holen das nach. Ich habe dich ja auch überrumpelt mit meiner Frage.«

Sie verabschiedeten sich. Lodi sah dem Dienstwagen hinterher, bis ihre Kollegin über den Kreisel am Ende der Lassallestraße Richtung Präsidium davongefahren war.

Dann kämpfte sie sich die sechs Stockwerke zu ihrer Wohnung hoch. Unterwegs begegnete sie Nico, dem alleinerziehenden Vater einer Tochter, der zwei Jahre jünger war als sie. Ihm gehörten vier Cafés in der Stadt. Außerdem hatte er ein Auge auf Lodi geworfen, und obwohl sie ihm mehrmals zu verstehen gegeben hatte, dass sie sein Interesse nicht erwiderte, blieb er hartnäckig. Als er nun vor ihr stand und erkennbar den Bauch einzog, musste Lodi sich das Lachen verkneifen.

»Lust auf einen Vino heute Abend bei mir?«, fragte er. »Ich hab einen echt guten weißen da.«

»Danke, ich hab zu tun«, wiegelte sie ab.

Er legte die Stirn in Falten. »Warum glaube ich dir nicht?« Er setzte ein Grinsen auf, das vermutlich verführerisch rüberkommen sollte. »Irgendwann musst du mir eine Chance geben, Lodi.«

Sie verzog den Mund und legte ihm zum Abschied wortlos eine Hand auf die Schulter. »Das wird nie passieren«, bedeutete die Geste.

In ihrer Wohnung angekommen, schloss sie sich ein, zog sich bequeme Sachen an und ging auf die Dachterrasse. Sie stellte sich an das Geländer und schaute über das Viertel. Das Wetter trieb die Menschen nach draußen auf ihre Balkone, manche grillten und tranken, andere genossen die Abendsonne allein, auf einer Liege oder einem Klappstuhl. Vor dem Kongresspalais übten wieder Jugendliche auf ihren Skateboards und beschallten den Vorplatz der Stadthalle mit Musik aus Gettoblastern. Auch von der nahe gelegenen Goethe-Anlage drang eine vielfältige Geräuschkulisse herüber, zusammen mit einer Duftwolke nach gegrilltem Fleisch.

Unvermittelt schoss Lodi eine Frage in den Kopf: Wollte Kathrin tatsächlich nur eine freundschaftlichere Beziehung zwischen ihnen? Oder verfolgte sie womöglich eine andere, eventuell sogar amouröse Absicht? Die Art, wie sie sich mehr oder weniger eigenmächtig auf die Dachterrasse eingeladen hatte, machte Lodi skeptisch, genauso wie ihre unerschütterliche gute Laune. Wollte sie damit attraktiver erscheinen?

Ein Anruf von Norbert beendete ihre Gedanken.

»Wie geht's dir?«, fragte er. »Ich hab etwas von einer Leiche im Kaufunger Wald gehört. Da dachte ich, ich rufe besser mal an.«

»Das ist lieb. Schön, dass du an mich gedacht hast.«

Neben Dr. Klein war Norbert der Einzige, der ihre wahre Vergangenheit kannte. Sie hatte ihm die Geschichte von ihrem Vater, dem Mörder, erzählt.

»Und, bist du dran an dem Fall?«

»Bin ich beziehungsweise meine neue Kollegin und ich sind es.«

Norbert schnaufte. »Wirklich 'ne tragische Geschichte, das mit Thomas.«

»Wenn du Zeit findest, solltest du ihn mal besuchen. Er freut sich.«

»Mache ich, versprochen. Leider beherrscht mich mein voller Terminkalender. Du weißt ja, wie das ist. Wir beide haben uns auch eine Ewigkeit nicht mehr gesehen.«

»Das stimmt. Mit Dr. Klein läuft's übrigens super.«

»Das freut mich zu hören. Also keine Panikattacken mehr?«

»Nur noch ganz selten. Und das ohne Medis.«

»Gut! Ich bin stolz auf dich, dass du diesen Weg gehst, auch wenn er manchmal beschwerlich ist.«

Und wieder hatte er recht. Was die Sitzungen anstrengend machte, waren nicht die Gespräche, sondern die Verarbeitungsprozesse, die sie in Gang brachten. Lodi erinnerte sich daran, dass sie nach dem Leichenfund von Sonja Werkmann, als die Panikattacken ihren Anfang nahmen, zuerst Norbert gefragt hatte, ob er sie nicht behandeln könnte. Sie hatte es an seiner Stimme gehört, es war ihm schwergefallen, Nein zu sagen. Aber sie stünden sich zu nah. Er hatte ihr Dr. Klein empfohlen, einen der besten Psychotherapeuten der Region. Dass ihm die Approbation entzogen wurde, wollte Norbert ihr nicht verschweigen, nach dem Grund sollte sie ihn jedoch selbst fragen. Damals war Lodi traurig über die Absage gewesen, aber mit den Erfahrungen von heute verstand sie sie. Ihre Freundschaft hätte Schaden genommen. Norbert hatte das durch seine weise Entscheidung verhindert.

Dann erkundigte Lodi sich nach seinem Befinden.

Er klang erschöpft. Er habe so viel um die Ohren wie nie, erzählte er, und die Hitze mache ihm das Arbeiten nicht einfacher. Im Gegensatz zu Lodi mochte Norbert es lieber herbst- und winterlich.

»Und Franzi«, erkundigte Lodi sich pflichtgemäß nach seiner Ehefrau, »wie geht's ihr?«

»Es sind Sommerferien, da geht's ihr immer prächtig. Bis die erste Gesamtkonferenz des neuen Schuljahrs ansteht, dann sinkt ihre Laune. Ich soll dir Grüße ausrichten.«

»Mhm. Grüße zurück.« Selten war Lodi in der letzten Zeit etwas so schwer über die Lippen gegangen.

Sie wusste, dass Norberts Aussage nicht der Wahrheit entsprach. Die beiden Frauen konnten sich nicht ausstehen. Lodi hatte nie begriffen, was er an dieser schnippischen, besserwisserischen und aufgetakelten Tussi gefunden hatte. Damals, wenige Wochen vor der Hochzeit, hatte sie ihre freundschaftliche Pflicht erfüllt und ihm geraten, seine Entscheidung zu überdenken. Doch er rückte nicht von seiner geliebten Franzi ab. Es war das letzte Mal, dass sie offen über sie sprachen.

»Was ist mit dem Fall?«, fragte Norbert da. »Hat er wieder etwas in dir ausgelöst? Schließlich wurde die Leiche erneut in einem Wald gefunden.«

»Während wir zum Fundort gegangen sind, war mir ein bisschen mulmig. Aber vor Ort war alles okay. Ich scheine es wirklich im Griff zu haben.«

»Das ist gut. Respekt, du machst das großartig.«

»Danke.«

»Und die Ermittlungen, wie kommt ihr voran?«

»Tja, was soll ich sagen, wir hängen fest. Es gibt zwar einen Anfangsverdacht gegen jemanden, doch wir können ihn nicht finden, weil er nirgendwo gemeldet ist. Wir hatten eine Spur, die uns nach Hann. Münden geführt hat, aber die ist leider ziemlich schnell erkaltet.«

»Er wird euch ins Netz gehen, ganz sicher. Du hast bisher noch jede Nuss geknackt.«

»Ich hoffe es.«

Lodi seufzte.

Nach einem kurzen Schweigen fragte Norbert: »Da ist noch etwas anderes, oder?«

Sie lächelte. Obwohl sie sich schon eine gefühlte Ewigkeit nicht mehr gesehen, sondern nur telefoniert hatten, spürte ihr Freund die Wahrheit sogar durch die Leitung. Das war früher schon so gewesen, und durch seine mehrjährige Erfahrung als Psychotherapeut hatte er diese Eigenschaft noch weiter vertieft.

»Es ist dieses Gefühl«, antwortete Lodi. »Ich werde es einfach nicht los.«

»Und was genau fühlst du?«

Kurz sah sie hinauf zum Himmel, als würde sie dort die Antwort auf seine Frage finden.

»Ich glaube, dass ich das wahre Ausmaß dieses Falls noch gar nicht erfasst habe ...«

TAG DREI

Montag, Morgen, Dachterrasse

Lodi hatte ihre Liege vor dem Einschlafen nach Osten ausgerichtet, sodass nun die ersten Sonnenstrahlen ihr Gesicht wärmten. Sie liebte es, das Morgengrauen auf ihrer Dachterrasse zu erleben. Mit geschlossenen Augen schnupperte sie die frische Luft. Noch schlief die Stadt und mit ihr der Großteil ihrer Bewohner. Diese Ruhe erfüllte Lodi mit neuer Zuversicht. Angesichts des gestrigen Tages konnte sie diese gut gebrauchen.

Dann öffnete sie die Augen und ließ den Blick über die Dächer gleiten, über denen sich langsam die Sonne erhob. Ihre Strahlen färbten den Himmel zartrosa, die Wolken nahmen eine warme Farbe an und sahen aus wie goldene Pinselstriche auf einer Leinwand.

Lodi gähnte, streckte sich und setzte sich auf. Als Erstes stand die Sitzung bei Dr. Klein auf der Agenda. Sie würde besonders herausfordernd werden, denn bei ihrem letzten Treffen hatte er angekündigt, mit ihr über den Tag X zu sprechen. Den Tag, der Lodis Leben in ein Davor und ein Danach geteilt hatte.

Nach dem Termin wollte Lodi ins Präsidium fahren und mit Kathrin bei Hannah Grün vorbeischauen. Zum einen, damit ihre Kollegin und die Staatsanwältin sich endlich kennenlernten, und zum anderen, um mögliche Schritte im Fall Helmut Fänger zu besprechen. Je nachdem, was dieses Gespräch ergab, würde die weitere Tagesgestaltung ausfallen.

Lodi duschte, schlüpfte in Jeans und oversized Bluse und setzte sich in die Küche. Zum Frühstück gab es grünen Tee und eine Schüssel Müsli. Gestärkt verließ sie das Haus Richtung Bebelplatz und Dörnbergstraße.

Dr. Klein begrüßte sie wie immer, freundlich und professionell distanziert. Auch trug er wieder einen Anzug, heute in Navy-Blau. Im Unterschied zum vergangenen November war sein Gesicht jedoch deutlich gebräunt. Er sah erholt aus.

Er sei erst gestern aus dem Urlaub zurückgekommen, erzählte er. Südfranzösische Küste, ein mediterraner Traum. Für ihn sei es kein Wunder, dass diese Landschaft zahlreiche Künstler inspiriert hatte. Er kam aus dem Schwärmen nicht mehr heraus. Diese Farbenpracht, das Licht, die langen Sandstrände, das azurblaue Wasser, die versteckten Buchten und malerischen Hügel und Weinberge. Er habe in einem Fischerdörfchen gewohnt, berichtete Dr. Klein, gelegen zwischen Nizza und Marseille. Er habe das vielfältige kulturelle Angebot aus Museen, historischen Städten und lokalen Märkten genossen – und vor allem die provenzalische Küche, mit Meeresfrüchten, Olivenöl, Kräutern. Von den weltbekannten Weinen sprach er nicht.

»Gehen Sie bitte schon mal vor«, sagte er schließlich. »Ich komme gleich nach.«

Lodi folgte dem Flur, an dessen Ende das Therapiezimmer lag, öffnete die Tür und sank in den Sessel am Fenster. Sie hielt sich zum ersten Mal allein in dem Raum auf, was ihr die Gelegenheit gab, sich kurz ungestört umzusehen.

Mit seiner sparsamen Dekoration und den Wänden in gedämpften Farben fügte sich das Zimmer nahtlos in den minimalistischen Stil der Wohnung ein. Es strahlte Ruhe und

Achtsamkeit aus, unterstützt durch das gedämpfte Tageslicht, das durch die Vorhänge hereinfiel, und den dezenten Duft nach Lavendel in der Luft. Das Bücherregal, vor dem ein brauner Hochflorteppich lag, war vollgestellt mit psychologischen Fachbüchern. Auf dem Schreibtisch lagen ein zugeklapptes Notebook sowie zwei hohe Papierstapel.

»Bitte entschuldigen Sie, dass Sie warten mussten.« Dr. Klein schloss die Tür hinter sich, nahm das Notebook und setzte sich in seinen Sessel. »Ich hoffe, Sie haben sich nicht gelangweilt.«

Lodi runzelte die Stirn. Bildete sie sich das ein oder roch ihr Therapeut nach Alkohol? Sie beugte sich ein Stück zu ihm hinüber und schnupperte unauffällig. Der Lavendelduft übertünchte den Geruch ein wenig, sodass sie ihn nicht eindeutig zuordnen konnte. Sie sah Dr. Klein in die Augen. Sein Blick veränderte sich, von fragend zu beschämt. Dann wandte er ihn ab.

Bevor sie darüber nachdenken konnte, erkundigte er sich nach ihrem Befinden. Wie es ihr privat und beruflich ergangen sei, seitdem sie das letzte Mal bei ihm gewesen war. Ob sie in den Urlaub gefahren sei, was sie verneinte, ob sie jemand Nettes kennengelernt habe, was ebenfalls nicht zutraf, und wie es ihrem ehemaligen Kollegen gehe. Sie fasste sich ein Herz und sprach mit ihm erneut über Thomas' Ausscheiden aus dem Dienst, denn endgültig verkraftet hatte sie dies nicht. Es tat ihr gut, sich über dieses Thema auszutauschen. Sie erinnerte sich an die Frage, die ihr Therapeut in der letzten Sitzung gestellt hatte: »Machen Sie sich Vorwürfe wegen dem, was Ihrem Kollegen passiert ist?«

Lodi wusste bis heute keine Antwort darauf. Einerseits fühlte sie sich unschuldig. Schließlich war es nicht ihre Idee gewesen, das Ferienhaus zu stürmen, in dem sich Martin Werkmann, der Ehemann des Mordopfers und ihr bewaffneter Verdächtiger, verschanzt hatte. Sie hatte vorgeschlagen, per Funk Unterstützung anzufordern und zu warten. Thomas hatte jedoch befürchtet, dass Werkmann bis dahin über alle Berge gewesen wäre. Letzten Endes trug er die Konsequenzen für sein Handeln und niemand anders.

Andererseits – und das war die bittere Wahrheit – konnte sie sich von einer Mitschuld nicht freisprechen. Thomas und Lodi waren ein Team, und das seit über einem halben Jahrzehnt. Das verschaffte ihnen auch Verantwortung füreinander. »Wir passen aufeinander auf«, hatte Thomas kurz vor dem Vorfall in der Hütte am Edersee gesagt, der Hang der Geschichte zum Sarkasmus. Sie hätte ihn stoppen müssen, dachte Lodi. Sie hätte auf ihn einreden und ihm notfalls sogar die Dienstwaffe abnehmen müssen.

Danach erzählte Lodi Dr. Klein von ihrem neuen Fall. Davon, dass sie und die Kollegin, die für Thomas nachgerückt war, auf einem Hochsitz im Kaufunger Wald einen brutal erstochenen Mann zu Gesicht bekommen hatten. Und dass dieses Bild seit vorgestern durch ihren Kopf geisterte. Ständig blitzte es vor ihrem geistigen Auge auf.

Dr. Klein sah ihr fest in die Augen. »Ist das für Sie eine neue Erfahrung?«, fragte er. »Haben die Leichen vorher eine ähnliche Reaktion bei Ihnen ausgelöst?«

Lodi musste nachdenken.

»Die ersten, die ich am Anfang meiner Karriere gesehen habe, vielleicht. Aber daran erinnere ich mich nicht mehr. Vor der Toten im Habichtswald hatte ich jedenfalls keine Schwierigkeiten damit. Mit dieser Leiche hat es angefangen.«

Dr. Klein nickte bedächtig. »Was könnte der Grund dafür sein?«

Lodi zuckte mit den Schultern. »Ehrlicherweise habe ich keinen Schimmer. Ich kann es mir nicht erklären.«

Er schlug die Beine übereinander, legte eine Hand aufs Knie und fuhr sich mit der anderen über seinen Dreitagebart.

Sekunden verstrichen.

Dann zog er ein Klemmbrett aus dem Stapel auf seinem Schreibtisch und blätterte ein paar Seiten vor. »Wenn Sie erlauben, gebe ich Ihnen einen Denkanstoß.« Er blickte zu ihr auf. »Die erste Leiche, die Sie in Ihrem Leben gesehen haben, war die Ihrer Mutter. Sie haben sie im Wald gefunden. Das ist die Parallele mit ihren beiden letzten Fällen. Es ist der Fundort. Es ist der Wald.«

Lodi schluckte, denn zum ersten Mal sprach ihr Therapeut, der sich von Berufswegen immer diplomatisch ausgedrückt hatte, etwas direkt an. Und so offensichtlich es gewesen war, hatte Lodi diesen Aspekt doch übersehen. Vielleicht hatte sie ihn aber auch einfach nicht sehen wollen.

Dr. Klein räusperte sich und sprach weiter. »Ich denke, dass es für Ihre Entwicklung wichtig ist, sich damit auseinanderzusetzen.«

Lodi blinzelte ihn eine Weile an.

»Sie meinen ...«

Er nickte. Er löste den Kugelschreiber von der Klemmvorrichtung und drückte die Mine per Knopfdruck raus. Ein flüchtiges Lächeln umspielte seine Lippen.

»Sie können anfangen, sobald Sie bereit sind ...«

* * *

Es war ein Mittwoch gewesen, daran würde Lodi sich ein Leben lang erinnern. Beim Aufwachen hatte sie sich unwohl gefühlt. Bis vor wenigen Wochen hatten ihre Mitschüler sie nur wie Luft behandelt, doch dann hatte Malte, der Rädelsführer in der Klasse, angefangen, Witze über sie zu reißen. Dass sie so viel Zeit im Wald verbringen würde, weil sie mit den Pflanzen spräche, dass sie selbst so hässlich sei wie ein Baum, und zu guter Letzt hatte er sie »Waldmädchen« getauft. Die anderen waren drauf angesprungen, von diesem Moment an nannten sie sie so.

Seitdem hatte Lodi morgens Bauchweh, so wie an diesem Tag. Ihre Mutter machte ein mitfühlendes Gesicht, sie sollte besser nicht zur Schule gehen, sagte sie. Erleichtert blieb Lodi liegen. Stumm schaute sie aus dem Fenster, das sich in Blicklinie ihres Bettes befand, und beobachtete die vorbeiziehenden Wolken. So, wie sie es auch im Wald gern tat.

Danach las sie in dem Buch, das sie sich von ihrem Taschengeld gekauft hatte: »Wir Kinder vom Bahnhof Zoo«. Die Geschichte der Jugendlichen Christiane F., die mit sechs Jahren mit ihren Eltern nach Westberlin gezogen war, in die neu geschaffene Gropiusstadt nahe der Mauer. Damals konnte Lodi nachfühlen, was Christiane über das Aufwachsen in der Hochhaussiedlung erzählte, denn in Richtsberg sah das Leben ähnlich aus. Mit dem Unterschied, dass Lodi glücklicherweise nie an die falschen Freunde geraten und im Drogensumpf versunken war. Sie hatte nur einen Freund, den Wald, und bis zu diesem Tag hatte sie angenommen, dass er ihr niemals schaden würde.

Zwischendrin fingen ihre Eltern an, am Telefon zu streiten. Erst sprachen sie leise, doch dann steigerten sie sich schnell, bis es in einem Geschrei endete. Lodi verkroch sich im Bett, zog die Knie an die Brust, presste die Hände auf die Ohren. Damit trat sie aus der Welt aus, ein ähnliches Gefühl wie im Wald. Nur dort und unter ihrer Decke fühlte sie sich geborgen.

Irgendwann kam ihre aufgewühlte Mutter ins Zimmer. Sie müsse für ein paar Stunden weg, behauptete sie, und auf Lodis Frage, wohin sie wolle, antwortete sie nur: »Das Essen ist im Kühlschrank. Lass deinem Vater etwas übrig, er kommt heute später.« Kurz darauf flog die Wohnungstür zu, und an dem klackenden Geräusch hörte Lodi, wie ihre Mutter über den Etagenflur zum Aufzug stöckelte.

Sie wartete noch eine halbe Stunde. Dann sprang sie aus dem Bett, duschte, zog sich Jogginghose und Schlabberpulli an, schnappte sich ihren Schlüssel und verließ ebenfalls die Wohnung. Sie freute sich darauf, endlich wieder in ihren geliebten Wald zu gehen, denn sie war eine gefühlte Ewigkeit nicht mehr dort gewesen.

Unten angekommen, sah Lodi kurz die graue Fassade des Wohnblocks hinauf. Wenn sie den Kopf weit in den Nacken legte, konnte sie das Fenster ihres Zimmers sehen. Das Wetter war frühherbstlich, die Blätter der Bäume auf dem Vorplatz färbten sich. Der Wind hatte ein paar von ihnen entblößt, er wirbelte das Laub auf, ließ die Bündel über den Beton tanzen, als hätte er ihnen Leben eingehaucht. Etwas von ihr entfernt brach die Sonne durch die verdichteten Wolken und warf ihre Strahlen wie ein Scheinwerfer auf den Wald, der sich hinter den Hochhäusern andeutete.

Lodi lächelte und ging los. Ihr Schleichweg führte sie zwischen den mehrstöckigen Wohnhäusern entlang, dann über die Sonnenblickallee, durch ein weiteres Wohngebiet, den Randbereich von Richtsberg, und dahinter in den Wald. Endlich war sie da!

Sie ging weiter. Mit jedem Schritt entfernte sie sich von der Stadt und ließ sich von der heilsamen Stille umschließen. Der Geruch nach feuchter Erde und vermodertem Holz kletterte in ihre Nase. Der Schleier aus Blättern und Ästen über ihrem Kopf wurde dichter, wie ein Sieb filterte er das herbstliche Tageslicht. Nur einzelne, flirrende Strahlen durchdrangen ihn und formten Muster auf dem Boden. Normalerweise fürchtete Lodi sich vor der Dunkelheit, weshalb sie zum Einschlafen ihre Nachttischlampe brennen ließ. Hier machte ihr die Finsternis nichts aus, im Gegenteil, denn sie fühlte sich sicher. Als würde der Wald ihr das Versprechen abgeben, sie vor allem Übel zu beschützen.

Lodi kam an eine lichte Stelle und legte sich ins Moos. Sie sah zum Himmel hinauf, der sich ein bisschen aufgelockert hatte. Nun zogen die Wolken gemächlich vorüber, der Wind wob sie zu unwirklichen Formen. Eine von ihnen ähnelte einem Traumfänger, ein Kreis mit Federn. Andere erinnerten Lodi an sanfte Wellen, ein Meeresrauschen am Himmel, der dadurch für einen Moment endlos tief erschien. Am schönsten fand sie die Formation, die aussah wie ein Vogelschwarm, und die spiralförmigen Strudel.

Die meisten in ihrem Alter verbrachten ihre Freizeit damit, Musik zu hören und Filme und Serien zu schauen. Lodi konnte das nicht begreifen. Wozu zu Hause vor der Glotze hängen, wenn der Wald so viel spannender war?

Sie schloss die Augen. Um sie herum knackten Zweige. In der Ferne unterhielten sich Buchfinken, wie Lodi an dem harten Finkenschlag, dem Trillern und dem Überschlag am Ende erkannte. Bäume raschelten sanft im Wind. Es roch nach welkem Laub.

Lodi vergaß die Zeit. Im Wald folgte alles einem anderen Takt. Sie vertraute sich den Klängen und Gerüchen an, ließ sich von ihnen entführen. Lächelnd schlief sie ein.

Stunden später öffnete Lodi langsam die Augen ... und erschrak.

Die Nacht hatte von der Welt Besitz ergriffen. Schwere Wolken am Himmel verdeckten den Mond, sodass das Sternenzelt nur an vereinzelten Bruchstellen durchschimmerte. Stille lag über dem Wald, und auch die Gerüche hatten sich verflüchtigt. Regentropfen fielen auf Lodi herab und liefen über ihr Gesicht – die Vorboten eines Gewitters?

Sie musste sofort aufbrechen. Ihre Eltern waren längst wieder zu Hause, und da sie keine Nachricht hinterlassen hatte, erwartete sie eine Standpauke. Wenn es schlecht lief, sogar einen oder zwei Tage Zimmerarrest.

Sie stand auf und ging denselben Weg zurück wie vorhin.

Doch irgendetwas war anders. Während sie auf dem Hinweg innerlich ruhiger geworden war, je tiefer sie in den Wald eingetaucht war, durchfuhr sie nun ein unheilvolles Gefühl. Ihr lief ein Schauer über den Rücken, ihr wurde flau im Magen. Trotzdem schritt sie vorsichtig voran, über Wurzeln und durch dichtes Unterholz. Und mit ausgestreckten Händen, um sich notfalls abzufangen. Der Boden unter ihren Füßen knirschte.

Dann ein fernes, flimmerndes Licht. Eine Straßenlaterne oder ein beleuchtetes Fenster, auf jeden Fall ein Lebenszeichen aus der Welt. Erleichterung, es würde Lodi den Weg nach Hause weisen, wie ein Leuchtturm einem orientierungslosen Seemann, und vermittelte ihr zugleich ein Gefühl von Sicherheit. Alles würde gut werden, sie brauchte keine Angst zu haben.

Plötzlich sah sie ihn aus den Augenwinkeln. Einen Gegenstand, der wenige Meter von ihr entfernt im Laub lag.

Lodi runzelte die Stirn. Irritiert schaute sie sich um. Was konnte das sein? Befand sich womöglich jemand in der Nähe und hatte dort etwas verloren? Das war nicht unwahrscheinlich, denn durch den Wald führten zahlreiche Wanderpfade. War dieser Jemand wegen der Dunkelheit von dem Weg abgekommen und fand nun nicht wieder zurück?

Lodi schloss die Augen und lauschte.

Aber außer ihrem Atem war da nichts. Keine Geräusche, die auf einen durchs Geäst irrenden Menschen hindeuteten.

Neugierig schlich sie an die Stelle heran. Je näher sie kam, desto deutlicher erkannte sie ihn: einen Mantel. So einen besaß auch ihre Mutter. Derselbe Schnitt, kurz und figurbetont, an den Hüften leicht ausgestellt, mit einem großen Kragen, breitem Revers und einer doppelreihigen Knopfleiste, dasselbe Weinrot.

Lodi erstarrte. Herz und Atem stockten. Als wollte der Mond ihr helfen, brach er durch die Wolkenschicht und schien auf die Szenerie vor ihren Augen. Er enthüllte die Konturen eines Körpers.

»Hallo?«, rief Lodi. »Hallo, geht es Ihnen gut?«

Keine Antwort. Gedanken wilderten durch ihren Kopf. Lag dort ein Mensch? Falls ja, war er noch am Leben? Die verdrehte Körperhaltung mit abgewinkelten Beinen und gespreizten Armen sprach nicht dafür. Ebenso wenig das viele Laub auf dem Gesicht. Wer auch immer dort lag, musste bewusstlos sein, wenn nicht sogar ...

»Hallo, brauchen Sie Hilfe?«

Vorsichtig ging Lodi näher heran. Die Unterarme der Person lugten aus den hochgezogenen Ärmeln hervor. Jetzt, als sie beinahe vor ihr stand, fiel ihr Blick auf etwas Leuchtendes am Handgelenk. Sie sah mit zusammengekniffenen Augen hin: ein Herz. Genauso eines hatte sie auch.

»Mama!«, schrie Lodi.

Sie hatte sich die Klebetattoos mit Neon-Effekt in einem Kiosk auf dem Nachhauseweg von der Schule gekauft. Zu dem Set gehörten zwei Herzen, eines davon hatte sie sich an ihr Handgelenk geklebt, das andere ihre Mutter an die gleiche Stelle. Damit sie immer miteinander verbunden waren, hatte sie gesagt, auch im Dunkeln.

Lodis Beine brachen weg wie Streichhölzer. Sie fiel auf die Knie. Schluchzend kroch sie auf allen vieren voran. Tränen liefen ihr über die Wangen, vermischten sich mit Regentropfen.

»Mama! Bitte, wach auf!«

Lodi beugte sich über sie. Sie befreite das Gesicht vom Laub, drehte den Kopf in ihre Richtung.

Und da sah sie sie. Eine klaffende Wunde, Blut war aus ihr in den Waldboden gesickert. Ein Kontrollblick in die leblosen Augen ihrer Mutter brachte Gewissheit, sie war tot.

Vorhin hatte Lodi sie zum letzten Mal gesehen.

Für den Rest ihres noch jungen Lebens.

Montag, Vormittag, Vorderer Westen

Lodi trat aus dem Haus in der Dörnbergstraße und atmete kräftig aus. Puh, diese Sitzung war mit Abstand die anstrengendste gewesen. Es hatte sich angefühlt, als müsste Lodi diesen traumatischen Tag erneut erleben. Sie fühlte sich benommen, während sie nun Richtung Friedenskirche lief. In dieser seelischen Verfassung würde sie auf keinen Fall mit dem Fahrrad zum Präsidium radeln.

Sie legte einen kurzen Sprint zur Haltestelle in der prunkvollen Goethestraße ein, um die nächste Tram zu nehmen, und kam gerade noch rechtzeitig. Die Straßenbahn fuhr um die Kurve, sie platzte aus allen Nähten. Lodi stöhnte auf, denn bei diesem Anblick fiel ihr sofort wieder ein, warum sie so gern mit dem Fahrrad zur Arbeit fuhr.

Zwanzig Minuten später betrat Lodi ihr Büro. Verschwitzt und mit unzähligen Gerüchen in der Nase und Gesprächen im Ohr, auf die sie gern verzichtet hätte.

»Guten Morgen, Sunshine!«, begrüßte Kathrin sie vom Schreibtisch aus. Im Gegensatz zu Lodi schien sie wieder bester Laune zu sein. »Gut erholt von gestern?«

»Einigermaßen.« Lodi wusch sich an dem kleinen Waschbecken in der Ecke die ungewollten Berührungen ab. »Und du? Welchen Spruch kredenzt du der Welt heute?«

Kathrin stand auf, zog ihr T-Shirt straff und las vor: »Om ist, wo das Herz zu Hause ist.« Sie lächelte.

Lodi trocknete sich die Hände ab und nickte zur Tür. »Ich wollte rübergehen und mir einen Tee kochen. Bist du dabei?«

»Na logo, Yogis trinken gern Tee. Ich begleite dich, sonst komme ich noch auf die verwegene Idee, meine E-Mails zu beantworten.«

Sie gingen über den Flur in die Teeküche. Lodi setzte Wasser auf, und während sie warteten, lehnte sie sich mit verschränkten Armen ans Fensterbrett. Kathrin bedachte sie mit einem tiefgründigen Blick.

»Du wirkst nachdenklich«, bemerkte sie. »Als würde dich etwas beschäftigen.«

Lodi nickte schwer. »Dann scheint es mir ja auf die Stirn geschrieben.«

»Das nicht unbedingt. Aber ich spüre so etwas einfach. Hat's mit unserem Fall zu tun?«

»Ja, aber das ist es nicht. Es ist … etwas Privates.«

»Oh.« Kathrin verzog beschämt das Gesicht. »Entschuldige.«

»Alles gut. Wir hatten uns doch vorgenommen, einander besser kennenzulernen, oder nicht?« Lodi zog ihre Mundwinkel zu einem flüchtigen Lächeln nach oben.

»Stimmt.« Kathrin holte zwei Tassen aus dem Hängeschrank und befestigte die Teebeutel am Henkel. »Lass mich raten, Männergeschichte?«

Lodi brummte zustimmend. Sie bereute ihre Notlüge nicht, denn was hätte sie sonst antworten können, außer dass sie nicht darüber reden wollte? Die Wahrheit jedenfalls nicht.

»Wo wir gerade davon sprechen«, versuchte sie, von sich abzulenken, »wie sieht's eigentlich bei dir mit Männern aus?«

Der Wasserkocher klackte, er hatte seinen Dienst erfüllt. Kathrin griff nach ihm und schenkte ihnen ein. Lodis Frage ließ sie kurzzeitig verstummen.

»Das erzähle ich dir, wenn wir auf deiner Dachterrasse sitzen«, sagte sie schließlich.

»Einverstanden.« Mit einem Nicken deutete Lodi auf den Flur. »Lass uns solange rübergehen und Tee trinken.«

* * *

Das Präsidium und das Gebäude der Justizbehörden trennten nur eineinhalb Kilometer. Selbst für diese kurze Strecke hätte Thomas nie im Leben auf ihren Dienstwagen verzichtet, doch erwartungsgemäß war das für Kathrin keine Option. Sie ließ Lodi die Frage nicht einmal aussprechen, da lieferte sie ihr bereits die unmissverständliche Antwort.

Bevor sie losgingen, rief Lodi aber noch bei der Staatsanwältin an. Sie sei im Dienst, sagte Grün, und freue sich darauf, endlich ihre neue Kollegin kennenzulernen.

Dann verließen die beiden das Präsidium und gingen über die Treppenstraße, Deutschlands älteste Fußgängerzone, Richtung Innenstadt. Sie kürzten ihren Weg über den Karlsplatz ab, überquerten die viel befahrene Frankfurter Straße, und schon waren sie da. Drinnen Sicherheitskontrollen, ein langer Flur und mit dem Fahrstuhl nach oben zum Büro der Staatsanwältin.

Als sie sich die Hände schüttelten, lächelte Lodi in sich hinein. Ihre Vermutung bewahrheitete sich, Hannah Grün war eine veränderungswillige Frau. Ihr neuer Look zeugte darüber hinaus von einer ordentlichen Portion Risikofreude. Mit diesem hatte sie sich allerdings keinen Gefallen getan, dachte Lodi, vor allem nicht mit den Haaren. Das alte Kupferrot war herausgewachsen, aber anstatt bei dem natürlichen Braun zu bleiben, hatte sie sich aschblonde Strähnen gefärbt. Die Frisur, ein Pagenkopf mit Pony, betonte diese unglückliche Wahl zusätzlich. Außerdem hatte Grün beim Make-up einen Gang höhergeschaltet. Ihr Lidschatten war großflächiger, der Lippenstift kräftiger, der Eyeliner breiter, neu waren die konturierten Wangenknochen. Als versuchte sie, im Zusammenspiel mit dem figurbetonten, zweiteiligen Rockanzug von dem Elefanten im Raum, ihrer Frisur, abzulenken.

Grün schienen Lodis Blicke aufzufallen. Verlegen fuhr sie sich durchs Haar und rollte mit den Augen. »Sagen Sie bitte nichts. Ich weiß, dieses Mal war's ein Griff ins Klo. Aber wie sagt man so schön? Wer nicht wagt, der nicht gewinnt.« Ihr Lächeln wirkte gezwungen. »Außerdem freuen sich die Kollegen immer über neuen Stoff für den Buschfunk. Sie kennen das sicher.«

Lodi und Kathrin nickten verhalten.

Grün zeigte auf zwei Stühle vor ihrem Schreibtisch. »Bitte, setzen Sie sich. Wasser, Tee, Kaffee?«

Sie entschieden sich für Ersteres. Die Staatsanwältin goss ihnen ein, dann sich selbst, und nahm Platz. Sie klappte ihr Notebook auf, wischte eine Weile auf dem Touchscreen herum, bis sie den Fall »Helmut Fänger« geöffnet hatte. Zuletzt habe sie sich notiert, dass die Ermittlungen in Hann. Münden nichts Konkretes ergeben hätten, las Grün vor. Sie bat darum, ins Bild gesetzt zu werden.

Lodi fing bei der Befragung von Paula in Ahnatal an. Dann gab sie die Aussagen von Werner und Erika Laube wieder, die Kathrin an einem Punkt ergänzte, und berichtete von der Begegnung mit der zugeschnürten Larissa und den Atemgeräuschen hinter der Klotür.

Grün war ihren Ausführungen mit auf einer Handfläche gestütztem Kopf gefolgt. »Gut, dass Sie sich so entschieden haben«, kommentierte sie. »Gefahr in Verzug, das ist immer so eine Sache …« Sie zeigte kurz ihre Zähne. »Es hätte gut oder weniger gut für Sie ausgehen können.«

Das waren auch Lodis Gedanken gewesen, als sie vor Larissas Klotür gestanden hatte.

Grün schaute wieder auf ihr Notebook. »Wo ich es gerade lese: Wann erwarten Sie das Ergebnis aus Wiesbaden zu den Hautpartikeln und den Zigarettenstummeln?«

»Es müsste jeden Tag kommen«, antwortete Kathrin. »Von Jacob Krentz liegt uns – über die Fingerabdrücke hinaus – leider noch kein DNA-Material vor, das wir vergleichen könnten. Aber sobald wir ihn gefunden haben, holen wir das nach. Da bereits die Fingerabdrücke auf der Tatwaffe von ihm stammen, ist davon auszugehen, dass das LKA auch die Hautreste ihm zuordnen wird.«

»Ja, ich teile diese Einschätzung. Sollte sie sich bewahrheiten, würde dies den dringenden Tatverdacht gegen Krentz weiter erhärten.«

Was ihnen nichts brachte, solange sie keinen Schimmer hatten, wo zum Teufel er sich aufhielt, grummelte Lodi in sich hinein.

Grün trank einen Schluck und wischte sich über den Mund. Ihr fiel eine Haarsträhne ins Gesicht, sie streifte sie sich hinters Ohr. »Wie sehen Ihre weiteren Ermittlungsschritte aus?«

Kathrins Augen baten Lodi wortlos darum, zu übernehmen.

»Wenn's nach mir geht, würde ich Larissa Laube gern observieren. Sie weiß etwas über diesen Elias, und mein Instinkt sagt mir, dass wir über ihn auch an Krentz rankommen.«

An den Regungen in Grüns Gesicht las sie deren Einwände ab.

»Das können Sie natürlich machen. Ich bin ungern die Spielverderberin, aber denken Sie bitte an die Strafprozessordnung. Ohne Anordnung einer längerfristigen Observation dürfen Sie die Frau nur maximal vierundzwanzig Stunden oder an höchstens zwei aufeinander folgenden Tagen beobachten.«

Lodi presste die Lippen zusammen, ihr war die Gesetzeslage bekannt.

»Was schwebt Ihnen ansonsten vor?«

»Nun, wir wissen, dass Krentz seit Jahren als OFW gilt. Vielleicht sollten wir uns in der Kasseler Obdachlosenszene umhören, also vor allem am Hotspot, rund um den Lutherplatz.«

»Ist einen Versuch wert. Haben Sie diesbezüglich Erfahrungswerte?«

»Sagen wir es so: Die auskunftsfreudigsten Bürgerinnen und Bürger versammeln sich dort nicht.«

»Wie wahr. Trotzdem sollten wir nach jedem Strohhalm greifen, der sich uns bietet.«

Lodi blinzelte ihr Gegenüber einen Augenblick lang an. »Klingt ziemlich nach Verzweiflung«, wollte sie sagen, hielt sich aber zurück.

Grün wandte sich wieder dem Notebook zu, ihre Augen flogen über das Display. Sie musste auf etwas gestoßen sein, denn sie rückte stirnrunzelnd dichter an den Bildschirm heran. »In Ihrem Bericht wird der Sohn des Opfers erwähnt.« Sie sah zu den Kommissarinnen auf. »Sie haben ihn überprüft?«

Lodi nickte. »Gleich als Erstes. Er ist mit seiner Freundin«, sie malte Anführungszeichen in die Luft, »auf Kurzreise in St. Peter-Ording gewesen und erst nach der errechneten Tatzeit zurückgekommen.«

Grün legte den Kopf schief. »Warum die Gänsefüßchen?«

»Ich nehme an, dass er ihre Affäre ist. Fänger ist ja nicht verheiratet, Frau Lange aber schon. Sie wohnt mit ihrem Mann drüben in Niestetal.« Lodi deutete über die Schulter in Richtung Nordwesten, wo sich die Gemeinde im Landkreis Kassel befand.

Eine Weile sahen sich die drei Frauen schweigend an. Die Erkenntnis aus diesem Treffen schwirrte durch den Raum, doch weder Lodi oder Kathrin noch die Staatsanwältin brachten sie über die Lippen. Ja, von Rheinfeld hatte recht, es existierten eine Menge Spuren, darunter mit den Fingerabdrücken von Jacob Krentz sogar eine äußerst vielversprechende. Das Problem war, dass keine von ihnen sie bisher näher an die Lösung des Falls herangebracht hatte.

Lodi räusperte sich und kratzte sich am Kopf. »Bevor wir weitere polizeiliche Schritte in Betracht ziehen, sollten wir zunächst die naheliegenden Stellen abklappern. Sprich: die zentrale Fachstelle Wohnen der Stadt Kassel, den Verein Soziale Hilfe mit seinen Notunterkünften, wie zum Beispiel der Tagesaufenthaltsstätte Panama, die Wohnraumhilfen der Kirchen …«

»Das wäre auch mein Vorschlag gewesen«, bekundete Grün. »Hoffen wir, dass wir ihn auf diesem Weg zu fassen kriegen. Haben Sie genügend Kapazitäten dafür?«

»Wir werden das delegieren.«

Lodi dachte spontan an Hannes und Florian, die beiden Frischlinge beim K11. Hannes Berger war leidenschaftlicher Laufsportler und nahm regelmäßig an Extremläufen teil. Dabei musste sein Gehirn so stark durchblutet und mit Sauerstoff versorgt werden, dass er als Folge davon über eine rasante Auffassungsgabe verfügte. An Florian Wolf mochte Lodi hingegen insbesondere seine bedachte Art. Er war ein ernster Typ mit messerscharfem Verstand und hatte sich ein immenses forensisches Wissen angelesen, mit dem er in der Not sogar Dr. Wittmann in der Pathologie vertreten könnte. In Gedanken schrieb Lodi sich hinter die Ohren, die beiden gleich nach dem Gespräch mit dem Abklappern der Anlaufstellen für Obdachlose zu betrauen.

Dann nahm sie den Mut zusammen, Hannah Grün vorsorglich auf die Konsequenzen einer erfolglosen Suche hinzuweisen. Sie sagte: »Sollten unsere Bemühungen keine Früchte tragen, würden wir eine Öffentlichkeitsfahndung einleiten.«

Grün nickte eine Weile stumm vor sich hin. Dann nippte sie an ihrem Wasserglas, als würde sie sich etwas Zeit für ihre Antwort verschaffen wollen. »Damit wir uns nicht missverstehen: Ich kann Ihren Wunsch nachvollziehen, das wäre sicherlich eine gute Option. Allerdings bewegen wir uns hier im Bereich des Paragrafen 131a der Strafprozessordnung. Wir können zwar einen Anfangsverdacht gegen Herrn Krentz begründen, was eine Ausschreibung zur Aufenthaltsermittlung nach Absatz eins ermöglicht. Aber für eine Öffentlichkeitsfahndung nach Absatz drei«, sie sah zu Lodi und Kathrin und breitete ihre Arme aus, »brauchen wir einen dringenden Tatverdacht. Dazu müssen wir den Richter auf unsere Seite kriegen. Ich kann es gern versuchen, aber ehrlicherweise bin ich bei dieser Sachlage nicht besonders zuversichtlich.«

Das hatte Lodi leider erwartet. Aus der Sicht der Ermittlungs- und Strafverfolgungsbehörden stellte die öffentliche Fahndung nach Personen ein effektives Mittel dar. Jedoch existierten für diese hohe Hürden, denn wenn sich hinterher herausstellte, dass die gesuchte Person zu Unrecht an den Pranger gestellt wurde, konnte es schwerwiegende Folgen für sie haben. Es gab Fälle, in denen jemand in seinem Leben keinen Fuß mehr auf den Boden bekommen hatte. So etwas stand keiner Behörde und keinem Richter gut zu Gesicht.

Die Botschaft hinter den Worten der Staatsanwältin verstand Lodi als Aufforderung: Versuchen Sie es zuerst mit den anderen Mitteln. Und bringen Sie mir mehr Beweise.

Sie stand auf.

»Vielen Dank für Ihre Zeit«, verabschiedete sie sich. Kathrin sah sie leicht irritiert von der Seite an. »Wir melden uns, wenn die Ermittlungen in der Obdachlosenszene etwas ergeben haben oder Wiesbaden sich meldet.«

Montag, Mittag, Justizbehörden

»Du hattest recht mit deiner Beschreibung«, sagte Kathrin. Sie standen wieder draußen vor dem Gebäude der Justizbehörden und schauten in die Fünffensterstraße hinein. »Grün ist 'ne toughe Frau. Es war gut, dass ich sie endlich kennengelernt habe.«

»Ja«, erwiderte Lodi knapp.

Das Gespräch mit der Staatsanwältin hatte sie ernüchtert. Sie hatte sich mehr von ihrem Treffen versprochen, Ansatzpunkte für weitere Ermittlungen zum Beispiel, auf die sie und Kathrin nicht gekommen wären. Doch diesmal steuerte Grün keine eigenen Gedanken bei, im Gegensatz zu vergangenem November im Fall Sonja Werkmann. Lodi erinnerte sich an ihre Fahrt nach Fritzlar zu Xaver Blum, dem frisch aus der Entzugsklinik entlassenen Drogensüchtigen. Sie hatten ihn wegen der SIM-Karte befragt, die zur Tatzeit in der Funkzelle am Tatort angemeldet gewesen war. Lodi hatte in ihm schon den Verdächtigen Nummer eins gesehen, doch er hatte für alles eine plausible Erklärung aufgetischt. Sie hatte einer Überprüfung standgehalten. Damals hatte Grün eine aktive Rolle bei den

Ermittlungen gespielt, wohingegen sie im Fall Helmut Fänger bisher von der Seitenlinie zuschaute.

»Ist irgendetwas?«, fragte Kathrin. Sie guckte skeptisch. »Du bist schon wieder so nachdenklich.«

Lodi schüttelte ihre Enttäuschung ab. »Alles gut. Gehen wir etwas trinken? Ich könnte eine Erfrischung gebrauchen.«

»Gute Idee! Ich bin auch noch nicht scharf drauf, mich wieder an den Schreibtisch zu setzen. Lass uns doch diese neue Coffeebar ausprobieren, oben an der Ecke Wilhelmsstraße und Ständeplatz. Beim Vorbeigehen habe ich mal gesehen, dass die dort auch selbst gemachte Erfrischungsgetränke anbieten.«

»Sehr gern.« Lodi tippte an ihre Hosentasche. »Ich rufe vorher noch Hannes und Florian an wegen der Anlaufstellen für Obdachlose …«

* * *

Es gab Orte, die jedes Mal, wenn Lodi an ihnen vorbeikam, Erinnerungen in ihr auslösten. Einer davon war die »Linearuhr«. Sie zählte zu der Vielzahl an Kunstwerken, die in der Stadt verteilt zu finden waren, manche von ihnen als Überbleibsel vergangener documenta-Ausstellungen. Sie stammte aus dem Jahr 1977 und war aus zwei Säulen aus Edelstahl konstruiert, in der drei senkrechte Reihen Glühlampen angeordnet waren. Diese zeigten die Uhrzeit an: das obere Lampensegment die Stunden, das mittlere die Minuten und das untere die Sekunden. Was einfach klang, stellte jedoch einige Betrachter vor Herausforderungen. Auf ihrem Weg in die Innenstadt waren Lodi und Dirk oft an ihr vorbeispaziert, und jedes Mal musste sie ihrem früheren Lebensgefährten das Prinzip von Neuem erklären. Darüber hatten sie sich köstlich amüsiert, es war zu einem ihrer Running Gags geworden.

Lodi und Kathrin betraten die Coffeebar an der Ecke und bestellten frisch gepresste Orangensäfte. Sie setzten sich nach draußen an einen Tisch in der Sonne. Der Saft schmeckte ausgezeichnet. Kathrin lehnte sich in dem Rattansessel zurück.

»Angenommen, Hannes und Florian haben keinen Erfolg bei den Anlaufstellen«, leitete sie ihre Frage ein. »War's das dann mit unseren Ermittlungen in der Szene? Oder hören wir uns weiter um? Wenn ja, wie genau stellst du dir das vor?«

»Wir trommeln ein paar Leute zusammen, legen einen Termin fest und dann geht's los«, erklärte Lodi.

»Ich will nicht pessimistisch klingen, aber … ich glaube nicht, dass wir viel erfahren werden.«

»Ehrlicherweise verspreche ich mir auch nichts davon. Sobald dort die Polizei auftaucht, nehmen die alle die Beine in die Hand. Sollten wir überhaupt jemanden zum Reden kriegen, werden das nur wenig zielführende Informationen sein. Für die sind wir Bullen. Uns gegenüber den Mund aufzumachen, ist tabu.«

»Sollen wir besser spontan dort vorbeischauen? Vielleicht kriegen wir mehr heraus, als wenn wir mit einem Trupp auflaufen.«

»Wir werden es nur erfahren, wenn wir's versuchen.«

»Hast du schon mal in der Szene ermittelt?«

Lodi schnaufte und nickte. »Es ist allerdings neun Jahre her.«

Sie erzählte Kathrin vom Fall des ermordeten Jochen P. Der Obdachlose war eines Morgens im Spätherbst 2015 auf einem Schulhof tot aufgefunden worden. Todesursache: massive Gewalteinwirkung. Lodi war frisch nach Nordhessen gekommen und noch ein Greenhorn, trotzdem durfte sie wegen Personalmangels in der »Soko Schule« aushelfen.

Sie hörten sich in der Szene um, doch sie bekamen dort nichts heraus. Die einzigen ermittlungsrelevanten Informationen erhielten sie von Zeugen, die das Opfer am Abend vor seinem Tod vor einem Supermarkt gesehen hatten. Außerdem wurde der Dreiundfünfzigjährige am Tattag wegen einer Sturzverletzung im Klinikum behandelt, woraufhin er sich noch eine Weile in der Cafeteria des Hauses aufhielt. Gegen neunzehn Uhr verließ er das Krankenhausgelände wieder, danach verlor sich seine Spur. Die »Soko Schule« fand nie heraus, was mit ihm geschah.

»Krankenhäuser sind ein gutes Stichwort«, sagte Kathrin. »Die sollten wir ebenfalls abklappern.« Sie zückte ihr Handy, hatte wenige Wischbewegungen später eine Liste parat und legte das Smartphone zwischen sich und Lodi auf den Tisch. »Ich hab's auf die staatlichen Kliniken begrenzt, die privaten können wir sicherlich ausklammern. Es sind sechs.«

Lodi linste aufs Display. »Du die eine Hälfte, ich die andere?«

Es war eine Sache von Minuten. Nach den Telefonaten sahen sie sich mit langen Gesichtern an, denn in keinem der Krankenhäuser war Jacob Krentz in der Vergangenheit behandelt worden.

Lodi spürte die Vibration ihres Handys.

»Das ist das LKA«, kommentierte sie die angezeigte Nummer. Sie stöpselte die Kopfhörer ein und reichte ihrer Kollegin zum Mithören einen der beiden.

»Hallo, Frau Öztürk.«

»Frau Lenke, wie geht's Ihnen?«

»Gut, danke. Nur zu Ihrer Information, Frau Hertz verfolgt unser Gespräch auch mit.«

»Prima. Wie kommen Sie mit den Ermittlungen voran?«

»Wir waren gerade bei der Staatsanwältin. Bei den Krankenhäusern haben wir uns bereits erkundigt, ohne Erfolg. Zwei unserer Kollegen klappern gerade die typischen Anlaufstellen für Obdachlose ab. Sollte auch dort niemand etwas über den Aufenthaltsort von Jacob Krentz wissen, ziehen wir eine Öffentlichkeitsfahndung in Betracht. Allerdings ...«

»Lassen Sie mich raten, der Verdacht reicht noch nicht aus?«

»Sie sagen es. Und jetzt kommen Sie ins Spiel: Sie rufen doch sicherlich wegen der Hautpartikel an, die unter den Nägeln des Opfers gefunden wurden?«

»Unter anderem, ja. Und wegen der Zigarettenstummel.« Öztürk sog hörbar Luft ein, als wären ihr die folgenden Worte unangenehm. »Welche darf ich Ihnen zuerst vortragen, die gute oder die schlechte Neuigkeit?«

Lodi schloss kurz die Augen, ihr Kopf fiel auf die Brust. Nicht noch eine Enttäuschung, die würde sie heute nicht verkraften.

»Die schlechte, bitte.«

»Okay. Wir haben keinen Treffer in der Datenbank. Weder bei den Hautresten noch bei den Stummeln. Letztere konnten wir einer unbekannten männlichen Person zuordnen, vermutlich Ende dreißig, Anfang vierzig.«

»Das mit der Datenbank wäre ja auch zu schön gewesen. Was haben Sie noch?«

»Nun, was die Hautpartikel anbelangt, hat die Analyse ergeben, dass sie zu zwei unterschiedlichen männlichen Personen gehören.«

Das saß. Lodi schaute wieder auf und kniff prompt die Augen zusammen. Kathrin machte ein genauso bedröppeltes Gesicht wie sie.

»Sind Sie sicher?«

»Absolut. Es gibt keinen Zweifel.«

»Sie wissen, was das bedeutet?«

»Leider kann ich Ihnen lediglich die Fakten liefern und keine Erklärungen.«

»Ich kann mir das nur so herleiten: Wir haben es mit mindestens einem Mittäter zu tun. Krentz hat die Tatwaffe angefasst, das wissen wir dank der Fingerabdrücke. Auch wenn wir alle davon ausgehen, dass auch ein Teil der Hautpartikel zu ihm gehört, können wir das erst nach einem DNA-Vergleich mit Sicherheit sagen.«

»Ich stimme Ihnen zu, Frau Lenke.«

»Nehmen wir einmal an, sie stammen nicht von ihm. Dann hätten wir es sogar mit zwei männlichen Mittätern zu tun. Und wenn sie doch zu ihm gehören, bleibt trotzdem noch ein unbekannter Dritter. Demnach kann der mutmaßliche Kampf am Tatort nicht nur zwischen dem Opfer und Krentz stattgefunden haben.«

Stille.

In Lodis Kopf überschlugen sich die Gedanken. In ihrer Vorstellung spielte sie den möglichen Tathergang durch: Krentz und der oder die Unbekannten waren zu Fänger auf den Hochsitz geklettert. Dort kam es zu Handgreiflichkeiten, und als die Situation außer Kontrolle geriet, nahm Krentz Fänger das Jagdmesser ab und stach auf ihn ein.

Siebenundzwanzig Mal.

Ein Klicken im Hintergrund holte Lodi aus ihren Gedanken. Öztürk schien an ihrem Computer zu sitzen und durch die Untersuchungsergebnisse zu scrollen. Sie räusperte sich. »Kommen wir zu der guten Neuigkeit: Ungeachtet der Frage, ob es nun Krentz' Hautreste unter den Nägeln sind oder nicht, können wir die anderen definitiv jemandem zuordnen.«

Lodi schoss zu Kathrin herum. Hatte sie das richtig verstanden? Ihre Kollegin blinzelte im Stakkato.

»Sagten Sie eben nicht, es gäbe keinen Treffer in der Datenbank?«

»Richtig. Das heißt, wir kennen die Person nicht namentlich. Aber laut Analyse stimmen die genetischen Informationen zu fünfzig Prozent mit jenen des Opfers überein.«

Mit einem Mal stieg Hitze in Lodis Kopf auf. Ein Mann, dessen DNA zur Hälfte der von Karsten Fänger entsprach. Das konnte nur eines bedeuten …

»Ein Teil der Hautpartikel stammt von seinem Sohn«, sprach Öztürk Lodis Gedanken aus. »Und meiner Kenntnis nach hat er nur einen …«

Während Kathrin mit Hannes wegen der Meldeadresse von Karsten Fänger telefonierte, rief Lodi bei Hannah Grün an. In knappen Sätzen fasste sie die Ergebnisse aus Wiesbaden zusammen. Von Hannes und Florian, die die Anlaufstellen für Obdachlose überprüften, hatte sie hingegen noch keine Rückmeldung bekommen.

»Das sind in der Tat brisante Neuigkeiten!«, kommentierte die Staatsanwältin. »Sie klingen genauso überrascht, wie ich es gerade bin. Sie haben Fängers Alibi doch überprüft?«

»Haben wir auch. Allerdings steht und fällt es mit der Aussage der Zeugin.«

»Bei der es sich sehr wahrscheinlich um seine Geliebte handelt.«

»Richtig. Möglicherweise hat sie für ihn gelogen, irgendwie müssen die Hautpartikel schließlich unter die Nägel des Opfers gekommen sein. Fänger behauptet, er sei seinem Vater drei Tage vor dem Mord zum letzten Mal begegnet. Das passt nicht zusammen.«

Hannah Grün schwieg einen Moment. Ob sie ahnte, dass Lodi sie nicht nur anrief, um sie auf den neuesten Stand zu bringen?

Wenig später meldete sich die Staatsanwältin zurück. »Ich stimme Ihnen zu, das klingt fragwürdig.«

»Wir fahren jetzt zu ihm nach Hause«, sagte Lodi. »Falls wir ihn dort nicht antreffen, versuchen wir es an seiner Arbeitsstelle. Er arbeitet bei der IT des NVV, des Nordhessischen

Verkehrsverbunds.« In ihr flackerte die Frage auf, wie Fänger trotz der Tatsache, dass er eine strafrechtliche Vorgeschichte vorzuweisen hatte, bloß an diesen Job gelangt war? Vielleicht Vitamin B, kam ihr spontan als Erklärung in den Sinn. »Gleichzeitig schicken wir zwei Kollegen zu Frau Lange, der Geliebten«, erklärte Lodi weiter. »Sie sollen noch mal ihre Aussage abklopfen. Mal sehen, was passiert, wenn sie unter Druck gerät.«

»Gute Idee. Und da Sie wahrscheinlich gleich nach einem Haftbefehl fragen: Ich kläre das mit dem Richter.«

Lodi schmunzelte, denn Grün hatte es tatsächlich geahnt.

Montag, Mittag, Ihringshausen

Karsten Fänger wohnte in einem kleinen Mehrfamilienhaus mit Vorgarten und Loggia, in direkter Nachbarschaft zur Filiale einer Discounterkette. Zu dem Grundstück gehörten zwei Garagen, vor einer stand ein in die Jahre gekommener, aber gepflegter Ford Mustang in Schwarz. Das Verdeck war eingeklappt, die Türen standen offen, und auf der Fahrerseite lugte ein Kabel heraus. Es schlängelte sich über die gepflasterte Einfahrt, dann durch den Spalt des angelehnten Tores ins Innere der Garage hinein. Ein Mann kniete auf den Ledersitzen und saugte diese ab.

Sie parkten den Dienstwagen direkt vor der Einfahrt. Der Mann bemerkte sie, schaltete den Sauger aus und kletterte nach draußen. Breitbeinig stellte er sich neben den Sportwagen, stützte seine Fäuste in die Hüften. Seine Pose versprühte Stolz, wie der galoppierende Mustang auf dem Logo am Heck.

»He!«, blaffte er ihnen entgegen. Seine Augenbrauen wanderten aufeinander zu, sein Blick wurde stechend. Er trug einen unifarbenen Jogginganzug. »Was soll das? Fahren Sie Ihren

Wagen weg, aber dalli.« Er zeigte über seine Schulter auf die Garagen. »Sie blockieren die Ausfahrt.«

Lodi und Kathrin ließen sich Zeit, bis sie nur noch wenige Schritte von ihm entfernt waren. Dichtes graues Haar bedeckte seinen Kopf, es sah sorgfältig gekämmt aus. Sein gleichfarbiger, nicht minder dichter Bart verlieh seinem Gesicht einen markanten Charakter, unterstrichen durch die tiefblauen Augen. Lodi schätzte ihn auf Anfang siebzig.

»Das war unsere Absicht«, antwortete sie. Dem perplexen Gesichtsausdruck zufolge erwischte ihn das kalt. Sie präsentierte ihren Dienstausweis. »Lenke mein Name, Kripo Kassel. An meiner Seite ist meine Kollegin, Frau Hertz.«

Sie gaben ihm einen Moment Zeit, doch die Situation schien ihn zu überfordern. Lodi deutete mit einem Nicken auf das Haus. »Ich nehme an, Sie wohnen hier, Herr …?«

Der Mann schluckte. Dann wischte er sich über die Stirn, nahm die Hände von den Hüften und verschränkte sie auf dem Rücken.

So schnell wurde aus einem Mustang ein zahmes Pony, dachte Lodi.

»Ja, ich …«, stotterte er. »Ja, das stimmt.«

»Wie heißen Sie?«

»Hirschfeld, Egon.« Sein Blick irrte zwischen den beiden Frauen hin und her. »Wie darf ich Ihnen behilflich sein?«

»Wir möchten Karsten Fänger sprechen«, erklärte Kathrin. »Laut unseren Informationen wohnt er auch hier?«

»Ja, er … Seit einem Jahr ungefähr. Da ist meine Frau gestorben, wissen Sie, dann habe ich die Zimmer in der oberen Etage an ihn vermietet. Meine Frau hatte dort früher ihr kleines Atelier. Aber sie hätten nur leer gestanden.«

»Unser Beileid, Herr Hirschfeld.«

»Danke.«

Lodi zeigte auf die andere Garage und fragte: »Ist Herr Fänger zu Hause?«

»Nein, er hat gestern Abend das Haus verlassen. Ich bin während der ganzen Zeit zu Hause gewesen, ich hätte bemerkt, wenn er inzwischen zurückgekommen wäre.« Der Witwer tippte sich ans Ohr. »Das beste Hörgerät der Welt, meiner Frau sei Dank.«

Er schmunzelte. Offensichtlich gehörte »nett« auch zu seinem Repertoire, dachte Lodi.

»Wissen Sie, wohin er gefahren ist?«

Hirschfeld schüttelte den Kopf. »Er hat mir nichts gesagt. Ich habe gehört, dass er aus dem Haus gegangen ist, dann zur Garage, und schon war er weg.«

»Welches Fahrzeug fährt er?«

»Einen roten Seat Leon, älterer Jahrgang.« Hirschfeld rümpfte die Nase. »So ein rollendes Ersatzteillager aus Spanien würde ich mir niemals in die Garage stellen.«

»Sie haben also keine Idee, warum und zu welchem Ziel er aufgebrochen ist?«

Der Witwer sah eine Weile mit verzogenem Mund zum Himmel. Dann hob er einen Finger, ihm musste etwas eingefallen sein.

»Er könnte zu dieser Frau gefahren sein. Sie hat ihn ein paarmal hier besucht. Ich glaube, da lief etwas zwischen den beiden.«

»Kennen Sie ihren Namen?«

»Nein, ich habe sie ja nur aus dem Fenster gesehen. Eine kleine, sportliche Brünette, wahrscheinlich sein Alter. Ich habe aber nie mit ihm über sie gesprochen.«

Lodi reichte ihm die neue Visitenkarte mit ihrer und Kathrins dienstlicher Handynummer. »Haben Sie vielen Dank, Herr Hirschfeld. Bitte rufen Sie uns umgehend an, wenn Herr Fänger hier auftaucht oder sich bei Ihnen meldet.«

Er nahm die Karte entgegen und nickte. »Viel Erfolg Ihnen beiden. Ich widme mich dann mal wieder meinem Schätzchen ...«

* * *

Lodi und Kathrin setzten sich ins Auto. Lodi ließ die Zündung an, Kathrin verband ihr Handy per Bluetooth mit der Freisprechanlage, und einen Gedenkmoment später war Hannes an der Strippe. Weil ihre Überprüfung der Anlaufstellen für Obdachlose erfolglos geblieben war, hatten sie von sich aus vorgeschlagen, Sophia Lange aufzusuchen.

»He, ihr zwei«, begrüßte Hannes sie. »Da ihr uns anruft, nehme ich an, dass ihr Fänger nicht zu Hause angetroffen habt?«

»Angeblich ist er gestern Abend weggefahren«, bestätigte Lodi. »Wie sieht's bei Frau Lange aus?«

»Florian sitzt mit ihr in der Küche. Ich bin zum Telefonieren ins Wohnzimmer gegangen.«

»Okay. Habt ihr etwas rausbekommen?«

Hannes ließ einen Augenblick verstreichen.

»Gar nichts, sie ist sperrig wie eine Schrankwand. Sie bleibt bei ihrer Aussage: dreitägiger Kurztrip mit Fänger, Ankunft am Tattag gegen Mittag. Wir beißen bei ihr auf Granit.«

Lodi und Kathrin sahen sich an. Die beiden Youngster brauchten also Unterstützung.

»Wir fahren los und kommen zu euch.«

»Alles klar. Bis gleich, ihr zwei.«

Wesertor, Katzensprung, Altmarkt, dann am Staatstheater und der Neuen Galerie vorbei Richtung Südstadt.

Sie bogen in die durch Gebäude aus der Gründerzeit geprägte Parallelstraße zur Karlsaue ab. Parkten direkt vorm Haus, gegenüber dem Eingang zur Kunstuni, und klingelten.

Die Wohnung befand sich im zweiten Stock, Hannes öffnete ihnen die Tür.

»Kommt rein. Wir sind in der Zwischenzeit aus Platzgründen umgezogen.«

Er führte sie in das geräumige Wohnzimmer. Hohe Decken mit Stuck, Bogenfenster und Parkettboden, typisch für den Altbaustil der Jahrhundertwende.

Sophia Lange saß mit verschränkten Armen an einem großen Tisch. Ihre glatten dunkelbraunen Haare trug sie zu einem Pferdeschwanz zusammengebunden, der ihr schmales, zusammengekniffenes Gesicht betonte. Allerdings auch ihre Stirn, die dadurch eine Höhe bekam, als sollte im Winter Schnee auf ihr fallen. Sichtbare Lachfalten umrahmten ihre Augen. Sie schien also nicht immer so finster drauf zu sein, wie sie in diesem Moment schaute.

Lodi ging zu ihr hinüber und reichte ihr die Hand. »Danke, dass Sie mit uns sprechen wollen. Wir haben ja bereits telefoniert, und die Kollegen Berger und Wolf haben sich Ihnen sicherlich vorgestellt?« Lange nickte spärlich, als koste es sie Überwindung. Lodi zeigte auf Kathrin. »Das ist Frau Hertz, wir sind alle vom K11. Dürfen wir uns zu Ihnen setzen?«

»Das machen Sie doch sowieso«, grummelte Lange.

»Vielen Dank, sehr freundlich.«

Sie zogen sich Stühle heran und nahmen Platz.

Lodi lächelte sie an. »Sie wissen ja, worum es geht. Die Sache ist, dass wir ...«

»Ich habe Ihren Kollegen schon alles gesagt«, fuhr Lange dazwischen. Sie rollte mit den Augen. »Mehrmals sogar. Daran ändert sich nichts, nur weil Sie jetzt vor mir sitzen.«

Hannes' schwerer Atem war zu hören. »Sie begreifen den Ernst der Lage nicht«, bellte er. »Wenn Sie weiter so verschlossen ...«

Lodis unmissverständlicher Blick ließ ihn verstummen: Sie führte hier die Befragung. Dieser Hitzkopf musste lernen, sich zu beherrschen. Schnaufend vergrub er die Hände in den Hosentaschen und tippelte mit dem Fuß. Er sollte sich ein Beispiel an Florian nehmen, der unbewegt auf seinem Stuhl saß wie ein buddhistischer Mönch bei der Meditation.

»Hören Sie, ich verstehe Ihre Aufregung«, sagte Lodi. »Wirklich. Allerdings haben wir vom LKA neue Untersuchungsergebnisse erhalten. Wir dürfen Ihnen keine Details nennen, aber eines steht fest: Es sind erhebliche Zweifel an der Erzählung von Ihnen und Herrn Fänger angebracht. Diese teilt auch die Staatsanwaltschaft.« Sie verschränkte ihre Hände, legte sie auf dem Tisch ab und beugte sich ein Stück zu Lange hinüber, ein Zeichen des Entgegenkommens. »Aus diesem Grund möchte ich Sie auf die Konsequenzen hinweisen, die sich aus einer möglichen Falschaussage ergeben würden. Für Sie als«, Lodi hielt kurz inne, »Bekannte von Herrn Fänger, findet das Zeugnisverweigerungsrecht keine Anwendung. Natürlich erlaubt Ihnen das Gesetz, vor der Polizei zu lügen. Aber im Verfahren vor Gericht, zu dem es kommen wird, werden Sie vereidigt werden. Erfahrungsgemäß mögen Richter es gar nicht, wenn man Ihnen einen Bären aufzubinden versucht, die haben ein Näschen dafür. Es könnte demnach böse für Sie enden, das Strafgesetzbuch sieht mindestens drei Monate Freiheitsstrafe vor.« Lodi zuckte mit den Schultern. »Ihre Entscheidung, Frau Lange.«

Die Angesprochene wandte sich ab, ihr Blick verfing sich an einem Punkt auf dem Tisch. Schweigen. Im Hintergrund atmete Hannes immer noch schwer, es schien ihm nicht schnell genug zu gehen.

Stimmen von der Straße drangen ins Wohnzimmer herauf und mischten sich in die beklemmende Stille. Eine Gruppe von Personen unterhielt sich über den sogenannten Rundgang: Vier

Tage lang stellten Studierende dort ihre Arbeiten aus Kunst, Design und Wissenschaft der Öffentlichkeit vor. Präsentationen, Screenings, Performances, aber auch Bars und Partys – der Rundgang diente jedes Jahr als feierlicher Abschluss des Sommersemesters an der Kunstuni.

Nach einer Weile öffnete Sophia Lange ihre verschränkten Arme und kratzte sich am Kopf. Lodi spürte es, sie hatte sie beinahe so weit. Es brauchte nur noch einen sanften Stoß, dann würde sie umfallen.

»Ihr Mann wird von uns nichts erfahren«, versicherte Lodi. »Egal, was Sie uns jetzt sagen.«

Langes Gesichtsausdruck verriet es: Diese subtile Warnung genügte. Jetzt war sie bereit auszupacken.

Montag, früher Nachmittag, Südstadt

Sie schluchzte. Sophia Lange wischte sich mit dem Zeigefinger eine Träne aus den Augen. Ihr Gesicht war rot angelaufen.

»Seit wann geht das schon zwischen Ihnen und Herrn Fänger?«, fragte Lodi. »Ihre«, sie wartete wieder einen Augenblick, »Bekanntschaft.«

»Seit acht Monaten. Wir haben uns vergangenen Sommer bei einer Freundin kennengelernt. Ab November ist unser Kontakt enger geworden.« Ein angedeutetes Lächeln streifte ihr Gesicht. »Ich wollte nie eine Frau mit Affären sein. Aber Karsten und ich, wir …« Lange schluckte, dann wanderte eine Hand an ihren Hinterkopf. Sie löste das Haargummi und fuhr sich durch die Haare, sodass diese nun locker über ihre Schultern wellten und ihre Stirn an Höhe verlor. »Ich habe mich noch nie mit jemandem so verbunden gefühlt.«

»Hatten Sie vor, Ihren Mann zu verlassen?«

»Auf keinen Fall. Mein Mann und ich, wir …« Ihre warme Stimme, mit der sie über Fänger gesprochen hatte, war gefroren wie Blitzeis. »Wir sind ein gutes Team, mit gemeinsamen Zielen, und die wollen wir auch erreichen.«

Lodi übersetzte diese Aussage für sich im Kopf: Es ging um Geld. Entweder hatte sie Vermögen, das sie durch eine Scheidung nicht gefährden wollte, oder ihr Ehemann fütterte sie durch.

Aus den Augenwinkeln bemerkte Lodi, dass Kathrin gestenreich darum bat, in die Befragung mit einzusteigen. Zwinkernd gab sie ihr Einverständnis.

»So weit, so gut, Frau Lange«, sagte Kathrin. »Kommen wir zu dem Alibi, das Sie Ihrem Geliebten gegeben haben. Meine Kollegin hat es bereits angesprochen: Die Spurenlage gibt uns deutliche Hinweise, dass Ihr Kurztrip sich anders zugetragen haben muss, als Sie behaupten.« Sie gewährte ihrem Gegenüber Verdauungszeit. »Wir finden selbstverständlich auch ohne Mithilfe alles Wichtige heraus, also wo in St. Peter-Ording Sie untergekommen, wann Sie dort tatsächlich abgereist sind … Aber Sie machen es uns und sich selbst einfacher, wenn Sie uns diese Informationen liefern.«

Lodi spannte beeindruckt ihre Lippen. Wortlos staunte sie, welche klaren Worte Kathrin gewählt hatte. Sie setzte Sophia Lange unter Druck, ohne dabei die Form zu verlieren.

Die Befragte zögerte.

»Ich weiß, dass er es nicht war, okay?« Ihre Stimme zitterte nun leicht. »Ja, sein Vater ist ein schwieriger Mensch gewesen, das habe auch ich mitbekommen. Aber Karsten und er waren auf einem guten Weg, sie hatten in letzter Zeit große Schritte aufeinander zugemacht.«

Lodi runzelte die Stirn. »Was meinen Sie damit, er sei ein schwieriger Mensch gewesen?«

»Für Helmut gab es nur das Jagen. Das stand in seinem Leben an erster Stelle, seine Familie hingegen irgendwo abgeschlagen auf den hinteren Plätzen. Trotzdem hat Karsten seinen Vater sehr geliebt.«

»Sie wollen sagen, dass Fänger seinen Sohn vernachlässigt hat?«

»In den letzten Wochen ist es etwas besser geworden, da hat Karsten ihn öfter mal besucht. Aber sie hatten sich nie viel zu sagen, denn für jemanden, der sich nicht fürs Jagen interessiert, ist … ich meine, *war* es schwer, mit Helmut eine Unterhaltung zu führen.«

Lodi tastete an der Hosentasche nach ihrem Handy, sie wollte ihr Gegenüber mit dem Foto des Drohbriefs konfrontieren. Sie hatte es jedoch im Auto vergessen, also wandte sie sich Kathrin zu und bat sie darum, das zu übernehmen. Kurz nachdem Lodi es von Karsten Fänger erhalten hatte, hatte sie es direkt an sie weitergeleitet.

Ihre Kollegin kramte ihr Smartphone hervor. »Sehen Sie sich bitte dieses Foto an. Wussten Sie, dass Helmut Fänger bedroht worden ist?«

»Ja, Karsten hat mir von den Briefen erzählt. Angeblich sind ja regelmäßig welche angekommen.« Lange machte eine Wischbewegung vor ihrem Gesicht. »Das ist doch krank, einem alten Mann zu drohen.«

»Okay, kommen wir zurück zu dem Alibi.« Kathrin steckte ihr Handy wieder ein. »Wann sind Herr Fänger und Sie zusammen nach St. Peter-Ording gefahren?«

Lange nestelte mit den Händen. »Wir sind am Dienstag nach Feierabend, am späten Nachmittag, hier weggekommen.«

»Uhrzeit?«

»Siebzehn Uhr dreißig, würde ich sagen.«

Kathrin suchte Rechenhilfe an der Zimmerdecke.

»Wenn ich richtig schätze, müssten es von Kassel etwa vierhundertfünfzig Kilometer bis dort oben sein. Das macht zwischen fünf und sechs Stunden Fahrt, je nach Verkehr?« Lange nickte. »Demnach sind Sie eine gute Stunde vor Mitternacht in St. Peter-Ording angekommen?«

»Ja, das kommt hin.«

»Mit welchem Auto sind Sie gefahren?«

»Wir hatten einen Mietwagen.«

»Das überprüfen wir. Bei welchem Anbieter?«

Lange zuckte mit den Schultern. »Karsten hat sich um alles gekümmert, Auto, Apartment ...«

»Haben Sie möglicherweise ein Firmenlogo erkannt?« Kathrin sah sie erwartungsvoll an. »Vielleicht auf einem Infoblatt im Handschuhfach oder einem Aufkleber in der Tür?«

Lange legte die Stirn in Falten und zugleich einen Finger auf die Lippen. Eine Weile schien sie angestrengt nachzudenken.

»Jetzt, wo Sie es sagen: Da klemmte ein Zettel in der Sonnenschutzblende, der ist mir rausgefallen. Ich glaube, das Logo war grün, in der Mitte ein großes A ...?«

»Könnte Apex gewesen sein«, sagte Lodi.

»Welches Fahrzeug?«, fragte Kathrin.

»Ein Sportwagen, Cabrio. BMW, dunkelgrau.«

Lange lächelte verlegen. Dann fielen ihr die fragenden Gesichter auf.

»Es war Karstens Idee. Wir waren ja nur ein paar Tage weg. Er wollte, dass wir uns etwas gönnen.«

»Wo haben Sie übernachtet?«

»In einem wunderschönen Apartment. Alles war so stilvoll eingerichtet. Zwei Etagen mit Balkon und Meerblick. Nur fünf Minuten bis zum Strand. Aber wie gesagt, Karsten hat sich um alles gekümmert.«

»Wir werden es herausfinden«, versicherte Kathrin. »Und nun zur Rückreise: Wann sind Sie aufgebrochen?«

Sophia Langes Augen hatten geleuchtet, während sie von der Unterkunft erzählt hatte. Mit dieser Frage war der Glanz jedoch erloschen. Stattdessen starrte die Frau auf ihre nestelnden Hände.

Lodi und Kathrin ließen sie ihre Gedanken sortieren. Ihr musste klar sein, dass es zwei Möglichkeiten gab: Wenn sie bei ihrer Aussage blieb, würde sie Schwierigkeiten bekommen, aber wenn sie sie revidierte, würde ihr Geliebter noch stärker in den Fokus der Ermittlungsbehörden rücken. Die häufig zitierte Wahl zwischen Pest und Cholera.

»Frau Lange?«, hakte Kathrin schließlich nach. »Bitte beantworten Sie meine Frage.«

Ihr Gegenüber atmete tief ein und aus.

»Wir sind Freitag gegen Mittag losgefahren. Ich glaube, wir waren um halb sechs zurück. Karsten hat mich am Auestadion rausgelassen, von dort bin ich hierhergelaufen.«

Kathrin legte den Kopf schief. »Mit Ihrem ganzen Gepäck?

»Ich hatte einen kleinen Trolley dabei. Außerdem sind es ja nur ein paar Hundert Meter. Das schaffe ich schon noch.«

»Wissen Sie, was Herr Fänger danach gemacht hat? Nachdem er Sie abgesetzt hatte?«

Sie nickte. »Kurz vor Kassel haben wir getankt, da hat Karstens Vater angerufen. Er wollte ihn an dem Abend noch besuchen.«

»Worüber haben die beiden gesprochen?«

»Ich habe es leider nicht mitbekommen, Karsten ist zum Telefonieren um die Ecke gegangen. Aber als er wiederkam, sah er aufgebracht aus. Die restliche Fahrt blieb er ungewöhnlich still.«

Lodi richtete sich auf. Das war ein Hammer! Zwar stand diese Aussage unter Vorbehalt, bis sie sie verifiziert haben würden, zum Beispiel, indem sie den Bordcomputer des Mietwagens überprüften oder die Videobänder an der Tankstelle sichteten. Trotzdem: Lodis innere Stimme flüsterte ihr, dass Sophia Lange die Wahrheit sagte.

Damit stürzte Karsten Fängers Alibi in sich zusammen. Entgegen seiner Behauptung war er nicht erst nach der Tatzeit, sondern Stunden vorher wieder zu Hause gewesen, und diese Tatsache belastete ihn schwer. Neben Jacob Krentz war er nun der zweite Verdächtige. Hatten sie womöglich gemeinsam gehandelt?

Lodi wandte sich wieder an Sophia Lange. Mit Nachdruck in der Stimme fragte sie: »Würden Sie uns diese Aussage schriftlich bestätigen?«

»Ja«, krächzte die Befragte und kämpfte mit den Tränen. »Jederzeit. Es ... es tut mir leid, dass ich Ihnen am Telefon nicht die Wahrheit gesagt habe, Frau Lenke. Und bei Ihnen, Herr Berger und Herr Wolf, möchte ich mich auch entschuldigen.«

Die Angesprochenen nickten zurückhaltend.

»Hat Herr Fänger Sie zu der Lüge gedrängt?«, fragte Lodi.

Lange schüttelte den Kopf. »Ich fühlte mich einfach überrumpelt, wissen Sie? Aus heiterem Himmel ruft eine Polizistin bei mir an und will wissen, ob ich mit dem Mann, den ich liebe, bis zum Mittag desselben Tages zusammen gewesen bin. Er würde sofort in den Bau wandern, deshalb hab ich ihn erst mal instinktiv in Schutz genommen.«

»Sie wissen also von der Vorstrafe?«

»Natürlich. Aber als Sie mich angerufen haben, wusste ich noch gar nicht, was passiert war! Das habe ich am nächsten Tag aus der Zeitung erfahren.«

»Ich verstehe. Was können Sie uns über Karstens Vorstrafe erzählen?«

Lange rollte mit den Augen. »Das war eine typische Karsten-Aktion! Er wollte jemandem etwas Gutes tun, und was kommt dabei heraus? Er stellt sich selbst ein Bein und fällt darüber.«

»Nun, der Vergleich hinkt etwas, finden Sie nicht?« Lodi unterdrückte ein Schmunzeln über ihren eigenen Wortwitz. Thomas hätte jedoch kein Problem damit gehabt, sich trotzdem über ihn zu erheitern. »Ihr Geliebter hat monatelang fremde Computer mit Schadsoftware infiziert und mit ihnen Bitcoins geschürft. Da kann man wohl kaum davon sprechen, dass er sich selbst ein Bein gestellt habe.«

»Er hat das nur für seinen Vater getan, okay?«

Lodi und Kathrin sahen sich erstaunt an.

»Was meinen Sie damit?«

»Er ... er wollte ihm einen schönen Lebensabend bescheren. Helmut hat ja nur eine mickrige Rente bekommen, obwohl er seit seinem sechzehnten Lebensjahr so hart geschuftet und sich den Buckel krumm gemacht hat.«

»Wissen Sie, wo er beschäftigt war?«

»Helmut musste früh anfangen zu arbeiten, um seiner alleinerziehenden Mutter finanziell unter die Arme zu greifen. Daher hat er nur die Volksschule besucht, wie es früher hieß. Er hat nie eine Ausbildung absolviert und deshalb – soweit ich weiß – viele Jahrzehnte im Lager einer großen Spedition gearbeitet. Später, als er älter wurde und körperlich nicht mehr so gut konnte, war er dann als Nachtportier in verschiedenen Hotels im Kasseler Raum tätig. Er hat nie viel verdient.«

»Für mich klingt das, als habe er sich Zuneigung von seinem kaltherzigen Vater erkaufen wollen.«

»Ich sehe das ähnlich wie Sie, Frau Lenke.«

»Und deshalb begeht er gleich eine Straftat?«

»Karsten bereut sehr, was er getan hat, das weiß ich. Wir haben uns ja erst nach der Verurteilung kennengelernt, trotzdem glaube ich ihm, dass er ein anderer Mann geworden ist und seine Tat wiedergutmachen will. Aber er hat sich wohl auch sicher gefühlt, weil er die Polizei für absolut unfähig gehalten hat. Und es – mit Verlaub – immer noch tut.«

»Nun, diesbezüglich wurde er wohl eines Besseren belehrt.«

Das Schweigen ihres Gegenübers deutete Lodi als Zustimmung. »Kommt Ihnen der Name Jacob Krentz bekannt vor?«

Lange überlegte eine Weile, schüttelte aber kurz darauf den Kopf.

»Wer ist das?«

»Jemand, der mit einer radikalen Tierschutzgruppe aus Niedersachsen sympathisiert. Möglicherweise stand er mit Herrn Fänger in Kontakt.«

»Sagt mir nichts, zumindest hat Karsten ihn nie erwähnt. Er war zwar auch kein großer Jagd-Fan, aber für Tierschutz hat er sich meines Wissens nicht aktiv eingesetzt. Und mit Aktivisten hätte er sich schon gar nicht eingelassen.«

»Die Bezeichnung Animal Freedom Force oder AFF, sagt Ihnen das etwas?«

Ein weiteres Kopfschütteln. »Nein.«

Kathrin klinkte sich erneut ein und fragte: »Haben Sie seit Ihrer Rückkehr nach Kassel wieder mit Herrn Fänger gesprochen?«

»Ich habe versucht, ihn anzurufen, aber er ist nicht drangegangen.«

»Können Sie sich trotzdem vorstellen, wo wir ihn finden? Bei Freunden, Bekannten, an einem Ort, wo er regelmäßig hinfährt?«

»Leider nicht.« Sophia Lange seufzte. »Ich würde Ihnen gern etwas anderes sagen. Aber ehrlicherweise habe ich nicht die geringste Ahnung.«

* * *

Wieder unten auf der Straße stellten sich die vier kurz zusammen. Hannes tänzelte hibbelig von einem Bein aufs andere, während Florian mit auf dem Rücken verschränkten Armen und gleichmütigem Gesichtsausdruck dastand.

Lodi zeigte mit einem Nicken an der Fassade nach oben.

»Welchen Eindruck habt ihr, Jungs?«

Florian ließ seinem Kollegen mit einer Geste den Vortritt.

»Es war verblüffend«, sagte Hannes. »Zu uns war sie verschlossener als eine Auster. Sie war eine harte Nuss, aber ihr habt sie geknackt.«

Da bewarb sich wohl jemand um Thomas' Nachfolge als Sprücheklopfer, dachte Lodi.

»Ich habe während der Befragung ihre körpersprachlichen Signale observiert«, bemerkte nun Florian. Er nahm seine Hände zu Hilfe und zählte mit den Fingern auf. »Sie hat euren Blickkontakt größtenteils erwidert. Ihre Gesichtsausdrücke waren kongruent zu ihren Aussagen. Sie hat sich weder ins Gesicht gefasst noch übertrieben gestikuliert oder Dinge übermäßig betont. Zudem ist ihre Stimmlage gleich geblieben und nicht höher geworden.« Seine Hände glitten in die Hosentaschen zurück. »Zusammengefasst hat nichts auf wissentlich unwahre Aussagen hingedeutet. Es sei denn, sie ist geübt darin, ihre Körpersprache zu steuern.«

Lodi schmunzelte. Typisch Florian. Niemand sonst im K11 hätte sich auf diese etwas gestelzte Weise ausgedrückt.

»Da gehe ich mit«, warf Kathrin ein. »Sie wirkte authentisch auf mich.«

Lodi wandte sich kurz ab und sah die Straße hinunter. In Gedanken wog sie die nächsten Schritte ab.

Der Verdacht gegen Karsten Fänger hatte sich erhärtet. Über seinen Aufenthaltsort lagen ihnen zwar keine Anhaltspunkte vor, aber dank seines Nachbarn wussten sie, dass er gestern Abend aufgebrochen war.

Lodi drehte sich wieder um und sah Florian an. »Du rufst beim NVV an und hakst nach, ob die etwas wissen. Bestenfalls können die uns weiterhelfen. Vielleicht ist er ja an der Arbeit.«

»Wird erledigt.« Er zückte sein Diensthandy und entfernte sich ein paar Schritte.

»Und wenn nicht?«, fragte Hannes.

»Dann durchsuchen wir seine Wohnung«, antwortete Lodi.

Wenige Augenblicke später kam Florian zu ihnen zurück.

»Ich habe mit der Personalabteilung gesprochen, Fänger hatte zwei Wochen Urlaub. Er hätte heute Morgen wieder zur Arbeit erscheinen müssen, ist es aber nicht. Er hat sich weder krankgemeldet noch sonst irgendeine Erklärung geliefert. Beim NVV versuchen sie ihn wohl schon den ganzen Tag zu erreichen, ohne Erfolg.«

»Gut, dann kläre ich das von unterwegs mit der Staatsanwältin«, sagte Lodi. »Mit den Hautpartikeln und Frau Langes Aussage haben wir einen hinreichenden Tatverdacht. Mal sehen, ob Frau Grün auch bei Gefahr im Verzug mitgeht, dann können wir sofort rein. Ansonsten warten wir auf das Go vom Richter.« Sie deutete mit dem Kinn auf die hintereinander geparkten Dienstwagen. »Los geht's!«

Montag, früher Nachmittag, Ihringshausen

Kathrin und Lodi fuhren vorneweg, Hannes und Florian folgten dicht dahinter. Am Weinberg, dem Verbindungsstück zwischen Südstadt und Zentrum, staute sich der Verkehr.

»So ein Mist«, fluchte Kathrin. »Das kann dauern.«

Lodi grummelte genervt und griff nach ihrem Handy.

»Frau Lenke, was kann ich für Sie tun?«, meldete sich die Staatsanwältin. »Haben Sie Herrn Fänger zu Hause angetroffen?«

»Hallo, Frau Grün. Leider nein, nur seinen Vermieter, er wohnt mit im Haus. Von ihm wissen wir, dass Fänger gestern Abend weggefahren ist. Bei der Arbeit ist er heute nicht erschienen, dort weiß auch niemand etwas.«

Vor ihnen starteten mehrere Autofahrer ein Hupkonzert. Lodi verzog das Gesicht und hielt sich ein Ohr zu.

»Entschuldigen Sie, wenn es so laut ist. Wir sind auf der Frankfurter Straße, kurz vor den Justizbehörden.«

»Oh. Ich sehe die Blechlawine aus meinem Fenster.«

Lodi berichtete von der Befragung und dass Sophia Lange nicht nur die Affäre mit Karsten Fänger bestätigt, sondern auch ihre Lüge hinsichtlich ihrer Rückkehr nach Kassel gestanden hatte.

»Verstehe, er hat also kein Alibi«, zog Grün daraus dieselben Schlüsse wie Lodi und ihre Kollegen. Tippgeräusche im Hintergrund verrieten, dass sie an ihrem Laptop zu sitzen schien. »Das hätte ihr aber auch vorher einfallen können.«

»Die Kollegen und ich sind der Meinung, dass damit ein hinreichender Tatverdacht vorliegt.«

»Sie möchten Fängers Wohnung durchsuchen?« Lodi widersprach Grüns Mutmaßung nicht. »In Ordnung, mein Okay haben Sie. Falls Sie an Gefahr im Verzug gedacht haben: Dafür sehe ich keine Anhaltspunkte. Aber ich rufe sofort beim diensthabenden Bereitschaftsrichter an. Bis Sie in Ihringshausen sind, wissen wir Bescheid.«

»Vielen Dank.«

»Schlüsseldienst?«

»Wir versuchen es erst bei dem Vermieter. Möglicherweise ist er noch zu Hause ...«

Zum Glück lief der Verkehr kurz darauf fließender. Ein paarmal verloren Hannes und Florian zwar den Anschluss, weil sich Autos zwischen sie drängelten, aber dann fuhren sie wieder hinter ihnen. Im Rückspiegel sah es aus, als würden sie angeregt diskutieren. Ob sie dieselben Fragen erörterten, die während Sophia Langes Befragung auch in Lodis Kopf aufgekommen waren?

Sie drehte sich zu Kathrin, die ein skeptisches Gesicht machte.

»Guckst du so grimmig wegen des Verkehrs oder ...?«

Sie lächelte flüchtig. »Nein. Mir will nicht in den Kopf, warum Fänger seinen eigenen Vater ermordet haben soll. Und wie hängt Krentz da mit drin? Du hast Frau Lange gehört,

Fänger hat sich nichts aus Tierschutz gemacht. Ich sehe da einfach keine Verbindung.«

Dieselben Punkte, die auch Lodi aufgestoßen waren.

»Ihrer Aussage zufolge geht die Affäre seit acht Monaten«, dachte sie laut. »Obwohl sie ihre Beziehung zu Fänger für etwas Besonderes hält, heißt das nicht, dass sie das auch für ihn war. Wir müssen in Betracht ziehen, dass sie für ihn eher – sagen wir – pragmatischer Natur war.«

Kathrin runzelte die Stirn. »Du meinst, er hat ihr etwas verheimlicht?«

»Das ist ein starkes Wort. Womöglich hat er sich ihr nicht geöffnet.« Lodi zuckte mit den Schultern. »Würdest du deinem Lover so schnell deine Geheimnisse anvertrauen? Ich jedenfalls nicht.«

Kathrin schaute eine Weile stumm auf den Verkehr.

»Ich weiß nicht, in mir sträubt sich da etwas«, sagte sie schließlich.

»Fängers Hautpartikel waren unter den Nägeln, Krentz' Fingerabdrücke auf der Tatwaffe«, erinnerte Lodi sie an die Beweislage. »Diese zwei Puzzleteile passen zusammen. Versteh mich nicht falsch, ich habe das gleiche Gefühl wie du. Aber juristisch betrachtet ist es eindeutig.«

»Mir kommt es vor, als fehlte uns das entscheidende Teil. Noch ergibt es für mich keinen Sinn.«

Lodis Handy unterbrach ihr Gespräch. Es war Hannah Grün.

»Gute Neuigkeiten, der Richter hat es abgesegnet. Sie haben den Durchsuchungsbeschluss!«

* * *

Sie erreichten ihr Ziel zehn Minuten später. Kathrin parkte erneut vor der Einfahrt, Hannes stellte den Wagen dahinter ab. Sie stiegen aus und sammelten sich wieder kurz.

Lodi ließ den Blick schweifen. Frieden lag über dem Wohngebiet. Viele schienen nicht zu Hause zu sein, an der Arbeit oder im Urlaub. Der Mustang von Egon Hirschfeld war verschwunden, die Garage geschlossen. Lodi schätzte, dass er sein Schätzchen nach dem Aussaugen unverzüglich wieder untergestellt hatte.

Dann bat sie die anderen mit einer Geste, zusammenzurücken.

»Wir haben grünes Licht vom Richter«, klärte sie sie auf. »Fänger wohnt in diesem Haus. Er oben, unten sein Vermieter. Kathrin und ich hatten vorhin das Vergnügen, ihn kennenzulernen. Wir sollten zuerst bei ihm klingeln und fragen, ob er …«

»Hallo, die Damen!«, tönte es auf einmal aus der Richtung des Hauses. »So schnell sieht man sich wieder.« Egon Hirschfeld stand in der Tür und winkte. »Wer sind Ihre zwei feschen Begleiter?«

Lodi und Kathrin sahen sich ungläubig an. Der Mann, der sie vorhin davonjagen wollte, begrüßte sie nun freundlich und mit einer Spur Ironie in der Stimme. Woher war dieser Sinneswandel gekommen?

Hannes fühlte sich offensichtlich angespornt. Er schnaufte, drehte sich um und eilte voran auf das Grundstück.

»Kriminalkommissar Berger, K11«, bellte er dem älteren Mann entgegen. Lodi, Kathrin und Florian hefteten sich an seine Fersen. »Sie sind der Vermieter von Karsten Fänger?«

Hirschfelds Mundwinkel stürzten ab. Er blinzelte den auf ihn zustürmenden Hannes irritiert an, verschränkte die Arme und trat zwei Schritte zurück.

»Das habe ich Ihren Kolleginnen vorhin bereits mitgeteilt«, antwortete er schnippisch. »Dass Herr Fänger seit gestern Abend nicht mehr zu Hause ist, ebenfalls.«

Hannes baute sich breitbeinig vor ihm auf. Es war nicht klug, in die persönliche Zone eines Menschen vorzudringen. Prompt quittierte Hirschfeld das, indem er weiter zurückwich.

Der Ausdruck in seinen Augen hielt Hannes auf Distanz, er drohte ihm stumm mit Konsequenzen, falls er ihm zu nahe kommen sollte.

»Wie schön, Sie wiederzusehen!«, rief Lodi in besänftigendem Ton von hinten, um die Aufmerksamkeit auf sich zu lenken. Sie legte einen Zahn zu, sodass sie wenige Schritte später an der Haustür angekommen war. Sie stellte sich zwischen die beiden Männer, denn eine physische Trennung von Streithähnen war nach wie vor das beste Mittel. Sie gab Hannes hinterm Rücken ein Zeichen, dass er sich zurückhalten sollte, und reichte Hirschfeld die Hand. Diese Geste des Respekts schien ihn wieder runterzubringen.

Lodi nahm ihr Handy heraus und zeigte ihm den von Hannah Grün im Auftrag des Richters unterschriebenen vorläufigen Durchsuchungsbeschluss. »Meine Kollegen und ich«, wie aufs Stichwort stießen in diesem Augenblick Kathrin und Florian dazu, »sind hier, um auf Anordnung der Staatsanwaltschaft Kassel die Wohnräume von Herrn Fänger zu durchsuchen.«

Hirschfeld schluckte. Er sah zwischen ihnen hin und her, die Situation schien ihn zu überfordern. »Durchsuchen?«, fragte er nun mit zittriger Stimme. »Warum ... Ich meine, wieso ... Was hat Karsten denn getan?«

»Er wird verdächtigt, seinen Vater ermordet zu haben«, sagte Hannes.

* * *

Seine Worte wirkten wie ein »Sesam, öffne dich«. Es verschlug Hirschfeld die Sprache. Mit aufgerissenen Augen und heruntergeklapptem Kinn trat er zur Seite und ließ sie herein.

Er zeigte die Wendeltreppe hinauf. »Karstens Wohnung ist oben. Warten Sie kurz, ich habe einen Ersatzschlüssel ...«

Lodi nahm ihn entgegen und wies Florian an, unten zu bleiben und Hirschfeld im Auge zu behalten. Dann ging sie mit den anderen beiden nach oben. Dort verschaffte sie sich zunächst einen Überblick: eine übliche Zweizimmerwohnung mit Küche, Bad und einer Abstellkammer. Im Flur standen mehrere Schränke, dazu hing eine Garderobe an der Wand.

»Hannes, du nimmst dir den Flur und die Kammer vor. Kathrin durchsucht die Küche und das Bad. Lasst keinen Winkel aus, es könnten überall Beweise zu finden sein. Denkt an die Handschuhe!«

Ihre Kollegen nickten.

»Ich kümmere mich um Wohn- und Schlafzimmer. Wenn ihr etwas findet, fotografiert es! Selbst wenn es auf den ersten Blick unwichtig erscheint.«

Lodi streifte sich ihre Einmalhandschuhe über und ging ins Schlafzimmer. Durch die heruntergelassenen Rollladen war es dunkel, weshalb sie zunächst das Licht anknipste. Zu Beginn stellte sie sich in die Mitte des Raumes, schloss die Augen und ließ ihn einen Moment auf sich wirken.

Sofort stieg ihr der Geruch nach frischer Farbe in die Nase, Fänger musste vor Kurzem gestrichen haben. Eine süßliche Note mischte sich dazu, sie stammte von der kleinen Flasche mit parfümierten Holzstäbchen auf der Fensterbank. Vom Flur drangen Klappern und Rascheln heran, dazu Klirren und Klimpern aus der Küche. Hannes und Kathrin waren voll zugange.

Dann öffnete Lodi die Augen und legte los. Zuerst widmete sie sich dem Holztisch neben dem Bett, durchsuchte alle Schubladen. Rechnungen, Kugelschreiber, ausgeschnittene Zeitungsartikel, Fotos von Fänger auf Partys. Nichts davon war interessant.

Danach kam das Doppelbett an die Reihe. Es war mit akkurat gefalteten Laken überzogen, woraus sie schloss, dass Fänger

Wert auf Ordnung legte. Sie zog alle Textilien ab, Laken, Bezüge von der Decke und den Kissen, und überprüfte sie sorgfältig. Doch auch hier keine verdächtigen Gegenstände.

Auf dem Nachttisch lag ein aufgeschlagenes Buch. Lodi hob es kurz an, schüttelte es. Nur das Lesezeichen fiel heraus.

In der Kommode daneben entdeckte sie lediglich Unterwäsche und Socken, weshalb sie nahtlos mit dem Kleiderschrank weitermachte. Sie räumte ihn vollständig leer, tastete Hemden, Hosen, Jacketts, T-Shirts und Pullover ab. Sie fand nicht das Geringste, auch keine Abweichungen im Stoff, wie bei versteckten Taschen.

Lodi schnaufte. Sie stemmte ihre Fäuste in die Hüften und schüttelte den Kopf. Irgendetwas stimmte nicht. Hatten sie sich in Fänger geirrt? Das Schlafzimmer lieferte jedenfalls keine Anhaltspunkte für eine mögliche Tatbeteiligung.

Entnervt knipste Lodi das Licht aus, verließ den Raum und zog die Tür zu.

»Schlafzimmer ist sauber«, rief sie. »Habt ihr etwas gefunden?«

»Nein«, kam es von Kathrin aus der Küche.

»Nichts«, antwortete Hannes aus der Abstellkammer.

»Sucht weiter. Ich bin jetzt im Wohnzimmer.«

Auf den ersten Blick sah auch dort alles aufgeräumt aus. Unmittelbar stachen Lodi die hochwertigen Möbel ins Auge. In Brauntönen waren sie farblich aufeinander abgestimmt und verstärkten so den eleganten Eindruck des Wohnzimmers. Die bodentiefen Fenster erlaubten einen Blick auf den Garten, außerdem schien durch sie reichlich Tageslicht herein. Schatten tanzten auf dem glänzenden Parkett.

Lodi fing mit der Sitzgruppe an. Sie tastete Couch und Sessel ab, fühlte in die Ritzen zwischen den Polstern, kniete sich hin und sah darunter nach – ohne Erfolg.

Weiter zum Bücherregal. Es war akribisch geordnet, nach Genre und Autorennamen. Lodi konnte unmöglich alle Bücher überprüfen, deshalb zog sie zufällig welche heraus und schaute zwischen den Seiten nach.

Die nächste Enttäuschung.

Sie ging zu dem Schrank mit den kunstvoll bemalten Glastüren hinüber. Dahinter verbarg sich ein offensichtlich wertvolles Porzellanservice. Lodi begutachtete jedes Stück, anschließend fuhr sie mit der Hand über die leeren Regalbretter, tastete die Schubladen auf Geheimfächer ab. Auch hier keine verdächtigen Gegenstände oder Dokumente.

Den Kamin durchsuchte sie ebenso gründlich. Er sah unbenutzt aus, als besäße Fänger ihn zu rein dekorativen Zwecken. Auf dem Sims darüber standen Vasen und Bilderrahmen, an denen Lodi ebenfalls keine Unregelmäßigkeiten feststellte, weder verborgene Öffnungen noch geheime Inschriften.

Zu guter Letzt nahm sie den großen Tisch in Augenschein. Wie der Rest der Wohnung sah auch er gepflegt aus, ohne Flecken, Holzabsplitterungen oder andere Beschädigungen. Lodis Finger glitten über die Platte, dann an den Beinen entlang. Sie kniete sich hin und schaute darunter nach.

Seufzend richtete sie sich wieder auf. Das konnte nicht wahr sein! Sie hatte ihren Teil der Durchsuchung abgeschlossen. Es war kein einziger Hinweis auf eine Tatbeteiligung von Fänger zutage getreten.

Lodi ging auf den Flur, Hannes lehnte mit verschränkten Armen und hängendem Kopf an der Wand. Sie brauchte ihm nur kurz in die Augen zu sehen, sie verrieten ihr, dass er genauso erfolglos geblieben war wie sie.

Wenig später stieß Kathrin zu ihnen. In der einen Hand hielt sie ein gefaltetes Blatt Papier, in der anderen einen Umschlag. »Jackpot!«, sagte sie und wedelte mit dem Zettel.

»Schaut doch mal, was Kollegin Spürnase in der Küche in einem Stapel Zeitungen erschnüffelt hat …« Sie gab ihn an Lodi weiter.

Nachdem Lodi den maschinengeschriebenen Brief überflogen hatte, schluckte sie.

»Was ist los?«, fragte Hannes, »was habt ihr?«

* * *

Die Kommissare saßen unten in Hirschfelds Wohnzimmer. Sie hatten den Hausherren gebeten, sich in einem anderen Raum aufzuhalten, damit sie sich ungestört unterhalten konnten. Auf dem Tisch lag der Brief, adressiert an den »Massenmörder Helmut Fänger«, die Überschrift: »Ihr Ende naht – unsere letzte Warnung.«

»Liest du ihn vor?«, fragte Kathrin.

Lodi räusperte sich.

Dann fing sie an, vorzutragen.

> Ihr Blutvergießen hat schon bald ein Ende. Dieser Brief ist eine letzte Warnung an Sie, denn wir dulden Ihr sadistisches Treiben nicht länger. Wir, die stillen Wächter, sehen nicht mehr tatenlos zu, dass Sie Ihre vermeintliche Tradition als Ausrede für Ihre Mordlust benutzen. In Wahrheit ist sie ein Verbrechen gegen die Natur.
>
> Die Zeit für Konsequenzen ist gekommen. Wir werden im Schatten lauern. Wir werden zuschlagen, wenn Sie nicht damit rechnen. Ihre Waffen können Sie nicht vor unserem Zorn beschützen, und wir lassen keine Gnade walten. Die Uhr tickt.

Auf der Rückseite ein angeklebtes Foto von einem Hochsitz im Wald, von der Qualität her mit einer Handykamera und zudem von schräg unten aufgenommen, vermutlich im Liegen.

Hannes zeigte darauf. »Ist das etwa ... Wurde Fänger da ...«

Kathrin nickte. »Dort wurde er gefunden.«

Schweigen. Sie sahen einander verstört an.

In Lodis Kopf wilderten Gedanken. Beim Vorlesen hatte ihr Herz mit jeder Zeile schneller geschlagen. Bei einer hatte sie gestockt, und ihr war heiß geworden.

Sie versuchte, sich zu sammeln. Reagierte sie etwa über? Las sie etwas in diesem Satz, das nicht da war? Aber was, wenn nicht?

Sie schüttelte ihre Überlegungen ab, wandte sich ihren Kollegen zu und fragte: »Was haltet ihr davon?«

Kathrin antwortete zuerst: »Er klingt wie der Brief, den Karsten Fänger uns zugespielt hat. Bildungssprachliche Formulierungen, moralisierend und drohend zugleich. Es wird von ›wir‹ gesprochen, außerdem das Jagen, also das Töten von Tieren, mit dem Ermorden von Menschen gleichgesetzt. Das sind dieselben Denkmuster.«

Hannes und Florian pflichteten ihr bei.

»Ich sehe es genauso«, stimmte Lodi zu. »Mit einem feinen, aber möglicherweise entscheidenden Unterschied.« Sie las die Zeile, auf die sie anspielte, ein weiteres Mal vor: »Wir, die stillen Wächter, sehen nicht mehr tatenlos zu ...« Sie faltete den Zettel und sah in grübelnde Gesichter. »Diese Stelle bereitet mir Kopfzerbrechen. Aus irgendeinem Grund bin ich beim Vorlesen gedanklich über diesen Jagdunfall von damals gestolpert ...«

Kathrin runzelte die Stirn. »Du denkst, die stillen Wächter könnten etwas mit dem Vorfall zu tun haben?«

»Klingt das so unmöglich?«

»Wenn ich etwas bei der Polizei gelernt habe, dann, dass auf dieser Welt grundsätzlich alles möglich ist. Und dass es manchmal am besten ist, einen Schritt zurückzutreten und nüchtern das Gesamtbild zu betrachten.« Kathrin zeigte auf den Brief. »Was haben wir? Auf der einen Seite ein eingestelltes Verfahren, das zudem noch sechsundzwanzig Jahre her ist, und auf der anderen Seite die Fingerabdrücke von Krentz auf der Tatwaffe sowie die DNA von Karsten Fänger unter den Fingernägeln.« Pantomimisch stellte sie eine Waage dar und ließ die Waagschalen auf und ab wandern, bis die linke von ihnen durch ein scheinbar immenses Gewicht nach unten gedrückt wurde.

»Ich weiß, ich weiß«, sagte Lodi. »Natürlich spricht die Beweislage – milde formuliert – eher für ein Motiv aus der Gegenwart.« Sie wandte sich den beiden Neuen zu. »Trotzdem wäre mir wohler dabei, wenn einer von euch den Vorgang von damals noch einmal genauer unter die Lupe nehmen würde?«

Hannes hob die Hand. »Ich übernehme das. Ich fange bei POLAS an und schaue mal, wohin mich das führt.«

»Super, vielen Dank.«

Dann meldete sich Florian zu Wort. »Ich hänge mich auch an dieser Formulierung auf, die stillen Wächter … Für mich klingt das irgendwie nach einem Eigennamen.« Er trommelte beim Nachdenken sanft auf dem Tisch. »Geht das nur mir so oder denkt auch jemand von euch an die Animal Freedom Force?«

Kathrin schnippte mit den Fingern und zeigte auf ihn. »Das hätte ich als Nächstes angesprochen. Was genau ist dir aufgefallen?«

»Nun, in dem uns bisher bekannten Brief haben die Verfasser zwar ›wir‹ geschrieben, aber jeden Hinweis auf ihre Identität vermieden. Doch das hier«, Florian tippte auf den Zettel, »verstehe ich als eine Art Bekennerschreiben.«

Kathrin nickte. »Das kann ich bestätigen. Ich habe mich bei den Recherchen über die Animal Freedom Force nicht nur auf Zeitungsartikel oder andere öffentlich zugängliche Quellen beschränkt, sondern mich auch mit Fake-Accounts bei diversen Foren angemeldet und dort herumgeschnüffelt. Ich erinnere mich daran, dass die Mitglieder der AFF in dem Beitrag eines Users als«, sie legte eine kurze Pause ein, »stille Wächter des Tierschutzes bezeichnet wurden.«

»Bist du sicher?«, fragte Lodi.

»Absolut, mir ist diese Formulierung sofort ins Auge gestochen. Vielleicht weil sie mir so poetisch vorgekommen ist.«

Das ließen die Kommissare erst einmal auf sich wirken.

»Demnach handelt es sich möglicherweise um einen Beinamen für die AFF, eine interne Eigenbezeichnung«, teilte Lodi ihre Gedanken mit.

»Das wäre die erste unmittelbare Verbindung zwischen den Aktivisten und den Drohbriefen«, ergänzte Kathrin. »Warum hat Fänger uns diesen Brief nicht auch zukommen lassen? Als ich ihn gefunden habe, lag er geöffnet zwischen alten Zeitungen.«

»Demnach hat er ihn sehr wahrscheinlich schon gelesen. Möglicherweise hat er sich bereits vor unserem Besuch vorgestern in seinem Besitz befunden? Die Kollegen haben bei der Durchsuchung auch im Briefkasten des Opfers nachgesehen und nichts gefunden. Als wir gegangen sind, wurde die Wohnung versiegelt.«

»Erinnere dich bitte an seine Worte, kurz nachdem wir ihm die Todesnachricht überbracht haben: Irgendein Spinner habe angekündigt, seinen Vater umzubringen. Fänger hat behauptet, ihn nicht zu kennen.«

»Was nicht zwingend bedeuten muss, dass er diesen Brief hier«, Lodi zeigte auf den maschinengeschriebenen Zettel auf dem Tisch, »zu diesem Zeitpunkt bereits gelesen hatte. Die Morddrohung gegen seinen Vater kann man auch aus dem Brief auf dem Foto herauslesen.«

»Aber wo sind dann die anderen? Angeblich habe sein Vater ja regelmäßig welche erhalten.«

»Er könnte sie an einem anderen Ort aufbewahrt haben und nicht in seiner Wohnung.« Lodi zuckte mit den Schultern. »Das ist die einzige Erklärung, die mir im Moment einleuchtet.«

Kathrin verzog den Mund und nickte. Erneut nahm sie ihre Finger zum Aufzählen zu Hilfe. »Nun, ich sehe zwei Möglichkeiten: Entweder hängt er in dem Mord mit drin, die Hautpartikel unter den Nägeln legen das nahe. Er, Krentz und ein uns unbekannter Dritter haben gemeinsame Sache gemacht.«

»Warum hat er euch dann überhaupt von den Briefen erzählt?«, hakte Florian ein. »Die sind doch entscheidende Hinweise. Wieso hat er stattdessen nicht alle beseitigt?«

»Nun, möglicherweise war das sein Plan«, erklärte Lodi. »Als wir ihn angetroffen haben, war er gerade auf dem Weg in die Wohnung seines Vaters. Er könnte vorgehabt haben, die Briefe zu holen und zu vernichten. Allerdings haben wir ihn keine Sekunde lang unbeobachtet gelassen, und da die Kollegen keine Briefe gefunden haben, muss er selbst keinen Schimmer gehabt haben, wo genau sie sind.«

»Die zweite Möglichkeit ist«, setzte Kathrin fort, »dass Fänger unschuldig ist. Die Hautpartikel könnten auf anderem Weg unter die Nägel gekommen sein. Vielleicht sind sie an dem Morgen aneinandergeraten, bevor Helmut Fänger in den Wald gefahren ist.«

Wieder kurzes Schweigen. Während Hannes zur Decke und Florian auf seine Füße blickte, sahen sich die Frauen eine Zeit lang in die Augen.

Lodi beendete als Erste die Stille. Sie stellte sich zwischen ihre Kollegen, stützte ihre Hände in die Hüften. »Kathrin hat recht, beides ist vorstellbar. Aber welche Schlussfolgerung ziehen wir daraus?«

»Dass Fänger so oder so von der AFF gewusst haben muss«, bemerkte Florian. »Entweder war er an dem Mord beteiligt, dann ist er sehr wahrscheinlich auch Teil der Gruppe. Oder er ist unschuldig und ist durch die stillen Wächter auf die Aktivisten aufmerksam geworden. Er ist ITler, es dürfte ein Klacks für ihn gewesen sein, dasselbe herauszufinden wie wir.«

»In diesem Fall sollten wir sicherheitshalber noch mal nach Witzenhausen fahren«, warf Kathrin ein. »Immerhin wäre es möglich, dass auch er auf Elias gestoßen ist ...«

Montag, später Nachmittag, Witzenhausen

Sie mussten etwas übersehen haben, ging es Lodi durch den Kopf, während sie zu dem Haus hinübersah. Kathrin saß auf dem Fahrersitz und atmete schwer, auch sie schien zu grübeln. Hatten sie aus dem Brief, den sie in Fängers Wohnung gefunden hatten, wirklich die richtigen Schlüsse gezogen?

Erst vor wenigen Minuten hatten sie bei Larissa geklingelt. Es hatte niemand reagiert, auch nicht in der Wohnung darüber. Daraufhin waren sie ums Haus geschlichen, hatten durch Fenster gespäht, geklopft, gerufen. Vergeblich.

Lodi griff nach dem Funkgerät.

»Wie sieht's bei euch aus, Jungs?«

Eine Gedenksekunde später kam die Antwort.

»Hier ist alles ruhig«, sagte Hannes. »Ein Mann hat die Anlage betreten, aber es war keiner von unseren Verdächtigen.«

»Wo genau seid ihr?«

»Wir haben den Wagen etwas weiter weg geparkt, damit wir nicht auffallen. Wir haben das Gelände aber trotzdem gut im Blick.«

»Bleibt dran, okay? Wenn wir richtigliegen, wird Fänger früher oder später auftauchen.«

Lodi hing das Funkgerät wieder in die Vorrichtung in der Mittelkonsole und drehte sich zurück zum Fenster. Diese Ruhe in der Straße kam ihr unheimlich vor. Es war nahezu windstill, die Blätter der Bäume bewegten sich kaum, die Häuser wirkten wie ausgestorben. Als würde das Viertel den Atem anhalten, in gespannter Erwartung, dass etwas geschah.

Während der Fahrt nach Witzenhausen hatten Lodi und Kathrin ein weiteres Mal die vorliegenden Fakten analysiert. Ihre Rückschlüsse erschienen ihnen weiterhin logisch, aber die Frage nach dem unbekannten Dritten beschäftigte sie hartnäckig. Kathrin glaubte, dass er zur AFF gehörte. Lodi ließ jedoch der Gedanke an die platt gedrückte Stelle im Gras in der Nähe des Hochsitzes nicht in Ruhe. Sie könnten dort zu dritt gelegen haben, gab ihre Kollegin zu bedenken, oder eben nur Krentz und der Unbekannte, falls Fänger tatsächlich nicht mit ihnen unter einer Decke steckte. Aber irgendetwas in Lodi sträubte sich gegen diese Annahme.

Plötzlich vibrierte es in ihrer Tasche, sie hatte ihr Handy sicherheitshalber stumm geschaltet.

»Das ist Paula«, kommentierte sie verwirrt. Auch Kathrin verzog irritiert das Gesicht.

Lodi nahm ab und stellte auf Lautsprecher. »He, was gibt's? Wenn's nicht dringend ist, rufe ich dich später zurück, wir sind im Einsatz.«

»Suchen Sie immer noch nach Jacob?«, fragte Paula ohne Umschweife. »Ich glaube, ich weiß jetzt, wo er sich aufhält …«

»Hannes, Florian?« Lodi hielt das Funkgerät fest in der Hand, während Kathrin sie mit konzentriertem Blick aus dem Viertel hinaus auf die Hauptverkehrsstraße steuerte. »Kommt schon, wo seid ihr?«

»Schon gut, ich bin dran«, meldete sich Hannes. »Was ist los? Du klingst aufgeregt.«

»Dieser Typ, der vorhin die Anlage betreten hat, wie sah der aus?«

»Es war keiner von unseren Gesuchten, falls du darauf hinauswillst. Wieso fragst du?«

»Gerade hat mich Paula, die Nachmieterin von Krentz in Ahnatal, angerufen. Elias ist vor einer Stunde nach Hause gekommen. Er soll sehr aufgewühlt sein.«

»Dann schicken wir einen Kollegen vorbei, der ihn in die Mangel nimmt?«

»Warte, das ist noch nicht alles. Paula hat ein Telefonat zwischen Elias und Larissa mitgehört. Mehrmals sei darin von einem namenlosen ›ihm‹ die Rede gewesen, und bei einer Bemerkung ist Paula hellhörig geworden: ›Er‹ könne nicht länger in dem Gartenhäuschen bleiben, weil die Bullen ihm auf den Fersen seien.«

Das schien Hannes genauso zu überraschen wie Lodi und Kathrin.

»Du meinst, dieser Typ, das könnte …«

»Vielleicht hat Krentz sich verkleidet. Habt ihr gesehen, wohin er gegangen ist?«

»Keine Ahnung, zu irgendeinem Häuschen.«

»Okay, wir sind schon auf dem Weg zu euch. Lasst niemanden rein oder raus! Ich rufe Herrn Laube an, er soll uns den Schlüssel bringen …«

* * *

Als sie ankamen, wartete Hannes mit verschränkten Armen vor dem Zaun. Von ihrem anderen Kollegen war keine Spur. Kathrin fuhr rasant die Straße hinunter und bremste spät ab. Sie parkte den Wagen so, dass er für jeden, der die Anlage betreten oder verlassen wollte, ein Hindernis darstellte. Sie stiegen aus, Hannes kam auf sie zu.

»Wo ist Florian?«, fragte Lodi.

Er nickte zur gegenüberliegenden Seite der Anlage. »Der überprüft, ob's noch einen anderen Eingang gibt.« Hannes fuhr sich durch seine wuscheligen Haare. »Was ist mit Laube, habt ihr ihn erreicht?«

»Er dürfte jeden Augenblick da sein.«

Gespannt sahen die drei die Schotterstraße hinunter.

Als hätte der Vorsitzende des Witzenhausener Kleingartenvereins nur auf einen effektvollen Moment gewartet, bog wenige Sekunden später ein französischer Mittelklassewagen in die Straße ein und fuhr auf sie zu. Genauso einer hatte gestern in der Einfahrt der Laubes gestanden.

»Danke, dass Sie kommen konnten«, begrüßte Lodi den Mann, nachdem er ausgestiegen war. »Sie haben den Schlüssel dabei?«

Laube fehlten offensichtlich die Worte. Er blieb wie festgenagelt neben seinem Auto stehen und blickte alle konsterniert an.

Kathrin ging ein paar Schritte auf ihn zu. Sie zeigte auf die Anlage. »Wir müssen da rein, und zwar sofort! Bitte schließen Sie uns auf oder geben Sie uns den Schlüssel.«

»Ja, ich …«, stotterte er. »Warten Sie bitte kurz …« Mit zitterigen Händen griff er in seine Gesäßtasche und kramte einen Schlüsselbund hervor. »Mit dem hier kommen Sie durch das Tor, Sie erkennen ihn an dem roten Kopf. Der grüne gehört zu meinem Gartenhäuschen.«

»Gibt's außer dieser Tür noch einen weiteren Eingang?«, fragte Hannes.

Laube zeigte Richtung Norden. »Auf der anderen Seite der Anlage.«

Daraufhin entfernte Hannes sich ein Stück, er versuchte es bei Florian auf dem Handy.

Kathrin bedankte sich bei Laube und nahm die Schlüssel entgegen. »Bitte setzen Sie sich wieder ins Auto und bleiben Sie der Anlage fern. Halten Sie außerdem Ihr Handy bereit, für den Fall, dass wir Sie erreichen müssen …«

* * *

Lodi schloss die Tür auf.

»Wir teilen uns auf.« Sie zeigte auf den Weg, der etwa zwanzig Meter von ihnen entfernt linker Hand durch die Anlage verlief. »Hannes, du gehst dort lang. Ich nehme den Mittelweg, Kathrin übernimmt den auf der rechten Seite. Achtet auf meine Zeichen und bewegt euch so leise wie möglich.«

»Einverstanden«, erwiderte Hannes.

»Fangen wir an!«, sagte Kathrin.

Lodi wartete, bis die beiden an ihren Wegen angekommen waren.

Dann öffnete sie ihr Pistolenholster und zog ihre Dienstwaffe heraus. Während die Sonne ihren Rücken wärmte, pirschte sie nun mit dem Lauf nach unten zwischen den Beeten und Gartenhäuschen entlang. In der Anlage war es ruhig, nur das Summen der Bienen und zwitschernde Vögel mischten sich in die beschauliche Szenerie. Es roch nach frisch gemähtem Gras und blühenden Rosenranken. Ein Sommertag aus dem Bilderbuch.

Aber diese Idylle erschien Lodi trügerisch. Hoch konzentriert spähte sie zu beiden Seiten des Weges nach einem Hinweis, dass Jacob Krentz sich tatsächlich hier aufhielt. Zwischen den Häuschen tauchten hin und wieder Hannes und Kathrin auf, sie schritten auf gleicher Höhe voran.

Lodi erreichte das nächste Grundstück. Sie stutzte und blieb stehen, denn aus den anderen, liebevoll gepflegten Nachbargärten stach dieses auffällig heraus. Kniehohes Gras, Unkraut zwischen den Steinen des gepflasterten Weges, daneben wasserdurstige Beete. Auch das Häuschen bot ein Bild des Zerfalls. Die Farbe blätterte ab, das Holz verwitterte, auf dem Dach hatten sich Schindeln gelöst. Spinnweben durchzogen die verschmutzten Fenster, und neben der Tür rosteten ein Eimer und zerbrochene Gartenwerkzeuge vor sich hin.

Dann sah Lodi es: Die Gartentür stand einen Spalt offen. Hatte Krentz sich etwa in dieses Häuschen geflüchtet?

Unmittelbar streckte sie ihren Arm in die Luft – das Stopp-Zeichen an Hannes und Kathrin. Ihre Kollegen bemerkten es jedoch nicht und schlichen weiter durch die Anlage. Am liebsten hätte Lodi nach ihnen gerufen, aber sie hatten Stille vereinbart. Sie grub ihr Handy aus der Hose und öffnete die Kurzwahlliste.

Plötzlich hörte sie Geräusche hinter sich. Nur einen Wimpernschlag später spürte sie einen harten, spitzen Gegenstand am Rücken.

»Wirf das Handy weg und leg die Waffe auf den Boden«, befahl eine männliche Stimme. »Sonst steche ich dich ab.«

Ein Messer. Lodis Herz pochte wie wild. Ihr Atem verflachte, ihr Blick verengte sich zu einem Tunnel. Ihre Muskeln spannten sich an, das Adrenalin schoss durch ihren Körper.

Bleib ruhig, sprach sie sich in Gedanken Mut zu. Sie schloss die Augen.

»Hören Sie, Krentz. Sie sind doch Jacob Krentz, oder?«

»Tun Sie, was ich sage!«

»Schon gut, schon gut. Ich wollte Ihnen nur einen Vorschlag unterbreiten, mit dem Sie ...«

Der Druck der Messerspitze verstärkte sich.

»Einverstanden. Ich gehe jetzt ganz langsam in die Hocke ...«

Lodi setzte ihre Ankündigung um. Wie in Zeitlupe legte sie ihre Waffe auf den Boden.

»Kick sie von dir weg! So, dass du nicht mehr rankommst.« Sie stieß die Pistole mit dem Fuß zur Seite.

»Jetzt das Handy!«

Aus den Augenwinkeln sah Lodi zu dem Gartenhäuschen hinüber. Das war ihre Chance, wurde ihr mit einem Mal klar. Hannes und Kathrin hatten Krentz' Auftauchen nicht bemerkt. Doch wenn Lodi mit dem Handy das Häuschen traf, würden sie sofort wissen, dass etwas nicht in Ordnung war.

»Los, wirf schon!«

»Okay, wie Sie wollen.«

Sie holte aus, als ob sie das Gerät nach vorn auf den Schotterweg schmeißen wollte. Erst im letzten Moment änderte sie die Richtung.

Ihr Plan ging auf, das Handy prallte gegen das Häuschen und schlug von dort gegen den Eimer. Ein dumpfer Knall, gefolgt von einem lauten Scheppern. Das konnten Hannes und Kathrin nicht überhört haben. Selbst Florian, der auf der anderen Seite der Anlage stand, musste es mitbekommen haben.

»He, was soll die Scheiße?«, fluchte Krentz.

»Ich sollte das Handy wegwerfen«, antwortete Lodi schulterzuckend.

Schweigen. Der Druck in ihrem Rücken ließ nach. Ihr Herzschlag entspannte sich, ihr Atem wurde wieder länger und tiefer. Trotzdem blieb sie aufmerksam, denn die Situation konnte jeden Moment umschlagen.

»Hören Sie, Krentz, ich habe getan, was Sie wollten. Stecken Sie das Messer weg.«

Er wartete mit seiner Antwort.

»Ich habe diesen Tiermörder nicht getötet, okay?«

»Das glaube ich Ihnen.« Ohne ihren Kopf zu drehen, riskierte Lodi einen Blick zu den Seiten. Auf dem Weg links erkannte sie Hannes, er näherte sich im hockenden Gang, mit angespanntem Gesicht und gezückter Dienstwaffe. Das gleiche Bild rechts, Kathrin pirschte sich in derselben Haltung heran.

Beeilt euch, befahl Lodi ihnen in Gedanken. Diesem Typen könnten jederzeit die Sicherungen durchbrennen.

»Warum suchst du nach mir?«, fragte Krentz.

Sie überlegte, wie sie ihn bei der Stange halten konnte. Ihre Worte mussten wohl abgewogen sein.

»Sie können mit uns über alles reden«, versprach sie. »Wir unterhalten uns, nur Sie und ich, versprochen. Aber dafür müssen Sie jetzt das Messer beiseitelegen.«

»Ich vertraue keinem Bullen.«

»Das ist Ihr gutes Recht. Aber sehen Sie, dort hinten liegt mein Handy, und da vorne meine Waffe. Ist das kein Vertrauensbeweis für Sie?«

Wieder kurzes Schweigen. Der Druck der Messerspitze ließ weiter nach. Sie hatte den richtigen Weg eingeschlagen, das spürte sie. Es lag in der Luft, dass Krentz zur Vernunft kommen würde.

»Du greifst mich nicht an?«, fragte er.

»Sie haben mein Wort«, antwortete Lodi. »Mehr kann ich Ihnen nicht …«

»Krentz, werfen Sie sofort das Messer weg!«, schrie Hannes plötzlich. »Danach nehmen Sie die Hände hoch!«

»Und bleiben Sie ganz ruhig!«, fügte Kathrin hinzu.

Sie schienen dicht hinter ihnen zu stehen. Sie hatten sich unbemerkt angeschlichen. So, wie es auch Krentz gelungen war, weil Lodi zu vertieft das Grundstück beobachtet hatte.

»Geben Sie auf«, sagte sie ihm nun behutsam. »Sehen Sie es ein, Sie haben keine Chance …«

Montag, früher Abend, Kleingartenanlage

Krentz verfolgte einen anderen Plan – wenn er denn einen besaß. Statt die Anweisungen zu befolgen, schoss sein Blick zwischen Lodi sowie Hannes und Kathrin hin und her. Sein Gesichtsausdruck verriet, dass die Gedanken in seinem Kopf wie Funken durcheinandersprühten. Wägte er seine Optionen ab? Aber was blieb ihm noch, außer sich geschlagen zu geben? Er würde doch nicht wirklich …

Dann sah Lodi es plötzlich in seinen Augen. In ihnen flackerte etwas auf, wie ein diffuser Lichtblitz zwischen den Wolken am Gewitterhimmel. Sein Blick ließ sie kurz erstarren. Ein hochentzündlicher Mix aus Wut, Enttäuschung und Resignation, zu der sich jetzt noch Entschlossenheit mischte.

Explosionsartig entlud sich dieser Cocktail. Krentz sprang so stürmisch auf Lodi zu, dass sie nicht reagieren konnte. Er stellte sich hinter sie, schlang einen Arm um ihren Hals und drückte zu. Das Kampftraining in ihrer Ausbildung lag zu weit in der Vergangenheit, und dass sie sich im Einsatz zur Wehr setzen musste, ebenfalls. Mit den Ellbogen hätte sie ihm zwei Schläge zwischen die Rippen verpassen können, damit wäre er für einen Augenblick abgelenkt gewesen und sein Würgegriff hätte sich gelockert.

Doch dafür war es zu spät, sie spürte bereits das Messer an ihrem Hals.

»Weg mit den Waffen!«, schrie Krentz. Fassungslos, dass sich diese Szene tatsächlich vor ihren Augen abspielte, starrten Hannes und Kathrin ihn an. In der Ausbildung hatten sie Situationen wie diese bis zum Erbrechen durchgespielt, aber Übung und Realität waren zwei verschiedene Paar Schuhe.

Lodi schaute ihren Kollegen in die Augen. In ihnen lag blanke Überforderung. Der akute Stress blockierte ihr Denken, Reize prasselten auf sie ein und erzeugten ein unkontrolliertes Feuerwerk der Synapsen. Als ob man einem Computer zu viele Befehle auf einmal erteilte. Schwerer Systemfehler.

»Tun Sie, was ich sage!«, schrie Krentz.

Der finale Rettungsschuss, ging es Lodi durch den Kopf. War das ihre einzige Option?

Der Begriff bezeichnete den gezielten, tödlichen Einsatz von Schusswaffen, wenn keine milderen Mittel zur Abwehr einer gegenwärtigen Lebensgefahr existierten. Seit 1973 gab es die juristische Grundlage zur Tötung eines Gefährders, sie stellte eine Reaktion auf das Attentat während der Olympischen Spiele in München dar. Weil der Begriff als zu verharmlosend kritisiert wurde, strichen die Länder ihn aus ihren Polizeigesetzen. In der Praxis wurde das Gesetz ohnehin nur in äußerst seltenen Einzelfällen angewandt.

Einen der Gründe dafür erfuhr Lodi in diesem Augenblick am eigenen Leib. Krentz nutzte ihren Körper als Schutzschild. Er bot nahezu keine Trefferfläche, nur hin und wieder linste er an ihrem Kopf vorbei. Hannes oder Kathrin hätten höchstwahrscheinlich nicht ihn, sondern Lodi getroffen. Früher, als bei der hessischen Polizei noch Vollmantelgeschosse mit hoher Durchschlagskraft eingesetzt wurden, wäre das Projektil durch ihren Körper hindurchgeschossen und hätte den dahinterstehenden Krentz gleich mit verletzt. Die aktuell verwendete PEP-Munition, die Polizei-Einsatz-Patrone, zeichnete sich hingegen durch eine erhöhte Energieabgabe im Ziel aus, sodass es zu einer geringeren Hintergrundgefährdung Dritter kam. Diese Mannstoppwirkung sollte die getroffene Person möglichst bewegungsunfähig machen. Somit würden Lodis Kollegen bei einem Treffer mit ihrer modernen Munition ausschließlich sie verletzen.

»Wird's bald!«, brüllte Krentz und drückte die Klinge fester an ihren Hals. »Verarschen Sie mich nicht! Eine falsche Bewegung und Ihre Kollegin macht 'nen Abgang!«

Schweigen. Für Lodi fühlte es sich unendlich lang an.

Hannes gab als Erster nach. »Okay, Krentz, Sie haben gewonnen.« Aus seiner Stimme war jegliche Feindseligkeit gewichen. Er sah flüchtig zu Kathrin hinüber und gab ihr mit einem Nicken zu verstehen, dass sie es ihm gleichtun sollte. »Hören Sie, wir legen jetzt unsere Waffen zur Seite, danach lassen Sie sie gehen. Einverstanden?«

Krentz schien nachzudenken. Dabei ließ der Druck auf Lodis Kehlkopf minimal nach. Sollte sie versuchen, sich zu befreien?

Spiel nicht die Heldin, ermahnte sie sich. Das würde ziemlich sicher böse für sie enden.

»Einverstanden«, sagte Krentz. »Pistolen auf den Boden, der Lauf zeigt zu Ihnen.«

Bedächtig und ohne ihr Gegenüber aus den Augen zu lassen, gingen Hannes und Kathrin in die Hocke. Sie legten ihre Dienstwaffen ab wie befohlen, das Griffstück weggedreht und dadurch die Mündung auf sie selbst gerichtet.

»Jetzt gehen Sie beide fünf Schritte rückwärts! Dann die Hände nach hinten!«

Auch diese Anweisung befolgten die beiden. Langsam traten sie so weit zurück wie gefordert, anschließend ließen sie die Arme sinken und verschränkten sie auf dem Rücken.

Ein seltsamer, demütiger Anblick, dachte Lodi.

Danach kehrte wieder Stille ein. Die Zeit gönnte sich eine Atempause. Krentz schien seine nächsten Schritte abzuwägen. Er hatte bekommen, was er wollte, und weder Lodi noch Hannes oder Kathrin stellten weiterhin eine Gefahr für ihn da. Worauf wartete er?

Mit einem Mal ließ er sie los. Lodi hörte noch seine rennenden Schritte auf dem Schotterweg, bevor sie zu Boden stürzte. Aus dem Augenwinkel sah sie Hannes an sich vorbeisprinten. Sie landete unsanft auf den Knien, berappelte sich aber umgehend wieder. Sie fasste sich an den Hals, tastete ihn ab und erfühlte einen feinen Schnitt. An ihren Fingern haftete Blut.

Lodi schaute auf. Kathrins fragenden Blick beantwortete sie mit einem Nicken, es ging ihr gut. Sie war schon schlimmer im Dienst verletzt worden. Ihre Kollegin kam zu ihr herüber und half ihr hoch.

»Wir müssen hinterher!«, sagte Lodi. »Schnapp dir deine Waffe, ich nehme die von Hannes. Meine liegt irgendwo da drüben im Gras.«

Sie drehten sich um. Gerade noch rechtzeitig, um zu sehen, dass Krentz zwischen zwei Parzellen hindurch auf den Weg zu ihrer Linken flüchtete. Hannes hatte in den Lauf-Modus umgeschaltet und ein paar Meter gutgemacht. Lodi hätte sich keinen besseren Verfolger vorstellen können, denn jetzt zahlte sich sein Training aus.

»Ruf Florian an«, befahl sie, »er soll den anderen Ausgang blockieren.«

Kathrin zückte ihr Smartphone und gab ihrem Kollegen den Auftrag durch. Anschließend zeigte sie auf die Kreuzung am Ende des Weges.

»Hannes treibt Krentz vor sich her. An Florian kommt er auch nicht vorbei. Wenn wir ihm dahinten den Weg abschneiden, ist er geliefert.«

Lodi nickte. Das klang nach einem guten Plan.

»Also los!«

Leicht außer Atem erreichten sie die Weggabelung. Von Krentz, Hannes oder Florian war nichts zu sehen. Knirschende Geräusche aus der Nähe ließen jedoch vermuten, dass sie nicht mehr weit sein konnten. Lodi hatte während ihres kurzen Sprints hin und wieder zwischen den Parzellen hindurchgespäht, aber niemanden erkannt.

Dann kam ihr Verdächtiger um die Ecke geflitzt. Hannes folgte direkt danach. Obwohl er den Abstand zu ihm weiter verkürzt hatte, war er für einen Zugriff noch nicht nah genug dran. Krentz keuchte, sein Kopf leuchtete feuerrot, und seinen Bewegungen zufolge verließen ihn bald seine Kräfte. Hannes wirkte fitter und voller Tatendrang. Er war bereit, sich jeden Augenblick auf den Flüchtenden zu werfen.

»Halt, stehen bleiben!«, schrie er.

Krentz rannte unbeirrt weiter, mit verbissenem Blick und geradewegs auf Lodi und Kathrin zu. Die beiden Frauen stellten sich im Ausfallschritt breitbeinig hin, bohrten ihre Füße in den Schotter und warteten auf den Zusammenstoß. Zu zweit standen ihre Chancen gut, dass die Kollision ihn genug abbremsen und es ihnen gelingen würde, ihn mit vereinten Kräften auf dem Boden zu fixieren.

Doch Krentz sah zu allem entschlossen aus. Er ließ den Kopf sinken, stellte seine Ellbogen nach außen und …

Wie aus dem Nichts sprang Florian hinter einer Hecke hervor. Krentz zuckte und kam ins Straucheln. Ein paar Schritte lang hielt er sich noch auf den Beinen, bis es ihn schließlich umhaute und er bäuchlings und begleitet von einem Krachen in den Schotter fiel. Lodi verzog instinktiv das Gesicht, er musste sich etwas gebrochen haben. Krentz schrie vor Schmerzen.

Florian zögerte nicht und stürzte sich auf ihn, Hannes eilte zur Unterstützung dazu. Es dauerte nur Sekunden, bis sie ihn fixiert hatten und die Handschellen klickten.

»Ruf einen RTW«, sagte Lodi an Kathrin gerichtet, »und melde der Zentrale, dass wir ihn verhaftet haben.«

Ihre Kollegin nickte, grub ihr Handy aus der Tasche und entfernte sich wegen der Geräuschkulisse ein paar Schritte.

Lodi schaute zu Hannes und Florian hinüber. Sie hatten Krentz zum Sitzen aufgerichtet. Sein Gesicht war blutig und voller Staub, doch sein Bein hatte es weitaus schlimmer erwischt. Unterhalb des Knies ragte ein Stück seines Schienbeins heraus. Lodi traute sich kaum hinzusehen.

»Belehrt ihn über seine Rechte«, trug sie Hannes und Florian auf. »Ich gehe in der Zwischenzeit meine Waffe und mein Handy suchen.«

TAG VIER

Dienstag, Morgen, Teppichetage

Nicht frei von Stolz – so fühlte sich Lodi, als sie nun gegenüber des nordhessischen Polizeipräsidenten an dessen Schreibtisch saß und ihm aus tiefer Seele ein Siegerlächeln servierte, garniert mit einer Prise Genugtuung. Von Rheinfeld hingegen sah aus, als bereitete es ihm Schmerzen, sie für die Verhaftung von Jacob Krentz zu loben. Er hatte sie kurz nach der Meldung an die Zentrale angerufen, um sich zu erkundigen, und sie anschließend für den kommenden Morgen in sein Büro beordert. Lodi, Kathrin, Hannes und Florian waren gerade auf dem Rückweg gewesen, zusammen mit Krentz. Laut Aussage der Rettungssanitäterin hatte es ihn zwar schlimm erwischt, aber nicht so sehr, dass er dringend in einem nahe gelegenen Krankenhaus behandelt werden musste. Er würde den Transport nach Kassel schadlos überstehen, versprach sie, allerdings mit großen Schmerzen, trotz der Spritze, die sie ihm verpasste. Lodi hatte eingewilligt, und angesichts des Widerstands, den Krentz geleistet hatte, hatte sie dabei keinen Funken Reue empfunden.

Von Rheinfeld räusperte sich und richtete seine Krawatte. Dann nahm er seine übliche Bürohaltung ein, mit durchgedrücktem Rücken, breiter Brust und gehobenem Kinn. Was andere womöglich als Versuch, der ihm bevorstehenden, schweren Aufgabe mit Würde zu begegnen, verstanden hätten, strahlte für Lodi vor allem eines aus: Arroganz.

»Gute Arbeit«, quälte er sich über die Lippen.

»Herzlichen Dank«, erwiderte sie kühl. Sie überlegte kurz, ob sie sich aus der Deckung wagen sollte. Dann schob sie hinterher: »Aus Ihrem Mund bedeutet mir das sehr viel.« Ein Seitenhieb, der ihr Siegerlächeln zementierte und ihr einen Blick von von Rheinfeld einbrachte, der selbst die Sonne hätte gefrieren lassen.

»Klären Sie mich auf, wie ist der Stand bei Krentz?«, lenkte er ab.

»Er wurde gestern Abend operiert und liegt nun auf Station. Dort wird er rund um die Uhr bewacht, auch wenn er mit dem Bein ohnehin nicht weit kommen würde. Laut der Ärztin hat er sich noch mehr gebrochen als ursprünglich angenommen.«

»Ist er vernehmungsfähig?«

»Nein, aber es kann nicht mehr lange dauern. Geben wir ihm noch einen Tag, um auf die Füße zu kommen. Dann nehmen wir ihn in die Mangel.«

Von Rheinfeld löste sich aus seiner steifen Haltung, griff nach einem Kuli und lehnte sich in seinem Bürostuhl zurück. Ohne den Blick von Lodi abzuwenden, ließ er den Kuli stumm über seine Finger wandern. Die Situation wurde von Sekunde zu Sekunde befremdlicher.

»Und wie geht es Ihnen?«, fragte er schließlich.

Lodis Lächeln wandelte sich schlagartig in einen Ausdruck des Erstaunens. Sie blinzelte irritiert. Am liebsten hätte sie ihn gefragt, ob er seine Frage freundlicherweise wiederholen könnte.

Sie sammelte sich. »Ich … ich bin okay«, antwortete sie. Wahrheitsgemäß, soweit sie das bisher beurteilen konnte. Seit ihrer kurzfristigen Geiselnahme waren allerdings erst wenige

Stunden vergangen. Nicht jeden Menschen belasteten traumatische Ereignisse unmittelbar danach. Bei manchen dauerte es eine Weile.

Von Rheinfeld musterte sie weiter. Kurz darauf sagte er: »Sie können sich ein paar Tage freinehmen. Frau Hertz, Herr Berger und Herr Wolf kommen auch ohne Sie zurecht.«

»Danke, mir geht's gut.«

»Denken Sie an Ihren Kollegen. Sie sollen nicht auch noch von Bord gehen.«

Lodi spürte, wie ihr unmittelbar das Blut in die Wangen schoss. Mit der Faust in der Tasche unterdrückte sie ihre Wut über diese – wie sie fand – unsensible Aussage ihres Vorgesetzten.

»Thomas, ich meine Herr Ziegler, hat auf jemanden geschossen und ihn beinahe getötet. Ich denke, das lässt sich nicht vergleichen.«

»Trotzdem. Denken Sie darüber nach. Ich lasse es mir auch noch einmal durch den Kopf gehen.«

Lodi dämmerte, was das bedeuten sollte: Wenn sie sich nicht freiwillig ein paar Tage Urlaub nahm, würde von Rheinfeld sie zu einer Zwangspause verdonnern. Nun war ihr klar, aus welchem Grund er sich nach ihrem Befinden erkundigt hatte. Er musste gehofft haben, dass Lodi einen labilen Eindruck machen und ihn um eine längere Auszeit bitten würde. Sie ärgerte sich, dass sie angenommen hatte, er habe aus Nettigkeit oder Sorge um sie nachgefragt. Mit einem Mal drängte sich ihr das Gefühl auf, dass von Rheinfeld fieberhaft nach einem Grund suchte, um sie von den Ermittlungen abzuziehen. Aber warum sollte er ein Interesse daran haben? Vorgestern, am selben Ort, hatte er sie noch zusammengefaltet und ihr durch die Blume gedroht, sie vor die Tür zu setzen, wenn sie ihm nicht schleunigst Ermittlungsergebnisse lieferte. Genau das hatte sie getan, und es passte ihm trotzdem nicht. Gab es etwas, das Lodi nicht wusste? Einen Zusammenhang, den sie nicht verstand?

Der Präsident ließ ihr keinen Raum für eine Erwiderung. »Was ist mit Fänger?«, fragte er.

Lodi versuchte, ihr Gesicht zu entspannen, denn es musste Bände über ihre Gefühlslage sprechen. Dann fasste sie die Befragung von Sophia Lange zusammen. Die verheiratete Frau hatte Fänger, ihrem Geliebten, zunächst ein Alibi verschafft, es später zurückgezogen und angeblich versucht, ihn zu überreden, sich zu stellen.

»Lassen Sie mich raten: Er weiß jetzt, dass sie ihre erste Aussage zurückgezogen hat?«, fragte von Rheinfeld.

Lodi nickte. »Sie hat es ihm aus Verzweiflung gestanden. Wir suchen wie gesagt nach ihm, aber bisher sind weder er noch sein Wagen aufgetaucht.«

»Keine Anhaltspunkte?«

Sie schüttelte den Kopf.

»Seltsam. Er darf Ihnen nicht durch die Lappen gehen, Frau Lenke.« Die zweite Drohung, diesmal weniger subtil. »Sollte Krentz trotz der Fingerabdrücke auf der Tatwaffe nichts mit der Sache zu schaffen haben und Fänger Ihnen weiterhin auf der Nase herumtanzen, würde das nicht gut für Sie aussehen. Das wäre Ihrer Karriere, für deren Fortgang Sie sich sicherlich interessieren, nicht zuträglich.«

Lodi ballte wieder eine Faust in der Tasche.

»Herr Präsident, ich verspreche Ihnen, dass wir ihn finden werden.«

Kaum hatte sie ihre vollmundige Zusage ausgesprochen, bereute sie sie. Warum hatte sie sich zu dieser leichtsinnigen Aussage hinreißen lassen? Hatte ihre Wut sie dazu verleitet?

Auf von Rheinfeld wirkte sie belebend. Als hätte er Lodi dort, wo er sie haben wollte, blitzte Wohlgefallen in seinen Augen auf. Er unterdrückte wenig erfolgreich ein selbstgefälliges Lächeln. Der Wind hatte sich gedreht, jetzt war er es, dem die Genugtuung aus jeder Pore strömte.

»Sagen Sie nichts zu, von dem Sie nicht hundertprozentig wissen, dass Sie es einhalten können.« Mahnend hob er einen Finger. »Kurz gesagt: Versprechen Sie nie etwas.«

Lodi biss sich auf die Zunge. Ohne Not hatte sie ihrem Gegenüber einen Punkt geschenkt. *Unforced error*, wie man im Tennis sagte. Sie grummelte in sich hinein.

Von Rheinfeld surfte auf einer Welle des Hochmuts, die er bis zum Ende reiten zu wollen schien. Weiterhin mit einem arroganten Lächeln auf den Lippen fragte er: »Wie steht's um den Maulwurf? Dahin gehend haben Sie doch sicherlich Fortschritte vorzuweisen?«

Lodi hatte nicht genug Hände, um so viele Fäuste zu bilden, wie sie gebraucht hätte.

»Nein, Herr Präsident. Meine Konzentration galt vollumfänglich der schnellen Lösung des Falls, wie Sie es mir bei unserem letzten Gespräch aufgetragen haben.«

»Wir haben zum ersten Mal vor einem halben Jahr darüber gesprochen. Wollen Sie mir sagen, dass es Ihnen immer noch nicht gelungen ist, etwas über diesen Verräter herauszufinden?«

»Es waren bewegte Monate, Herr Präsident. Ich verspreche Ihnen, dass ich …«

Er schnitt ihr das Wort ab. »Was habe ich Ihnen eben über Versprechungen gesagt?« Er legte den Kuli ab, hatte nun wieder beide Hände frei und verschränkte sie hinter dem Kopf. »Ich habe nachgedacht, Frau Lenke. Es ist nicht meine Art, Menschen unter Druck zu setzen.«

Lodi musste ihm zugutehalten, dass er lügen konnte, ohne rot zu werden oder in Gelächter auszubrechen.

»Ich hatte gehofft, dass meine eindringlichen Ansprachen deutlich genug sein würden. Aber offensichtlich habe ich mich getäuscht. Sie lassen mir keine Wahl.« Er machte eine kurze Pause, als wollte er seine folgenden Worte hervorheben. »Aus diesem Grund sehe ich mich gezwungen, Ihnen eine Frist zu setzen. Bis Ende dieses Jahres liefern Sie mir den Maulwurf ans Messer oder … Nun, Sie haben genügend Erfahrung und Fantasie, um sich die Konsequenzen auszumalen …«

* * *

Lodi ging durchs Treppenhaus zurück in den dritten Stock, wo sich ihr Büro befand. Währenddessen hallte von Rheinfelds letzte Aussage in ihr nach. Sie war eine unmissverständliche Drohung gewesen, dafür brauchte Lodi nicht zwischen den Zeilen zu lesen. Der Präsident war versessen darauf, die Person zu finden, die regelmäßig dienstliche Informationen an die Presse durchstach, und für dieses Ziel ging er über Leichen. Wie es seine Art war, hatte er es dargestellt, als seien seine Entscheidungen alternativlos, als würden die äußeren Umstände ihn zwingen, sie zu treffen. In diesem Fall waren es vermeintlich Lodis ausbleibende Erfolge auf der Suche nach dem Verräter, die ihn veranlassten, sie massiv unter Druck zu setzen.

Eine Frist, dachte Lodi, dass sie nicht lachte. Das englische Wort Deadline erschien ihr passender, denn was ihr zum Jahresende drohen würde, wenn sie ihrem Vorgesetzten keinen Namen auf seinen Schreibtisch knallte, lag auf der Hand. Natürlich konnte er sie nicht einfach vor die Tür setzen, immerhin war sie auf Lebzeit verbeamtet und von Rheinfeld kein Alleinherrscher. Bedingt durch seine hohe Position verfügte er jedoch über großen Einfluss, seine Stimme hatte Gewicht. Wenn er wollte, konnte er ihr dienstliches Leben zur Hölle machen. Lodis Zukunftsaussichten sahen demnach düster aus, denn bisher hatte sie keinerlei Anhaltspunkte. Zugegebenermaßen verspürte sie aber auch keinerlei Antrieb, dem Maulwurf nachzuspüren. Wer kam überhaupt als Verräter infrage? »Cui bono?«, wie der Lateiner fragte – wer profitierte davon?

Vielleicht Kathrin? Nein, sie schied schon aus zeitlichen Gründen aus, denn die ersten Informationen waren bereits vor ihrem Wechsel an Lodis Seite an die Presse durchgesickert. Damals, im vergangenen Herbst, tat sie noch ihren Dienst beim KDD. Für Hannes und Florian, die noch später als sie zum K11 dazugestoßen waren, galt dies erst recht. Diese Tatsachen machten es unwahrscheinlich, dass es sich bei einem von ihnen um den Maulwurf handelte.

Oder Thomas? Das konnte Lodi sich beim besten Willen nicht vorstellen, dazu vertraute sie ihrem ehemaligen Kollegen zu sehr. Selbst nach seinem Ausscheiden war er ein Vollblutpolizist geblieben. Früher hatte Lodi einmal gewitzelt, dass er bestimmt in Uniform, mit Trillerpfeife im Mund und Polizeikelle in der Hand zur Welt gekommen war. Das hatte Thomas zwar bestritten, später aber eingestanden, dass diese Beschreibung exakt auf sein erstes Faschingskostüm im Kindergarten zutraf. Kurzum: Thomas hätte niemals etwas an die Presse durchgesteckt, selbst wenn die Schreibtischhengste, wie er Journalisten gern nannte, ihn gefoltert hätten. Dafür würde Lodi beide Hände ins Feuer legen.

Und Dr. Klein? Er war kein zugelassener Therapeut mehr. Demnach unterlag er keiner beruflichen Schweigepflicht. Lodi hatte ihn jedoch als äußerst pflichtbewusst erlebt, was sie annehmen ließ, dass er alles, was sie ihm offenbarte, für sich behielt. Außerdem: Welchen Nutzen hätte es Dr. Klein gebracht, der Presse Informationen zuzuspielen? Quälten ihn womöglich Geldprobleme? Spielschulden? Lodi konnte es sich beim besten Willen nicht vorstellen. Allerdings konnte sie auch ihm – genauso wie den anderen – nur vor den Kopf gucken, nicht hinein.

Für einen kurzen Moment zog sie auch Norbert in Betracht. Durch seine Seminare kannte er die Polizei wie aus dem Effeff, die Strukturen der Behörde waren ihm bis in die letzte Verästelung hinein vertraut. Er kannte eine Menge Personen, wodurch er leicht an sensible Informationen gelangte. Lodi verwarf diese Vorstellung ebenso schnell wieder, wie sie gekommen war. Denn obwohl Norbert und sie sich seit Langem nicht mehr getroffen hatten, würde sie ihm immer noch ihr Leben anvertrauen. Außerdem erschien die Frage nach dem Nutzen bei ihm besonders abwegig. Warum sollte er, der gut situierte Psychologe, den keinerlei Geldsorgen plagten, ein solches Risiko eingehen?

Von Rheinfeld. Lodi lachte auf. Diese Vorstellung war so abwegig, dass sie schon wieder zutreffen könnte. Er, der rücksichtslose Karrierist, ein Verräter?

Sie spielte den Gedanken durch: Was sollte ihr Chef davon gehabt haben, der Presse ermittlungsrelevante Informationen zuzuspielen? Falls überhaupt ein Vorteil existierte, der ihn dazu bewogen hatte, musste dieser die dauernde Gefahr, enttarnt zu werden, um ein Vielfaches übersteigen. Sicher, von Rheinfeld hatte sich in der Polizei eine komfortable Position erarbeitet. Die Teppichetage bot ihm Schutz, den die ihm untergeordneten Beamten nicht genossen. Aber selbst er würde sich bei entsprechender Indizienlage nicht ewig an seinem Stuhl festklammern können. Was Lodi nicht in den Kopf ging: Wenn es sich bei ihrem Chef um den Maulwurf handelte, warum hatte er sie damit beauftragt, ihn zu finden? Das ergab keinen Sinn. Müsste ihm in diesem Fall nicht daran gelegen sein, so wenig Aufsehen wie möglich zu erzeugen? Solange Lodi auf diese Frage keine vernünftigere Antwort als »umgekehrte Psychologie« einfiel, erübrigten sich alle Überlegungen in diese Richtung.

Ihr Handy meldete sich, und sie schob ihre Gedanken beiseite. Wie das Schicksal manchmal spielte, leuchtete der Name ihres ehemaligen Kollegen auf dem Display.

»Ich habe gerade an dich gedacht. Wie geht's dir?«

»Lodi? Hier ist Tina. Ich rufe von Thomas' Handy an.«

Ihr Lächeln löste sich blitzartig auf. Unmittelbar bekam sie ein mulmiges Gefühl, denn Thomas' Frau Tina hatte sie noch nie angerufen. Sie spürte, dass mit Thomas etwas nicht in Ordnung war. Instinktiv hielt sie sich am Handlauf fest und sank langsam auf die Treppenstufe.

»Was ist los?«, fragte sie. »Was ist mit ihm?«

Tina schnäuzte sich. »Er liegt auf der Intensivstation. Sie kämpfen um ihn.« Sie schluchzte. »Das ist alles meine Schuld. Ich hätte ihn nicht allein lassen sollen. Er ist mein Mann! Ich hätte …«

»Jetzt hol erst mal Luft«, unterbrach Lodi sie. »Erzähl mir, was passiert ist.«

Sie hörte, wie Tina mehrmals tief ein- und ausatmete. Nach einigen Zügen hatte sie sich ein wenig beruhigt.

»Die Tabletten«, erklärte sie, »er hat zu viele auf einmal geschluckt …«

Lodi eilte ins Büro und erzählte Kathrin in wenigen Worten, was passiert war. »Falls etwas ist: Du erreichst mich auf dem Handy«, sagte sie.

Sie rannte durchs Treppenhaus in den Innenhof, schloss ihr Fahrrad auf und trat in die Pedale. Der kürzeste Weg führte über den Holländischen Platz, am Campus vorbei und dann entlang der Ahne. Lodi erreichte das Klinikum trotz des dichten Verkehrs in Rekordzeit, nass geschwitzt und aus der Puste. Die Angst um Thomas hatte sie angetrieben. Am Empfang zeigte sie ihren Dienstausweis vor und ließ sich erklären, wie sie zur Intensivstation gelangte. Dort angekommen, führte ein Pfleger sie zum Wartezimmer.

Tina war allein im Raum. Sie kauerte auf dem Stuhl wie ein Häufchen Elend. Auf dem Tisch neben ihr lag ein Haufen benutzter Taschentücher. Sie bemerkte Lodi erst, als sie die

Tür hinter sich schloss. Tinas Kopf schoss zu ihr herum, sie sprang auf und fiel ihr um den Hals. So nah waren die beiden sich noch nie gekommen. Denn obwohl sie stets Sympathien für Thomas' Frau gehegt hatte, war Lodi mit ihr nie richtig warm geworden.

»Danke, dass du hier bist«, schluchzte Tina. Sie löste ihre Umklammerung wieder und wischte sich eine Träne aus dem Gesicht. Ihre Augen waren rot und geschwollen. »Es ist so furchtbar. Ich habe solche Angst um ihn!«

Lodi legte einen Arm um sie und zeigte auf zwei Stühle. »Komm, wir setzen uns erst mal. Dann erzählst du mir alles in Ruhe und von Anfang an.«

Tina brauchte einen Moment, bis sie sich und ihre Gedanken wieder unter Kontrolle hatte. Dennoch schienen ihr die passenden Worte zu fehlen. Stumm starrte sie auf den weißen Fliesenboden, als stünden diese dort geschrieben.

Lodi gab ihr Starthilfe. »Du hast am Telefon von den Tabletten gesprochen …«

»Ja, ich …« Tina räusperte sich, ihre Stimme hatte krächzend geklungen. »Thomas hat mir vor ein paar Tagen einen Zweitschlüssel zu seiner Wohnung gegeben, für alle Fälle. Wir sind ja nicht im Bösen auseinandergegangen. Es ist nur …«

Ihr Blick wurde wieder glasig. Sie drohte abzuschweifen, sich in Erinnerungen an ihre Trennung zu verstricken. Lodi hatte seit dieser nicht mehr mit ihr gesprochen. Was sie über ihr Auseinandergehen wusste, beruhte einzig auf Thomas' Berichten.

»Du wolltest ihn überraschen?«, mutmaßte sie und holte ihre Gesprächspartnerin zurück in die Gegenwart.

Tina nickte. »Ich bin im Möbelhaus gewesen und hatte ihm einen neuen kleinen Tisch fürs Wohnzimmer gekauft. Seiner ist … Na ja, du hast ihn sicherlich gesehen.« Ihre Lippen bogen sich zu einem unsicheren Lächeln nach oben.

»Als ich die Tür aufmachen wollte, hab ich einen Widerstand gespürt und sie nur mit Mühe einen Spalt aufbekommen. Ich habe meinen Kopf in den Flur geschoben, und da lag er. Gekrümmt, die Hände um den Hals gelegt, daneben die fast leere Tablettenpackung.«

Lodi hatte das Bild sofort vor Augen. Sie presste die Lippen zusammen und streichelte Tina über die Schulter. Einen Augenblick lang kam es ihr vor, als wollte sie damit sich selbst beruhigen.

»Zum Glück war der Notarzt schnell da«, erzählte Tina weiter. »Atemstillstand, ich hätte keine Minute später kommen dürfen. Sie haben ihn umgehend mitgenommen. Seitdem kämpfen sie um ihn.« Sie umschloss sich eng mit ihren Armen. »Ich soll hier warten, kannst du dir das vorstellen? Ich möchte da drin bei ihm sein und nicht hier sitzen und Däumchen drehen.«

»Sie werden ihre Gründe haben«, erwiderte Lodi. »Es ist besser, wenn Sie ungestört sind. Ich bin ja jetzt bei dir.«

Gemeinsam verfielen sie in Schweigen. Hin und wieder schluchzte Tina, schnäuzte in ein Taschentuch oder tupfte sich damit das Gesicht trocken. Sie legte den Kopf auf Lodis Schulter ab.

Lodi fiel es schwer, ihre Gedanken für sich zu behalten. Aber sie tat es, aus Respekt vor Thomas. Selbstverständlich trug Tina keine Schuld an seinem Suizidversuch, obwohl sie sich am Telefon diese zugesprochen hatte. Die Entscheidung hatte er getroffen, und somit war er allein für sie verantwortlich. Tinas zweite Aussage teilte Lodi allerdings. Wäre sie ihr vor heute begegnet, hätte sie ihr diese Meinung auch ins Gesicht gesagt: Als er sie dringender gebraucht hatte denn je, hatte sie ihn im Stich gelassen. Sie war von Bord gegangen, als das Schiff Schlagseite bekommen hatte, statt zu helfen, es wieder aufzurichten. So gesehen stellte ihr Verhalten ein Glied in der kausalen Kette von

Ereignissen dar, an deren Ende Thomas' Versuch stand, sich das Leben zu nehmen, und mit ihm dieser Raum, dieser Moment und diese Angst.

»Es wird alles wieder gut«, flüsterte Lodi. »Ich verspreche es dir.«

Dienstag, Vormittag, Krankenhaus

Sie schwiegen weiter. Mit jeder Minute fühlte Lodi sich bedrückter. Sie sah sich um, der Raum war nur etwa zehn Quadratmeter groß. Sie nahm an, dass er mit den weißen Fliesen, den gleichfarbigen Wänden und den gerahmten Mittelmeerlandschaften freundlich wirken und Hoffnung vermitteln sollte.

Aber das tat er nicht. Er versprühte eine Melancholie, die Lodi nun durch den ganzen Körper zog. Das musste mit seinem Ort und seiner Bestimmung zu tun haben, dachte sie. Wer hier saß, wartete darauf, dass jemand vom Klinikpersonal hereinkam und die schwierigste aller Nachrichten überbrachte: ob derjenige, um den die Wartenden bangten, noch lebte oder nicht. Es war ein Schicksalszimmer, ein Raum zwischen zwei zukünftigen Leben. Einem freudvollen, an der Seite des geliebten Menschen, und einem tragischen, geprägt durch einen Schicksalsschlag.

Je länger Lodi sich hier aufhielt, desto trauriger wurde sie. Sie versuchte, sich abzulenken, und betrachtete die Bilder. Sie fragte sich, wo diese aufgenommen worden waren, und versetzte sich in Gedanken an diesen Ort. In ihrer Vorstellung bestaunte sie die über dem Meer aufgehende Sonne, ließ sich von ihren

Strahlen sanft das Gesicht wärmen und lauschte dabei den im Wind raschelnden Palmenblättern.

Doch es half nichts, die dunklen Klauen packten sie immer wieder und zerrten sie zurück in diesen Raum. Mit jedem ihrer Versuche umklammerten sie sie fester. Als sei sie in Treibsand geraten, der sie tiefer und tiefer hineinzog, je stärker sie sich wehrte.

Ihr Handy vibrierte und zeigte eine Nachricht von Kathrin in der dienstlichen Chatgruppe an. Ihre Kollegin erkundigte sich, wann sie zurückkommen würde, und schrieb von wichtigen Neuigkeiten. Lodi hätte auf den Flur gehen und sie anrufen können, aber sie zog es vor, diese Gelegenheit zum Aufbruch anzunehmen. Sie verstaute das Telefon wieder in der Hosentasche und wandte sich Tina zu.

»Ich muss gehen«, sagte sie. Ihre Stimme klang so bedrückt, wie sie sich fühlte. »Ich werde im Büro erwartet.«

Tina reagierte verzögert. Mit ausdruckslosem Gesicht hob sie den Kopf von der Schulter, sah Lodi an und nickte beschwerlich. Sie hatte zu lang in diesem Raum gesessen, trotzdem musste sie bleiben und warten. Auf den Moment, den sie herbeisehnte und zugleich fürchtete.

Lodi beugte sich zu ihr hinüber und drückte sie an sich. Ein Gefühl, als umarmte sie eine leblose Puppe. Vorhin war Tina noch energiegeladen gewesen, doch das Warten in Stille und die Grübelschleifen hatten sie jegliche Kraft gekostet.

»Melde dich, sobald du etwas weißt«, bat Lodi.

Erneut nickte Tina behäbig. Ihr kam nichts mehr über die Lippen. Ihre Augen ertranken in einer Mischung aus den letzten Funken Hoffnung, einer alles verzehrenden Trauer sowie Teilchen von Wut und Verzweiflung. Mehr hatte dieser Raum nicht übrig gelassen.

Lodi plagte ein schlechtes Gewissen, während sie zurück ins Präsidium radelte. Sie nahm dieselbe Strecke wie auf dem

Hinweg. Als sie am Hörsaalzentrum der Uni vorbeikam, sah sie aus den Augenwinkeln den belebten Platz vor dem Café DesAsta, dem selbstverwalteten Café der Studierenden. Etliche von ihnen saßen in der Sonne und genossen den Beginn der vorlesungsfreien Zeit, viele von ihnen mit einer Tasse Kaffee in der Hand und einer Zigarette zwischen den Fingern. Ihre Gespräche verschmolzen zu einem Geräusch, das Lodi im Vorbeifahren an eines aus dem Wald erinnerte: Es hörte sich an wie ein Schwarm surrender Bienen.

Wenig später bog Lodi in den Grünen Weg ein. Kathrin stand vor der Durchfahrt zum Innenhof und blickte die Straße hinunter. Sie trug ein Basecap mit dem Logo der Polizeigewerkschaft. Bereits um diese Uhrzeit ließ die Sonne durchblicken, dass es im späteren Verlauf des Tages unerträglich heiß werden würde.

Lodi hielt neben ihr an und stieg ab.

»Wie geht's ihm?«, fragte Kathrin unvermittelt. Sie klang besorgt und sah auch so aus.

»Es gibt noch nichts Neues«, antwortete Lodi. »Tina ist bei ihm. Ich bin wegen deiner Nachricht zurückgekommen.« Mit dem Kinn deutete sie auf den Durchgang und fing an, das Fahrrad zu schieben. »Was ist los? Ist Krentz schon vernehmungsfähig?«

»Nein, aber Larissa Laube hat mich angerufen. Sie hörte sich sehr aufgeregt an.«

»Was wollte sie von dir?«

»Angeblich lungert seit gestern hin und wieder ein Mann in ihrer Straße herum und beobachtet das Haus.«

»Lass mich raten, seine Beschreibung passt auf Fänger?«

Kathrin nickte. »Wenn er keinen Doppelgänger hat, von dem wir bisher nichts wissen, könnte er es mit hoher Wahrscheinlichkeit sein.«

Lodi schloss das Fahrrad im Innenhof an einen Ständer, danach stellte sie sich neben ihre Kollegin und überlegte.

»Was hältst du von der Sache?«, fragte Kathrin nach einer Weile.

Lodi wiegte den Kopf hin und her. »Entweder kennt sie ihn tatsächlich nicht und hat Angst vor einem Fremden, der sie ausspioniert. Das würde jedoch bedeuten, dass wir an die These, Fänger würde mit der AFF unter einer Decke stecken, einen Haken machen können. Oder wir haben mit ihr genau ins Schwarze getroffen, dann will Larissa ihn womöglich aus irgendeinem Grund aus dem Weg schaffen, indem sie ihn uns ans Messer liefert.«

Kathrin brummte zustimmend. »Das waren auch meine Gedanken.« Sie zeigte auf einen in der prallen Sonne funkelnden Dienstwagen. »Aber das werden wir nur erfahren, wenn wir ihr einen Besuch abstatten.«

Lodi seufzte. Ihre Kollegin hatte recht, aber bei dem Gedanken, ein weiteres Mal nach Witzenhausen zu fahren, zogen wieder dunkle Wolken an ihrem Stimmungshimmel auf.

»Na los, bringen wir es hinter uns«, sagte sie. »Vielleicht kriegen wir ja bei dieser Sachlage etwas mehr aus ihr heraus …«

* * *

Als sie ankamen, war niemand zu sehen. Wie bei ihrem letzten Besuch lag Stille über dem Viertel. Sie parkten an der gegenüberliegenden Straßenseite und gingen zum Haus hinüber. Auf der Hälfte des Weges klingelte Lodis Handy.

»Hannes, was gibt's?«

»Hey, ihr zwei. Wo seid ihr?«

»Wir nehmen uns noch mal Larissa Laube zur Brust. Was kann ich für dich tun?«

»Der Jagdunfall. Ich hatte mich doch bereit erklärt, dem Ganzen nachzugehen …«

Hannes schien auf Lodis Zustimmung zu warten, um weiterzusprechen.

»Ich erinnere mich«, sagte sie. »Ich bin wegen der Formulierung des Briefes draufgekommen. Hast du etwas herausgefunden?«

»Nun, laut POLAS stimmt es, die Ermittlungen gegen Fänger wurden eingestellt. Ich habe mir die Akte allerdings noch mal von vorne bis hinten genau angeschaut.«

Wieder eine Pause.

»Okaaaayyy«, sagte Lodi. Allmählich nervte es sie, dass sie ihrem Kollegen anscheinend alles aus der Nase ziehen musste. »Und bist du dabei auf etwas gestoßen?«

»Das bin ich tatsächlich. In der Akte wird auf die Aussage von zwei Kindern verwiesen. Sie wollen Fänger damals dabei beobachtet haben, dass er die Warnschilder erst nach dem Schuss aufgestellt hat.«

Lodi blieb stehen und blinzelte irritiert. Mit so etwas hatte sie nicht gerechnet. Es klang zwar nicht direkt nach einer Spur, aber ganz bestimmt nach einem Punkt, bei dem sie nachfassen sollten. War sie etwa zu Recht beim Vorlesen des Briefes über den Jagdunfall gestolpert? Aber wie passte das mit ihren Beweisen zur Tatbeteiligung von Jacob Krentz und Karsten Fänger zusammen? Darauf konnte Lodi sich keinen Reim machen. Kathrin lief weiter und bemerkte erst ein paar Meter später, dass sie allein weiter Richtung Haus gegangen war.

»Leider haben sich die Kinder bei ihren Aussagen in Widersprüche verstrickt«, setzte Hannes fort. »Man hat ihnen deshalb keine Glaubwürdigkeit beigemessen.«

»Stehen die Namen in der Akte? Die beiden müssten ja inzwischen Erwachsene sein.«

»Ja, sie sind vermerkt. Ich habe sie mir auch bereits notiert.«

»Sehr gut, Hannes. Bleib am Ball, okay?«

»Alles klar. Ich werde gleich versuchen, sie zu erreichen …«

Lodi bedankte sich und legte auf.

»Neues von unserem Hitzkopf?«, fragte Kathrin.

»Kann man wohl sagen«, antwortete Lodi. Immer noch etwas perplex, steckte sie ihr Handy weg und fasste das Gespräch für ihre Kollegin zusammen.

Kathrin machte große Augen. »Das ist ja …«

Sie war genauso überrascht wie Lodi.

Wenig später hatten Lodi und Kathrin die Neuigkeiten verdaut und gingen wieder weiter zur Haustür.

Plötzlich schwang diese auf und Larissa Laube stand vor ihnen. Im Vergleich zu neulich sah sie nur leicht verändert aus: Sie trug wieder eine Haremshose und darüber ein Tanktop, allerdings hingen ihre Dreadlocks heute offen herunter. Den größten Unterschied erkannte Lodi jedoch im Gesicht, denn als sie zum ersten Mal mit ihr gesprochen hatten, hatte sie zuerst unsicher und später selbstbewusst gewirkt. Jetzt war da bloß Angst.

»Guten Tag«, sagte Lodi, »so sieht man sich wieder. Dienstausweise sind diesmal nicht nötig, nehme ich an.«

Während sich Kathrin wegen dieser Anspielung ein Schmunzeln nicht verkneifen konnte, erwiderte die junge Frau nichts. Mit verstörtem Blick sah sie zwischen ihnen hindurch zur Straße. Erst allmählich entspannte sich ihr Gesichtsausdruck ein wenig.

»Danke, dass Sie da sind«, sagte sie schließlich mit gepresster Stimme. »Bitte, kommen Sie doch rein.«

So schnell wendete sich das Blatt manchmal, lag Lodi ein weiterer Spruch auf den Lippen. Sie verkniff ihn sich und folgte ihrer Kollegin nach drinnen. Larissa schloss die Tür hinter ihnen und drehte den Schlüssel bis zum Anschlag um. Bevor sie sich ihnen zuwandte, schob sie die Gardine an dem bodentiefen Flurfenster ein Stück zur Seite und lugte einige Sekunden lang nach draußen.

»Gehen wir doch auf die Terrasse«, schlug sie vor. »Tee, Wasser, Kaffee? Ich habe auch noch Kuchen da.«

»Machen Sie sich unseretwegen keine Umstände«, antwortete Lodi. »Wir haben nicht vor, lang zu bleiben.«

Sie setzten sich an einen Tisch unter eine Markise. Obwohl Lodi und Kathrin ihr Getränkeangebot abgelehnt hatten, sprang Larissa noch einmal kurz auf und kam mit zwei Flaschen stillem Wasser und drei Gläsern zurück. Schwer atmend ließ sie sich in den Stuhl sinken und goss ihren Gästen und sich ein. Sie kippte ihr Glas in einem Zug herunter, schenkte sich direkt nach und fischte dann eine Plastiktüte mit Tabak, Filtern und Blättchen aus ihrer Haremshose.

Lodi zeigte mit einem Kopfnicken darauf. »Das gesunde Rauchen, was?«

Larissa zog die Augenbrauen zusammen. Sie klebte sich einen Filter zwischen die Lippen, klemmte ein Blättchen zwischen ihre Finger und legte Tabak hinein.

»Bei uns im Vorderen Westen sehe ich viele junge Menschen, die diese Marke rauchen«, erklärte Lodi. »Die wirbt doch damit, dass sie ihren amerikanischen Virginia-Tabak nicht nur unter natürlichen Bedingungen anbauen, sondern ihm auch keine Zusatzstoffe hinzufügen.«

»Das klingt beinahe so, als hätte man hinterher ein paar Lungenbläschen mehr«, sagte Kathrin und schmunzelte über ihren eigenen Witz.

Larissa zuckte mit den Schultern. Mit wenigen geübten Handgriffen hatte sie den Glimmstängel fertig gedreht. Sie steckte ihn an und nahm einen kräftigen Zug.

»Mir schmeckt er.« Sie blies den Rauch zur Seite raus. »Und es beruhigt meine Nerven. Das kann ich gerade gut gebrauchen.«

Lodi kramte ihr Handy heraus und legte es auf den Tisch. »Wir würden unser Gespräch gern aufzeichnen.«

»Von mir aus.«

Sie öffnete die Rekorder-App und startete die Aufnahme.

»Frau Laube, Sie haben meiner Kollegin am Telefon erzählt, dass sich ein Mann vor ihrem Haus herumgetrieben habe. Bitte klären Sie auch mich noch einmal auf: Wann und wie haben Sie ihn bemerkt?«

»Zum ersten Mal ist er mir aufgefallen, kurz nachdem Sie gefahren sind. Ich habe noch eine Weile an der Tür gestanden und Ihnen hinterhergesehen. Wenig später ist er aufgetaucht. Am Anfang habe ich mir nichts dabei gedacht, aber dann hat er sich merkwürdig verhalten.«

»Können Sie das bitte erläutern?«

»Er hat sich gegen sein Auto gelehnt und eine gefühlte Ewigkeit auf das Haus gestarrt. Irgendwann ist er dann mir nichts, dir nichts wieder losgefahren und circa eineinhalb Stunden später erneut aufgetaucht. Dasselbe Spiel hat sich mehrmals wiederholt, auch in der Nacht.« Larissa zog an ihrer Zigarette, danach nestelte sie mit ihren Fingern. »Versuchen Sie mal zu schlafen, wenn sich ein Stalker vor Ihrer Wohnung herumtreibt. Ich habe kein Auge zugemacht.«

»Können Sie den Mann beschreiben?«

Sie zog einen Aschenbecher heran und aschte ab. »Er sah ganz gewöhnlich aus. Durchschnittlich groß, mittellange, lockige Haare. Wenn er sich nicht so seltsam verhalten hätte, wäre er mir jedenfalls nicht aufgefallen.«

»Auf welches Alter schätzen Sie ihn?«

»Darin bin ich leider ganz schlecht. Anfang bis Mitte vierzig, würde ich sagen, aber damit könnte ich auch total danebenliegen. Ich habe ihn ja außerdem nur aus der Ferne gesehen.«

»Was hat er angehabt?«

»Aus der Entfernung sah es aus wie ein Leinenhemd. Und so spießige Kakishorts.«

Die Blicke der Kommissarinnen trafen sich flüchtig. Bisher passte die Beschreibung auf Fänger.

»Ihnen ist also nichts Besonderes an ihm aufgefallen?«, fragte Lodi weiter.

»Außer seinem psychotischen Blick, meinen Sie?«

»Vielleicht ein Kleidungsstück, ein Accessoire, irgendetwas?«

Larissa verzog den Mund und schüttelte bedächtig den Kopf.

Plötzlich stoppte sie und hob einen Finger.

»Doch, da war was. Er hat sich seine Sonnenbrille in den Ausschnitt geklemmt.« Sie machte ein angewidertes Gesicht. »Ich finde Männer, die so etwas tun, total abstoßend. Das sieht so nach Macho aus.«

Lodi kam ihre erste Begegnung mit Fänger in den Sinn. Als sie vor dem Haus seines Vaters aufeinandergetroffen waren, hatte er genauso ausgesehen. Auch auf sie hatte er mit seinem Gehabe nicht gerade anziehend gewirkt.

»Haben Sie möglicherweise die Automarke und das Modell erkannt?«

»Sehe ich aus, als würde ich mich für solche Dinge interessieren?«

»Farbe, Typ?«

»Ein roter Mittelklassewagen. Selbst für mich sah es nach einem älteren Modell aus, und das will schon was heißen.«

Für Lodi waren das genügend Parallelen. Kathrins Gesichtsausdruck zufolge teilte sie diese Einschätzung. Bei dem Mann handelte es sich sehr wahrscheinlich um Karsten Fänger. Larissa hatte ihn vorher nie gesehen, das schloss Lodi aus der Mimik, mit der sie von ihm berichtete – was für ihre These sprach, dass Fänger über die stillen Wächter auf die AFF und auf diesem Weg auf Larissa Laube gestoßen sein musste.

Kathrin räusperte sich und fragte: »Sie haben gesagt, er sei auch in der Nacht mehrmals aufgetaucht. Wie sieht es seitdem aus?«

Larissa saugte den letzten Rest aus ihrem Glimmstängel und drückte ihn anschließend in dem Aschenbecher aus. »Heute Morgen habe ich ihn bisher erst einmal gesehen, gegen halb zehn war das. Danach habe ich Sie sofort angerufen.« Sie schaute auf ihre Uhr. »Wenn er seinem Zeitplan treu bleibt, müsste er demnächst wieder vorfahren.« Es schien klick bei ihr zu machen. »He, warum bleiben Sie nicht noch ein bisschen? Dann können Sie sich vergewissern, dass ich mir diese Scheiße nicht einbilde.«

»Das wäre eine Möglichkeit«, erwiderte Lodi. Eine Antwort, die alles und nichts aussagte.

Larissa blinzelte verwirrt. Sie schwieg eine Weile, bis sie eine drehende Handgeste machte. »Kommt da noch mehr, oder war's das schon?«

»Das liegt an Ihnen«, warf Kathrin ein.

Wieder eine kurze Pause.

»Sie beide mögen es gern kryptisch, was?«

»Wir halten viel von der Regel, dass eine Hand die andere wäscht«, erklärte Lodi.

Larissa sah sie mit einem eindeutigen Blick an, sie hatte verstanden.

»Fangen wir doch niedrigschwellig an«, schlug Kathrin vor. »Zum Beispiel damit, wer sich bei unserem ersten Besuch in Ihrem Bad versteckt hat?«

Die junge Frau schluckte und verzog das Gesicht. Sie kratzte sich am Hinterkopf. »Sein Name ist Ben. Er … er ist …«

»Ben weiter?«

»Benjamin Apel. Ben ist sein Spitzname.«

»Warum war er bei Ihnen, und wieso hat er sich im Bad verkrochen?«

»Nun, er … er …«

»Gehört er auch zur AFF?«

Larissa schüttelte den Kopf. »Er ist ein Freund von mir. Wir kennen uns noch aus der Schule.« Sie biss sich auf die Unterlippe. Röte kroch ihren Hals hoch und erfüllte ihr Gesicht.

Lodi blinzelte. »Mit Freund meinen Sie …?«

Ihr Gegenüber nickte.

»Ich nehme an, Elias ist über diese Freundschaft noch nicht im Bilde?«

Larissa griff nach ihrem Wasserglas und trank einen großen Schluck. »Ich wollte es ihm schon die ganze Zeit sagen, aber … der richtige Zeitpunkt hat sich noch nicht ergeben.«

»Wohingegen jetzt der richtige wäre, Ihr Wissen über die AFF mit uns zu teilen. Dann können wir über vieles reden …«

Dienstag, Vormittag, Witzenhausen

Larissas Nachbarn, die über ihr wohnten, waren verreist und hatten ihr den Schlüssel dagelassen, um Blumen zu gießen und die Post reinzulegen. Sie war der Meinung, dass die beiden nichts dagegen haben würden, wenn sie sich dort zu dritt auf die Lauer legten. Im Wohnzimmer gebe es eine lange Glasfront, durch die sie das Viertel einsehen könnten. Zur Sicherheit parkte Kathrin ihren Dienstwagen um, damit Fänger – insofern er denn auftauchte – nicht misstrauisch wurde.

Nun lagen die drei Frauen seit geschlagenen dreißig Minuten vor ebendieser Glasfront und beobachteten die Straße. Seitdem hatte sich nichts getan. Larissa erwähnte, dass normalerweise mehr los sei und derzeit alle im Urlaub seien. Sie schaute nach draußen und kaute auf ihren Fingernägeln.

Der Mann, der ihr Haus belagert hatte, schien ihr gehörige Angst einzujagen. Anfangs hatte sie noch versucht, sich aus der Affäre zu ziehen. »Die Polizei, dein Freund und Helfer ...« Doch Lodi und Kathrin waren nicht auf die Anspielung eingegangen. Es hatte nur einer weiteren längeren Schweigephase und kritischer Blicke bedurft, dann war sie eingeknickt. Dass es sich bei dem Mann womöglich um den Sohn des Mordopfers aus dem Kaufunger Wald handelte, behielten die beiden für sich.

Larissa schwor, dass sie nichts über den Mord wisse. Vor ein paar Monaten habe sie sich der AFF angeschlossen, weil Elias ihr permanent in den Ohren gelegen habe. Sie gehe mit den Zielen der Gruppe voll und ganz konform. An Aktionen habe sie zwar nicht teilgenommen, sei aber in deren Planung involviert gewesen. Ihr Engagement beschränke sich auf die Teilnahme an den regelmäßigen Sitzungen. Diese hätten nicht in den viel zu kleinen Gartenhäuschen stattgefunden, wie Lodi und Kathrin vermutet hatten, sondern wechselweise bei den Mitgliedern zu Hause.

Laut Larissa lehne die AFF Hierarchien aus Überzeugung ab. Jacob habe sich trotzdem zu einer Art Anführer hochgearbeitet. Er sei in vielerlei Hinsicht der Extremste von allen, auf den jeder höre. Soweit sie wusste, lebe er seit seinem Wegzug aus Kassel in dem Häuschen auf der Kleingartenanlage. Eines der Mitglieder, das inzwischen nach Göttingen gezogen sei, habe es von seinen Eltern geerbt und ihm zur Verfügung gestellt. Auf Nachfrage diktierte sie den Kommissarinnen seine Telefonnummer.

Jacob sei ein schwieriger Mensch, berichtete Larissa weiter, radikaler im Denken, Reden und Handeln als alle anderen. Das sei ihr von Anfang an aufgefallen. Elias und sie hätten sich mehrmals seinetwegen in die Haare bekommen, denn ihr Freund himmle ihn an und eifere ihm nach. Deswegen hätten sie sich zuletzt spürbar auseinandergelebt. So schwer es ihr fiel, schloss sie nicht aus, dass Jacob und Elias zu zweit eigene Wege gegangen sein könnten, von denen der Rest der Gruppe nichts wisse.

Bei dieser Aussage erinnerte Lodi sich an die Fingerabdrücke auf dem Messer, die das LKA niemandem hatte zuordnen können. Gehörten sie zu Elias? War er der dritte Tatverdächtige? Sie brauchte DNA-Material für den Abgleich. Auf ihre

Bitte versprach Larissa, ihnen später die Zahnbürste ihres Lebensgefährten mitzugeben.

Sie war nun nicht mehr zu bremsen. Sie wisse von den Briefen und auch von den Drohungen, aber die seien selbstverständlich nie ernst gemeint gewesen. Auf Kathrins Frage, ob Helmut Fänger für sie ein Mörder sei, überlegte Larissa einen Moment. Dann stimmte sie zu. Sie mache keinen moralischen Unterschied zwischen den Lebewesen. In ihren Augen beging jemand, der Tiere erlegte, dasselbe Verbrechen wie eine Person, die auf Menschen schoss. Für sie sei Fänger ein Massenmörder, der seine grauenvollen Taten hinter dem Wort »Jäger« versteckt hatte.

Als Lodi etwas erwidern wollte, nahm sie plötzlich ein Auto wahr. Sie bedeutete den beiden anderen, ab sofort zu schweigen und sich auf den Bauch zu legen. Gespannt spähten die drei Frauen nach draußen.

Es war Fängers Seat, das Kennzeichen bewies es. Durch die Frontscheibe war der Fahrer zwar nicht zu erkennen, aber Lodi zweifelte nicht daran, dass es ihr Verdächtiger war. Er steuerte den Wagen im Schneckentempo auf das Haus zu und parkte gegenüber auf der anderen Straßenseite.

Eine Weile geschah nichts. Lodi, Kathrin und Larissa lagen wort- und reglos vor der Glasfront. Ob man sie von unten sehen konnte? Oder war Fänger doch auf ihren Dienstwagen gestoßen, hatte ihn wiedererkannt, war misstrauisch geworden und blieb deswegen sitzen?

Die Antwort folgte kurze Zeit später. Die Fahrertür schwang auf, Fänger stieg aus. Er sah aus wie in Larissas Beschreibung, mit kakifarbenen Shorts, einem cremeweißen Leinenhemd, Slippern sowie einer Sonnenbrille im Ausschnitt. Er tat dasselbe, was er ihrer Aussage zufolge die Male davor ebenfalls getan hatte, indem er sich mit verschränkten Armen gegen sein Auto lehnte und zum Haus herübersah. Lodi konnte nachvollziehen, warum

Larissa seinetwegen nervös war: Er strahlte Gefahr aus. Er war einfach nur da und bewegte sich nicht, aber genau das machte die Situation beängstigend. Seine starre Haltung wirkte wie eine stumme Drohung.

Weitere Minuten verstrichen ereignislos.

Larissa verlor die Geduld. Sie wandte sich Lodi zu, die in der Mitte lag, und rückte dicht an ihr Ohr.

»Was tun wir jetzt?«, flüsterte sie. »Wollen Sie nur hier liegen und warten, wer den ersten Fehler macht?«

Lodi drehte sich nicht zu ihr um, denn das menschliche Auge nahm vor allem Bewegungen wahr.

»Wir hätten ihn auf jeden Fall nicht begehen sollen«, antwortete sie ebenso flüsternd. »Bleiben Sie verdammt noch mal, wo Sie sind, sonst kann er Sie womöglich sehen.«

»Ich habe eine Idee«, klinkte Kathrin sich ein. Auch sie blieb starr auf dem Bauch liegen. »Frau Laube sollte aufstehen und herumlaufen. Das lenkt Fänger ab. Wir robben uns aus dem Raum in den Flur.«

Lodi verstand den Plan ihrer Kollegin sofort. Sie wollte sich rausschleichen und sich an ihren Verdächtigen in dessen Rücken heranpirschen.

»Wir gehen über die Terrasse«, flüsterte Kathrin weiter. »Ab durch die Hecke, einmal ums Karree, dann nähern wir uns ihm von hinten und nehmen ihn in die Zange.«

»Ein Kinderspiel«, kommentierte Lodi ironisch.

Mit einem Mal erinnerte sie sich an die Nacht am Edersee. Sie war nun ein halbes Jahr her, doch mit ihr hatte alles angefangen. Thomas und sie hatten am Waldrand im Gras gelegen und die Hütte beobachtet, in der Martin Werkmann sich verschanzt hatte. Damals hatte Lodi ein ähnlich mulmiges Gefühl beschlichen wie jetzt, als hätte sie geahnt, dass die Lage eskalieren würde. Sollte sie ihre Empfindungen ernst nehmen? Verhießen sie, dass Kathrins Plan genauso fatale Folgen haben würde? Oder waren sie lediglich Hirngespinste, das Produkt ihrer Angst? Dr. Klein hatte sie gewarnt, dass ihr Verstand verrücktspielen könnte, sollte ihr etwas Ähnliches widerfahren wie damals.

Diese Situation war mit jener in der Nacht nicht vergleichbar, redete Lodi sich ein. Es war helllichter Tag, mitten in der Stadt und Fänger außerdem im Gegensatz zu Werkmann höchstwahrscheinlich nicht bewaffnet. Kathrin hatte recht, er durfte ihnen nicht entwischen. Lodi klangen schon die Worte des Polizeipräsidenten im Ohr: die gewaltsame Begegnung mit Krentz habe sie so mitgenommen, dass sie nun bis auf Weiteres nicht mehr dienstfähig sei. Dann hätte er gewonnen. Das wäre der Anlass, der es ihm erlauben würde, sie begründet von dem Fall abzuziehen.

Deshalb wandte Lodi sich langsam ihrer Kollegin zu ... und nickte.

* * *

»Worauf wartest du?«, flüsterte Kathrin. Sie standen vor dem Gartentor, dahinter lag weites Ackerland. »Wir müssen uns beeilen. Wer weiß, wie lange Fänger sich von Larissas Show noch beeindrucken lässt. Womöglich riecht er irgendwann den Braten und haut ab.«

Lodi brummte zustimmend. Während ihre Kollegin voranging, bewegte sie sich kurzzeitig wie in Trance. Die Erinnerung an die schicksalhafte Nacht im vergangenen November hatte Beklemmung und Angst in ihr hervorgerufen. Sie fühlte sich ein wenig wie weggetreten, als würde zwischen ihr und der Welt ein Filter liegen. Kalter Schweiß bedeckte ihre Stirn. Sie war wackelig auf den Beinen, ihr Atem ging flach und rasselte leicht.

Sie musste sich beruhigen, ermutigte Lodi sich in Gedanken. Alles geschah bloß in ihrem Kopf. Nichts davon war real, sie brauchte nur zu warten, bis es vorüberging.

Sie folgte ihrer Kollegin ums Haus herum. Zusammen sanken sie am Ende der Hecke, die das Grundstück umgab, in die Hocke. Kathrin deutete mit dem Kinn zu Fänger hinüber, der nur etwa zwanzig Meter von ihnen entfernt weiterhin gegen sein Auto lehnte. Er schien konzentriert die Glasfront zu beobachten. Wenn sie hier die Straße überquerten, würden sie schätzungsweise in sein Sichtfeld fallen.

Kathrin zeigte nach links, auf das Ende der Sackgasse. »Wir sollten dahin gehen«, flüsterte sie. »Dort hinten sieht er uns garantiert nicht.«

Lodi nickte erneut.

Ihre Kollegin zögerte nicht und ging voran. Eine Baumreihe entlang des Bürgersteigs bot ihnen Sichtschutz. Sie schlichen weiter, bis sie kurz darauf die Sackgasse erreicht hatten. Ein schmaler Weg führte von hier zur Parallelstraße. An seinem Ende würden sie in Fängers Rücken stehen. Nah genug, um zuzuschlagen.

Kathrin stoppte erneut. Sie hob die Hand, zählte stumm mit den Fingern von drei herunter. Dann huschte sie voran auf die gegenüberliegende Seite. Kontrollblick. Fänger hatte sie nicht bemerkt, er ließ Larissa nicht aus den Augen.

Was er sich wohl dabei dachte, fragte sich Lodi. Mit dem illegalen Schürfen von Bitcoins hatte er seine computertechnischen Fertigkeiten unter Beweis gestellt; wahrscheinlich war es für ihn keine große Herausforderung gewesen, herauszufinden, was und vor allem wer sich hinter den stillen Wächtern verbarg. Die erste Anlaufstelle waren wahrscheinlich die Foren gewesen, danach hatte er vermutlich diverse Privatrechner angezapft und war so auf die Spur von Elias Lichtenberg und Larissa Laube in

Witzenhausen gestoßen. Eine andere Erklärung fiel Lodi nicht ein.

Kathrins Zischen holte sie zurück in die Sackgasse. Sie gab ihr ein Zeichen, sich zu gedulden. Einen Augenblick lang beschattete sie Fänger noch. Als sie sich sicher fühlte, huschte auch sie auf die andere Straßenseite. Wieder ein flüchtiger Blick zu dem Haus hinüber. Alles beim Alten. Ihr Plan schien bisher aufzugehen. Mit einem Nicken gab Kathrin das Signal zum Weitergehen.

Ein kurzes Stück blieben sie weiter in der Hocke. Dann, im Schutz der Häuser, standen sie auf, eilten bis zum letzten Grundstück in der Reihe und linsten um die Ecke.

Er war immer noch da. Durch die Gebäude und die dazugehörigen Gärten waren sie auf dem Zwischenstück vor seinen Blicken geschützt gewesen, doch dabei hatten sie Fänger ebenfalls für einen Moment aus den Augen verloren. Es wäre ihm ausreichend Zeit geblieben, die Straßenseite zu wechseln oder in sein Auto zu steigen und loszufahren. In beiden Fällen hätte er sich der Festnahme entzogen. Aber Lodi und Kathrin hatten Glück gehabt, er hatte sich kein Stück bewegt.

In der Hocke schlichen sie weiter an der Hauswand entlang. Noch langsamer als davor, indem sie zwischen den Schritten Pausen einlegten und sich zwischendrin vergewisserten, dass ihr Verdächtiger sie nicht bemerkte. Kurz darauf waren sie am Ende des Grundstücks angekommen. Fänger stand nur wenige Meter von ihnen entfernt. Einzig Bürgersteig und Auto trennten sie voneinander.

Das war der kritische Moment. Näher würden sie nicht an ihn herankommen. Sie mussten aufstehen, sich zu erkennen geben … und hoffen, dass Fänger nicht die Nerven verlor. Kathrin gab Lodi ein Zeichen, noch kurz unten zu bleiben. In Zeitlupe drückte sie sich hoch und schielte durch das offene Verdeck in den Wagen hinein.

Plötzlich zuckte sie. Hastig ging sie wieder in die Knie. Lodi las es an ihren Lippen ab: W-A-F-F-E und R-Ü-C-K-S-I-T-Z.

Verflucht, dachte sie, Fänger musste sich eines der Gewehre aus dem Schrank seines verstorbenen Vaters unter den Nagel gerissen haben, denn laut Einwohnermeldeamt besaß er selbst keinen Waffenschein. War das sein Plan gewesen? Wollte er Larissa und Elias nicht nur Angst einjagen, sondern sie tatsächlich bedrohen? Sie sogar töten?

Instinktiv griffen sie an ihre Gürtelholster. Sie zogen so leise wie möglich ihre Dienstpistolen. »Ich rechts, du links?«, fragte Kathrin tonlos. Lodi nickte. Polizeitaktik: dem Gegenüber niemals nur ein Ziel bieten. Sie würden Fänger von zwei Seiten einkeilen. Jeder vernünftige Mensch würde einsehen, dass er chancenlos war, und sich widerstandslos verhaften lassen. Aber Lodi war lange genug im Geschäft, bei einigen brannten in solchen Situationen die Sicherungen durch. Sie hoffte, dass Fänger nicht auf dumme Gedanken kam.

Dann zählte Kathrin wieder mit der freien Hand herunter. Drei, zwei, eins …

Gleichzeitig sprangen sie auf.

»Polizei! Bleiben Sie, wo Sie sind!«, brüllten sie ihm entgegen.

Fänger schoss herum. Vor Schock trat er zwei Schritte von seinem Auto weg, sodass die Waffe außerhalb seiner Reichweite war. Trotzdem schielte er auf sie, und Lodi sah es in seinen Augen aufflackern: Ihm jagte der Gedanke durch den Kopf, auf die Rückbank zu springen und sich das Gewehr zu schnappen.

»Herr Fänger, machen Sie keinen Scheiß!«, fuhr sie ihn lautstark an. »Legen Sie die Hände hinter den Kopf!«

Er sah sie an. Lodi hatte ihn im Visier. Bei der kleinsten Regung würde sie abdrücken. Genauso Kathrin, sie stand am Heck, breitbeinig, mit durchgestreckten Armen, Kimme und Korn nach vorn auf ihren Verdächtigen ausgerichtet, zum

Handeln bereit. Zögerlich nahm Fänger die Hände hoch. Er schien sich zu ergeben.

Schlagartig zuckten nun Bilder durch Lodis Verstand. Die von der Nacht umschlossene Hütte am Edersee. Der dunkle Wald in ihrem Rücken. Thomas, stotternd, zitternd, voller Blut. Werkmann, zu ihren Füßen liegend, während aus seinen Augen allmählich das Leben entglitt. Die Schnipsel ihrer Erinnerung vermengten sich, sie folgten wahllos aufeinander wie ein Film. Er entzog sich ihrer Kontrolle, rauschte wie ein rasant geschnittener Actionstreifen vorbei.

Das hatte Lodi schon einmal erlebt, vor einem halben Jahr, im Wald, im Anblick von Sonja Werkmanns Leiche. Damals war ihr schlecht geworden, sie hatte austreten und sich hinter einem Baum übergeben müssen. Auch jetzt spürte sie Übelkeit in sich aufsteigen. Lodi musste sich der Wahrheit stellen: Die kurze Geiselnahme durch Krentz lastete stärker auf ihr als gedacht.

Diese Gedanken lenkten sie ab. Fänger hingegen ließ pfeilschnell seine Hände fallen, er griff an seinen unteren Rücken und zog ein Messer hervor. Die Klinge blitzte in der Sonne und blendete Lodi. Sie kniff die Augen zusammen.

In dieser Sekunde fiel der Schuss. Er durchschnitt die Bilder, die sich ohne ihr Zutun in ihrem Kopf abgespielt hatten. Sie endeten abrupt und zerflossen in einem schwarzen, alles erschöpfenden Schleier. Mit einem Knall wurde Lodi in die Gegenwart katapultiert.

Sie riss die Augen auf. Vor ihr kauerte der getroffene Fänger hinter seinem Seat, er schrie vor Schmerzen. Das Projektil hatte ihn an der Schulter erwischt. Neben ihm lag das Messer. Normalerweise hätte Lodi es sofort an sich nehmen müssen, doch sie fühlte sich wie gelähmt.

Im Gegensatz zu ihr handelte Kathrin gedankenschnell. Sie steckte ihre Pistole ins Holster, hastete zu Fänger hinüber und kickte beherzt das Messer beiseite. Kniete sich hin, tastete seinen

Puls, presste schließlich beide Hände auf die Wunde, aus der Blut blubberte.

»Schnell, wir brauchen einen RTW!«, rief sie. Dann sprach sie Fänger an, er solle wach bleiben, Hilfe sei unterwegs, er würde es überleben, es sei ein glatter Durchschuss.

Doch Lodi war blockiert. Wie erstarrt stand sie neben der Motorhaube, die Beine mehr als schulterbreit auseinandergestellt, die Arme durchgestreckt.

An deren Ende die Reste des sich auflösenden Schmauchs.

Dienstag, früher Abend, Kassel

»Und ich dachte immer, dass ich einen aufregenden Beruf hätte«, sagte Dr. Klein und zwinkerte. »Aber Ihrer stellt meinen fraglos in den Schatten.«

Natürlich hatte Lodi ihren Therapeuten schon einmal lächeln gesehen, doch an diesem Abend kam er ihr so gelöst vor wie selten. Seine ruhige Art war ihr von Anfang an sympathisch gewesen, und trotzdem hatte er mit seinen akkurat sitzenden Anzügen und seiner affektierten, akademischen Sprache häufig gehemmt auf sie gewirkt. Zählte seine entspannte Stimmung etwa zu den positiven Nachwirkungen seines Urlaubs an der südfranzösischen Mittelmeerküste? Oder hatte sie einen anderen Grund? Hatte der Geruch nach Anis, der ihn umgab, etwas damit zu tun? Pastis stammte aus Frankreich und wurde aus Anis hergestellt, fiel Lodi ein.

Sie versuchte, ebenfalls zu lächeln. Es gelang ihr allerdings nur, gequält die Lippen zu kräuseln. Mehr war nach den vergangenen, ereignisreichen Stunden nicht drin. Sie fühlte sich leer. Als hätte jemand sämtliche Energie aus ihr herausgelassen, wie die Luft aus einem Ballon.

»Sie haben recht«, sagte Lodi. »Ich liebe meinen Beruf. Aber wie ich nach der Schießerei am Edersee schon gesagt habe, könnte er manchmal gern etwas langweiliger sein.«

Dr. Klein verstand den Subtext und für einen Moment wirkte er beschämt. Er machte wieder sein professionell freundliches Gesicht, richtete sich auf und zupfte seine Fliege zurecht, die verrutscht war. Er überschlug die Beine, verschränkte die Hände und legte sie auf dem Knie ab.

»Es tut mir leid, Frau Lenke. Das war ein unpassender Scherz von mir. Es soll nicht wieder vorkommen.«

»Nein, machen Sie sich keine Sorgen. Ich bin eine starke Frau, ich verkrafte ihn.«

Er nickte und schürzte die Lippen.

»Danke, dass Sie so schnell Zeit für mich hatten. Das ist nicht selbstverständlich. Ich bin sehr froh, dass ich auf Sie zählen kann.«

Wieder ein wortloses Nicken.

»Sie sprachen am Telefon davon, dass diesmal Sie Ihre Dienstwaffe einsetzen mussten. Bitte erzählen Sie mir alles von Anfang an.«

Lodi seufzte und holte tief Luft. Sie kannte den Ablauf der Therapiesitzungen, deshalb ahnte sie, dass es nun möglicherweise unangenehm für sie werden würde. Das Erlebte einer dritten Person wiederzugeben, konnte anstrengend und heilsam zugleich sein.

Sie setzte Dr. Klein ins Bild, behielt aber viele Details über den Fall für sich. Sie berichtete ihm von der Suche nach Krentz, der wenige Minuten andauernden Geiselnahme, der Verfolgungsjagd in der Kleingartenanlage und der gelungenen Festnahme. Davon, wie Kathrin und sie in Larissas Haus auf ihn gelauert hatten, und schließlich, wie es zu dem Schuss gekommen war.

»Wie hat sich der Moment für Sie angefühlt?«, fragte Dr. Klein. »Es war das erste Mal, dass Sie Ihre Dienstwaffe einsetzen mussten, richtig?«

Lodi nickte. Sie bekam Atemnot und ihr wurde warm. »Entschulden Sie bitte, ich …« Sie löste den oberen Knopf ihrer oversized Bluse. Ging das Spiel nun etwa von vorne los?

Doch zum Glück beruhigte sie sich schnell wieder. Das Zittern und das Kribbeln an den Beinen, womit sich ihre Panikattacken angekündigt hatten, blieb aus.

»Es … es ist einfach passiert«, krächzte sie. Sie räusperte sich, trank einen Schluck aus dem Wasserglas und versuchte weiterzusprechen. Es fiel ihr schwer, denn jedes Wort kostete sie Kraft. Sie musste sich konzentrieren. »Als hätte ich gar nicht selbst abgedrückt, sondern wäre nur Zuschauerin gewesen. Natürlich weiß ich, dass ich es gewesen bin, aber … Ich kann mich an keine bewusste Entscheidung erinnern.«

»Das ist nicht ungewöhnlich. In meiner Laufbahn habe ich einige Polizistinnen und Polizisten behandelt, die auf andere schießen mussten, nicht selten mit tödlichem Ausgang. Viele von ihnen haben es ähnlich beschrieben wie Sie.«

»Womit hängt das zusammen?«

»Nun, ich verrate Ihnen sicherlich kein Geheimnis, wenn ich sage, dass solche Situationen eine hohe psychische Belastung darstellen. Diese können fraglos eine Veränderung unserer gewohnten Wahrnehmungsprozesse zur Folge haben. Bei manchen Menschen spielt sich gefühlt alles in Zeitlupe ab, bei anderen wiederum, wie Ihnen zum Beispiel, kommt es zu einem empfundenen Kontrollverlust. Sie standen in diesem Augenblick enorm unter Stress, Frau Lenke. Ihr Verstand hat einen Weg gesucht, damit umzugehen.«

Lodi nahm einen weiteren Schluck und wischte sich über den Mund. »Was da heute passiert ist, besorgt mich.«

»Das braucht es nicht. Ehrlich gesagt ist es erstaunlich, dass Sie bereits so kurz danach hier sitzen. Das spricht für Ihre Resilienz. Es sei denn, da ist noch etwas anderes?« Er runzelte die Stirn.

Lodi wandte den Blick ab und sah zur Zimmerdecke. Ihr Therapeut hatte erneut gespürt, dass sie eine weitere Sache bedrückte. Es faszinierte sie, dass er aus ihr zu lesen schien wie aus einem Buch, das er während ihrer Sitzungen aufschlug. Sie offenbarte sich ihm so tiefgreifend wie keinem anderen Menschen; nicht einmal Thomas oder Norbert hatte sie sich so anvertraut. Dr. Klein war ihr Therapeut, aber im Grunde ein Fremder. Sie kannte ihn schlechter als jeden ihrer Kollegen im Präsidium. Selbst über von Rheinfeld wusste sie mehr.

Lodi sah ihn an. »Ihnen entgeht aber auch nichts, oder?«

Er lächelte zum zweiten Mal an diesem Tag, diesmal jedoch zurückhaltender. »Das ist Teil meiner Jobbeschreibung. Ihrer Reaktion entnehme ich, dass ich richtigliege?«

»Da waren diese Bilder. Jene aus der Nacht am Edersee, als Thomas … Sie wissen schon.«

»Als Ihr Kollege den Verdächtigen erschossen hat?« Lodis Blick war ihm Antwort genug. »Erzählen Sie mir von ihnen.«

»Ich habe sie gar nicht mehr vor Augen, obwohl es erst vorhin passiert ist. Es gab keinen Auslöser. Die Bilder sind wild durcheinandergeschossen.«

»Wann genau sind sie aufgetaucht? Versuchen Sie bitte, sich zu erinnern. Wo haben Sie sich befunden?«

»Meine Kollegin und ich hatten unsere Waffen gezückt, wir zielten auf unseren Verdächtigen. Es sah aus, als wollte er sich ergeben. Plötzlich sprudelten die Erinnerungen nur so in mir hoch.«

Dr. Klein hatte eine Veränderung nötig, er löste sich aus seiner Haltung und überschlug seine Beine andersherum. »Ich verstehe, dass Sie verunsichert sind«, erklärte er daraufhin. »Aber auch in diesem Fall ist das unbegründet. Was Ihnen passiert ist, stellt eine aus psychologischer Sicht vollkommen nachvollziehbare Reaktion des Verstands dar.«

Lodi legte den Kopf schief. »Wieder der Stress, meinen Sie?«

Er nickte. »Offensichtlich hat das Halten der Pistole und das Zielen auf einen Menschen Sie getriggert. Wie schwer wurde der Mann verletzt?«

»Ich habe ihn glücklicherweise nur in die Schulter getroffen. Er wird am Standort Witzenhausen des Klinikums Werra-Meißner behandelt, seine Lage ist nicht bedrohlich. Wir werden ihn bald vernehmen können.«

Lodi schnaufte. Sie hatte gewaltiges Glück gehabt, ging es ihr durch den Kopf. Seit dem heutigen Tag hatte sie mit Thomas eine weitere Sache gemeinsam: Sie beide hatten auf einen Verdächtigen geschossen. Hoffentlich würde sie nicht den gleichen Weg einschlagen wie ihr ehemaliger Kollege. Sie nahm sich vor, nach der Sitzung Tina anzurufen.

»Wie geht's Ihrer Kollegin?«, fragte Dr. Klein. »Sie hat keinen Schaden genommen?«

»Nein, Gott sei Dank nicht. Im Gegensatz zu mir hat sie geistesgegenwärtig gehandelt. Wer weiß, ob der Mann noch leben würde, wenn sie nicht gewesen wäre. Selbst eine Schusswunde in der Schulter kann ein böses Ende nehmen.«

Dr. Klein blinzelte sie eine Zeit lang an.

»Es gibt keinen Grund für Selbstvorwürfe, Frau Lenke. Ihre Kollegin hat nicht erlebt, was Sie erlebt haben. Es ergibt keinen Sinn, Ihrer beider Handeln zu vergleichen.«

Lodi tippte sich an die Nase und dachte nach.

Möglicherweise hatte er recht. Sie ging zu hart mit sich ins Gericht. In den vergangenen Tagen hatte sie so viel Aufregendes mitgemacht, dass es für ein Jahr gereicht hätte. Sie würde Zeit brauchen, alles zu verarbeiten. Thomas' Selbstmordversuch, die Geiselnahme durch Krentz, der Schuss auf Fänger … Andere ihrer Kolleginnen und Kollegen wären bereits bei einem dieser Ereignisse aus der Bahn geflogen wie Bobfahrer.

Lodi schürzte die Lippen. »Ich halte nicht viel von meinem Vorgesetzten ...«

»Das erwähnten Sie bereits.«

»Aber vielleicht liegt er richtig. Eventuell bin ich derzeit nicht dienstfähig. Wäre es in diesem Fall nicht verantwortlicher, eine Auszeit zu nehmen? Was ist, wenn es wieder passiert?«

Dr. Klein wippte eine Weile sanft mit dem Kopf.

»Nun, das müssen Sie am Ende selbst entscheiden. Gibt es unter Ihren Kollegen jemanden, mit dem Sie darüber sprechen können? Ohne dass Ihr Vorgesetzter davon mitbekommt, meine ich?«

Lodi nickte. »Meine neue Partnerin. Ich vertraue ihr.«

»Sehr gut. Meine Empfehlung lautet: Suchen Sie mit ihr das Gespräch. Hören Sie sich an, was sie zu sagen hat, und geben Sie sich ein paar Tage Zeit zum Nachdenken.« Er warf einen flüchtigen Blick auf die Uhr, ihre Sitzung näherte sich dem Ende. »Ich bin mir sicher, dass Sie die für Sie richtige Entscheidung treffen werden.«

* * *

Vor der Tür empfing Lodi ein lauer Sommerabend. Die Hitze, die das Leben in den letzten Wochen so anstrengend gemacht hatte, war abgekühlt und hatte sich bei erträglichen Temperaturen eingependelt.

Lodi sah die Dörnbergstraße hinunter zum Bebelplatz. Die Sonne sank am wolkenlosen Himmel dem Horizont entgegen, ihr warmes Licht streifte als gelb-oranger Schein die Dächer. Es war kurz nach halb acht, um diese Uhrzeit hatte der ansonsten rege Verkehr rund um den Knotenpunkt im Vorderen Westen nachgelassen. Die Straßenbahnen ratterten in längeren

Intervallen über den Platz und es fuhren weniger Autos vorbei. Das Wetter hatte eine mediterrane Stimmung ins Viertel gebracht. Menschen saßen an den Tischen des italienischen Feinkostladens, des türkischen Imbisses ein paar Häuser weiter, auf den Bänken oder auf mitgebrachten Campingstühlen auf den Grünflächen.

Lodi ging an der Friedenskirche vorbei, deren türkisfarbene Glockentürme im Schein der untergehenden Sonne noch beeindruckender aussahen als ohnehin. Ihr Ziel war der Goethestern, ein Kreisverkehr mit begrünter Insel und Bänken in der Mitte. Dort angekommen, tippte sie eine Nachricht an Tina. Falls sie noch im Krankenhaus war, konnte sie Lodis Anruf womöglich nicht entgegennehmen.

»Gibt's etwas Neues von den Ärzten? Sag Bescheid, wenn du etwas brauchst. Ganz egal, was es ist. Liebe Grüße!«

Lodi hatte sich kaum hingesetzt und ihr Gesicht der Sonne entgegengestreckt, da klingelte ihr Handy. Es versetzte die Bank in leichte Vibrationen. »Tina Ziegler«, zeigte der Bildschirm an.

»Danke, dass du dich so schnell meldest«, begrüßte Lodi sie. Es entstand eine Pause. »Ich traue mich nicht zu fragen.«

»Er ist am Leben«, erwiderte Tina und klang erschöpft. »Sie haben ihn gerettet.«

Lodi schloss kurz die Augen. Den Glauben an Gott hatte sie seit dem Mord an ihrer Mutter verloren, und er würde auch niemals wiederkommen. Trotzdem überkam sie in diesem Moment das Gefühl, sich an irgendeine höhere Gewalt richten zu wollen, falls sie denn existierte. Sie hob den Kopf, ließ ihre Hände sinken und flüsterte ein »Danke« in den Himmel.

Dann nahm sie das Smartphone wieder ans Ohr.

»Er liegt jetzt auf Station und schläft«, berichtete Tina weiter. »Sie haben ihm etwas zur Beruhigung gegeben.«

»Wann kann er nach Hause?«

»Das steht noch nicht fest. Sie behalten ihn noch eine Weile da, zur Beobachtung.«

»Ich würde gern vorbeikommen.«

»Mach das am besten morgen früh. Er braucht jetzt Ruhe. Ich werde die Nacht bei ihm bleiben. Falls er aufwacht, soll er nicht allein sein.« Sie schluchzte und schnäuzte sich. Das Rascheln in der Leitung hörte sich an, als wischte sie sich mit einem Tuch die Tränen aus dem Gesicht. »Wir werden sehen, wie es weitergeht.«

Lodi zog die Augenbrauen zusammen. »Was meinst du damit?«

»Er kann unmöglich wieder allein in dieses Loch ziehen. Dann würde ich vor Sorgen kein Auge mehr zumachen. Sobald er wieder voll da ist, müssen wir eine andere Lösung finden.«

»Was auch immer ihr euch überlegt, ihr könnt auf mich zählen.«

»Vielen Dank, das wissen wir sehr zu schätzen. Ich gehe jetzt wieder zu ihm rein. Wir sehen uns morgen früh?«

»Ich komme vor dem Dienst vorbei«, versprach Lodi. »Und, Tina?«

»Ja?«

»Umarm ihn von mir.«

Kathrin lehnte sich an das Geländer. Ihr Blick glitt über den abendlichen Vorderen Westen. »Wow, du hast echt nicht zu viel versprochen.« Sie drehte sich zu Lodi um nickte ihr beeindruckt zu. »Während ich die Treppen hochgegangen bin, habe ich gedacht, so schön kann der Ausblick gar nicht sein, dass er mich für diese Qual entschädigt.«

Lodi schmunzelte. Sie goss Wein in ihre Gläser auf dem kleinen Tisch und reichte Kathrin ihres.

»Tja, da hast du dich wohl getäuscht.«

Sie stießen an und setzten sich auf die Liegen. Während der ersten Minuten sprach ausschließlich Kathrin, Lodi hörte interessiert zu. Sie erzählte von dem letzten Treffen ihrer Sternengucker-Truppe, die sie »ihre Gang« nannte, und davon, dass sie seit Längerem erwog, nebenher eine Ausbildung als Yogalehrerin anzufangen. Ihr neuer Fall habe diese Überlegungen jedoch in den Hintergrund gedrängt. Dafür brauche es ruhigere Zeiten, aber seitdem sie beim K11 gelandet war, bezweifele sie, dass diese jemals eintreten würden.

Damit lieferte sie die Überleitung zu ihrer Arbeit.

»Ich weiß, du hast schon einmal deine Meinung über unseren Chef durchblicken lassen«, sagte Lodi. »Trotzdem interessiert mich, was genau du von ihm hältst.«

Kathrins Ausdruck verfinsterte sich. »Von Rheinfeld? Tja, was soll ich sagen? Wenn du mich fragst, ist er ein riesiger, selbstverliebter Großkotz. Ich habe ihm meine Beförderung zu verdanken, aber das war's dann. Der Kerl ist nur auf seinen Vorteil aus, andere Menschen gehen ihm an seinem breitgesessenen Hintern vorbei. Außer wenn es sich um Blondinen mit üppigem Vorbau handelt, die genauso versessen auf ihre Karriere sind und für ihren Aufstieg über Leichen gehen würden.«

Vertauschte Rollen, dachte Lodi, denn diesmal war sie es, die ihrer Kollegin beeindruckt zunickte.

»Wow, ich hätte nicht gedacht, dass aus dem Mund einer Yogini solche Begriffe kommen können. Heißt es nicht immer, achte auf deine Gedanken, denn sie werden zu deinen Worten …«

»Und achte auf deine Worte, denn sie werden Taten«, ergänzte Kathrin. »Ich kenne den Spruch, meine Eltern haben mir damit schon in den Ohren gelegen, als ich noch ein Teenie war.« Sie rollte mit den Augen. »Aber genauso, wie ich nicht immer Polizistin bin, brauche ich manchmal auch eine Auszeit vom Yogini-Sein. Außerdem«, sie hob ihr Glas und prostete Lodi zwinkernd zu, »lockert der Alkohol meine Zunge.«

»Keine Sorge, bei mir ist dein Geheimnis gut aufgehoben. Und was deine Meinung über von Rheinfeld angeht, hast du es meiner Meinung nach eigentlich noch zu freundlich formuliert.«

»Ich wollte behutsam anfangen und es bei Bedarf noch nachwürzen.«

Sie lachten und genossen eine Zeit lang, wie die Sonne im Rücken des Herkules endgültig hinterm Bergpark versank. Der Ausblick ließ beide Frauen verstummen, denn keine noch so schönen Wörter konnten die Herrlichkeit dieses Lichtspektakels beschreiben. Der Tag verabschiedete sich und überließ der Nacht das Feld. Die Dämmerung rief Lodi ins Gedächtnis, weswegen sie Kathrin zu ihr auf die Dachterrasse eingeladen hatte. Zum einen hatte sie nach dem Telefonat mit Tina nicht allein sein wollen. Zum anderen hatte Dr. Klein ihr geraten, das Gespräch mit ihrer Kollegin zu suchen.

Diesmal trank sie sich mit einem Schluck Wein den nötigen Mut an.

»Danke, dass du gekommen bist«, stieg Lodi ein.

Sie kam jedoch nicht weit, denn Kathrin funkte dazwischen. »Machst du Witze? Ich habe dir zu danken, dass du mich eingeladen hast.«

»Ich möchte gern über etwas mit dir reden. Es fällt mir nicht leicht, darüber zu sprechen. Ich sage es dir im Vertrauen.«

Ihre Kollegin spürte, dass es ernst wurde. Sie richtete sich auf und wandte sich Lodi zu. »Von mir erfährt niemand etwas.«

»Das weiß ich. Es geht um das, was heute in Witzenhausen passiert ist.« Kathrin nickte sanft, als wüsste sie sofort, wovon die Rede war. »Als wir unsere Waffen gezogen haben, ist etwas mit mir passiert …«

»Das habe ich gemerkt. Du warst auf einmal wie weggetreten. Und dann ist plötzlich der Schuss gefallen.«

»Er hat uns mit einem Messer bedroht.«

»Versteh mich nicht falsch, ich hätte es auch getan. Ich war nur … überrascht. Kurz davor habe ich etwas in deinem Gesicht erkannt, das mir Angst gemacht hat.«

»Ich hatte plötzlich diese Bilder vor Augen. Von der Nacht am Edersee, in der …«

Lodi versagte die Stimme. Eine Zeit lang versuchte sie weiterzusprechen, doch es kamen keine Worte aus ihrem Mund. Sie kämpfte gegen die Fetzen ihrer Erinnerung an, auch jetzt schien sie wieder in ihr aufzuleben, obwohl sie nur davon erzählte. Wann würde das endlich aufhören, fragte sie sich.

»Du meinst, als Thomas auf diesen Kerl geschossen hat?«, mutmaßte Kathrin schließlich.

Lodi nickte. Sie räusperte sich und nahm einen Schluck von dem Wein. Zum Glück brachte er ihr die Sprache wieder.

»In dem Moment, als Fänger vor uns stand, sind diese Bilder auf einmal wie wilde Affen durch meinen Kopf geschossen. Ich hatte nichts mehr unter Kontrolle, alles ging durcheinander. Ich habe nicht mal bewusst geschossen. Es ist einfach passiert.«

Kathrin gab sich Mühe, ihr Entsetzen darüber zu verbergen, aber es gelang ihr nicht. Lodi sah es in ihren Augen. Ihre Offenheit hatte auf einen Schlag etwas in ihrer Kollegin verändert.

»Das ist übel. Weiß außer mir schon irgendjemand davon?«

»Mein Therapeut. Ich gehe etwa seit einem halben Jahr zu ihm.«

»Wegen dieser Nacht?«

»Auch, aber nicht nur. Bis heute war es schon viel besser geworden. Doch diese Situation heute mit Fänger …« Lodi fuhr sich mit der flachen Hand über den Kopf. »Ich überlege aufzuhören.«

Kathrin zuckte verwirrt zurück. »Was meinst du damit? Inwiefern aufhören?«

»Na, den Job an den Nagel zu hängen. Anscheinend verkrafte ich ihn nicht mehr, seitdem das mit Thomas passiert ist.«

»Das ist nicht dein Ernst!«

»Voll und ganz. Ich meine, wenn von Rheinfeld oder irgendjemand anderer wüsste, dass mein Verstand heute einen Kolbenfresser hatte, wäre ich ohnehin auf unbestimmte Zeit beurlaubt.«

»Als wäre uns das nicht allen schon einmal passiert.« Unvermittelt griff Kathrin nach Lodis Hand und legte sie zwischen ihre beiden. »Mal im Ernst: Wie sehr wolltest du als Kind oder Jugendliche Polizistin werden?«

»Mit Leib und Seele.«

»Siehst du, mir ging's genauso. Und bei unseren Kollegen ist die Lage nicht anders.« Kathrin zuckte mit den Schultern. »Na gut, außer bei von Rheinfeld und dieser niederträchtigen Sternberg. Da haben sich die zwei größten Opportunisten des Präsidiums zusammengefunden.« Damit entlockte sie Lodi ein Schmunzeln. »Andere wachsen mit dem Wunsch auf, Lehrerin, Pilotin oder Krankenpflegerin zu werden – oder irgendeinen anderen Beruf zu ergreifen. Die eigenen Wünsche zu kennen und verfolgen zu dürfen, betrachte ich als großes Geschenk. Und uns wurde es nun mal in die Wiege gelegt, als Polizistinnen für Recht und Ordnung zu sorgen. Und die bösen Jungs zur Strecke zu bringen.«

Lodi schluckte. Kathrins Reaktion auf ihr Geständnis machte sie sprachlos. Die rhetorischen Qualitäten, die ihre Kollegin in diesem Moment präsentierte, hätte sie ihr nicht zugetraut. Andererseits kannten sie sich erst seit Kurzem. Lodi hörte ihr gebannt zu.

»Dagegen können wir uns nicht wehren«, sprach Kathrin weiter. »Träume gibt man nicht auf. Manchmal begegnen uns

Hürden auf unserem Weg, und bei der einen oder anderen denken wir möglicherweise, dass sie zu hoch sei. Aber wir dürfen niemals stehen bleiben! Denn dann werden wir sie tatsächlich nicht überwinden.«

Wieder schürzte Lodi die Lippen und nickte beeindruckt.

»Steht das alles auf deinen Yoga-Shirts?«

Kathrin verstand den Scherz und lachte.

»Nein, das ist mehr oder weniger der O-Ton einer Rede meines Vaters. Das Copyright gehört also ihm.«

»Dann ist er ein verdammt schlauer Mann.«

»O ja, das ist er. Meine Mutter und er sind mir in vielen Dingen ein Vorbild.«

Lodi wünschte sich, dasselbe von ihren Eltern behaupten zu können. Doch ihre Mutter war vor Jahrzehnten von ihrem Vater ermordet worden, kurz nachdem er von ihren Seitensprüngen erfahren hatte. Ihre Oma und ihr Opa waren zu ihren Ersatzeltern geworden, hatten sie zu sich in die Niederlande geholt und ihr alle Liebe angedeihen lassen, zu der sie fähig waren. Leider waren sie vor Jahren gestorben.

Bevor ihre Kollegin auf die Idee kommen konnte, sie nach ihrer Familie auszuquetschen, deutete Lodi mit einem Nicken auf ihre Hand und fragte: »Darf ich die wiederhaben?«

»Na klar.« Kathrin streichelte sie ein letztes Mal, dann ließ sie sie los. »Langer Rede kurzer Sinn: Meine Unterstützung hast du sicher. Von mir erfährt niemand ein Sterbenswörtchen.« Sie presste ihre Lippen aufeinander, tat so, als würde sie sie abschließen, und warf den unsichtbaren Schlüssel anschließend hinter sich. »Du gehst weiter zur Therapie, dann kriegst du das schon in den Griff. Und ich halte dir so lange den Rücken frei.«

Lodi schluckte. Ihre Menschenkenntnis hatte ihr verraten, dass es in Ordnung war, sich Kathrin anzuvertrauen. Im Laufe ihres Lebens war sie mehreren Personen begegnet, bei denen sie von Anfang an ein gutes Gefühl begleitet hatte. Ihre Kollegin gehörte dazu.

»Ich weiß gar nicht, was ich darauf antworten soll«, sagte Lodi.

»Das ist auch nicht nötig«, erwiderte Kathrin. Sie schnappte sich ihr Glas, um ein zweites Mal anzustoßen. »Auf uns!«

TAG FÜNF

Mittwoch, Morgen, Vorderer Westen

Um sieben klingelte der Wecker auf ihrem Smartphone. Normalerweise sprang Lodi morgens topfit aus dem Bett, vor allem im Sommer, wenn es um diese Uhrzeit schon hell war. Doch heute fühlte sie sich kraftlos. Sie nutzte mehrmals den Schlummermodus, bis sie bereit war aufzustehen.

Erst gegen zwei Uhr war sie eingeschlafen. Kathrin hatte ihnen ständig Wein nachgeschenkt. Als auch die zweite Flasche keinen Tropfen mehr hergegeben hatte, hatte sie sich schließlich ein Taxi gerufen. Nachdem sie aus der Wohnung gestolpert war, hatte Lodi sich in der Küche Sandwiches belegt und diese auf der Couch genüsslich in sich hineingemampft. Das hatte sie seit Jahren nicht getan. Trotz allem, was sie zurzeit belastete, empfand sie dabei einen kurzen inneren Frieden. Der nach wie vor ungeklärte Fall, der Druck, den sie durch von Rheinfeld bekam, Thomas' Selbstmordversuch, die Bilder aus der Nacht am Edersee – alles rückte für einen Moment in den Hintergrund. Danach war sie satt und todmüde ins Bett gefallen.

Wie erhofft, vertrieb die kalte Dusche ihre Müdigkeit. Zum Frühstück kochte Lodi sich Porridge und eine Tasse Tee. Sie setzte sich auf die Dachterrasse und genoss beim Essen die ersten Sonnenstrahlen des Tages. Langsam erwachte der Vordere Westen zum Leben.

Lodi schickte eine Nachricht an Tina und erkundigte sich, ob sie in der nächsten halben Stunde vorbeikommen könne. Tina antwortete schnell, sie nannte ihr die Station und das Zimmer. Thomas gehe es den Umständen entsprechend gut. Er freue sich auf ihren Besuch.

Lodi zog eine neue Jeans aus dem Schrank, schlüpfte hinein und streifte sich einen dünnen unifarbenen Poncho über. Vor dem Haus schwang sie sich auf ihr Fahrrad und fuhr los. Mit der Sonne im Rücken radelte sie durchs Königstor Richtung Innenstadt und dann weiter zum Klinikum. Wie sehr sie den Sommer doch liebte! Am meisten mochte sie an ihm, dass die Temperaturen weniger schwankten als im Herbst oder Winter. Diese Stabilität übertrug sich zumindest teilweise auf Lodis Gemüt.

Doch selbst ihr gab die seit Wochen andauernde Hitze zu denken. Aufgrund der geringen Niederschläge waren alle Grünflächen in der Stadt ausgetrocknet. Die Goethe-Anlage, die Wiese vor der Orangerie und der Rasen am Friedrichsplatz sahen aus wie Heu. Zusammen mit der Nachricht vom Rekord-Niedrigwasser des Edersees rief dieser Anblick in Lodi ein unbehagliches Gefühl hervor.

Am Krankenhaus angekommen, schloss sie ihr Fahrrad an, betrat das Gebäude durch den Haupteingang und fuhr mit dem Fahrstuhl nach oben zur Station. Sie klopfte an die Zimmertür und wartete auf ein »Herein!«.

Zu Lodis Überraschung war Thomas allein. Er saß aufrecht im Bett, auf dem Fernseher an der Wand gegenüber lief ein Nachrichtensender. Eine Mischung aus Freude und Scham zeichnete sich in seinem abgekämpften Gesicht ab.

Er drehte die Lautstärke herunter und quälte sich zu einem Lächeln.

»He, Champion«, begrüßte Lodi ihn. Früher, in ihren ersten gemeinsamen Dienstjahren, hatte sie ihn oft so genannt. Sie zog sich einen Stuhl heran und setzte sich neben das Bett. »Einzelzimmer, nicht schlecht. Was für ein Ausblick über die Stadt und die Berge. Und eine noble Ausstattung hast du auch: Flatscreen-Fernseher, Kochecke, ein hübsches kleines Bad …«

Thomas zuckte mit den Achseln. Er verschränkte die Hände hinterm Kopf und lehnte sich zurück. »Hier geht mir niemand auf die Nerven. Da muss ich erst diese ganzen Pillen schlucken, um in den Genuss meiner Krankenhauszusatzversicherung zu kommen.« Seine Lippen bogen sich zu einem schelmischen Schmunzeln.

Lodi tat es ihm nach und schüttelte den Kopf. Thomas und seine Sprüche. Nachdem sie Kollegen geworden waren, hatte sie ein paar Monate gebraucht, um zu begreifen, dass sie für ihn ein Ventil darstellten. Mit ihnen verarbeitete er die Dinge, die ihm widerfuhren, angenehme und unangenehme.

»Lass mich raten, die Krankenschwestern hast du auch bereits um deinen Finger gewickelt?«

Er lächelte weiter vor sich hin.

»Der Gentleman genießt und schweigt.«

»Du hast verdammtes Glück gehabt, weißt du das?« Lodi boxte ihn gegen die Schulter. »Wenn Tina dich nicht gefunden hätte, wäre ich jetzt allein. Du hast doch wohl nicht unseren Schwur vergessen, oder?«

Nun wieder mit ernster Miene nahm er seine Hände herunter und schüttelte den Kopf. Bei einem Bier auf seiner früheren Terrasse hatten Lodi und er sich gegenseitig ein Versprechen gegeben: dass sie sich von ihrem Job niemals in die Knie zwingen lassen würden. Und dass sie den anderen ansprechen würden, falls sich das Gegenteil andeuten sollte.

»Es tut mir leid«, krächzte Thomas. »Es ist nur … Ich habe …« Er wandte den Blick ab, der sich daraufhin an einem Punkt an der Wand verlor, und verstummte.

Seine Beweggründe blieben unausgesprochen. Lodi ahnte, dass das für immer so bleiben und sie zudem bloß dieses eine Mal darüber sprechen würden. Sie konnte nur mutmaßen, was ihn zu dem Schritt getrieben hatte. Schwer zu erraten war es nicht, es musste ein niederdrückendes Gebräu aus Einsamkeit, dem Verlust seines geliebten Jobs und der Trennung von Tina gewesen sein.

Lodi griff nach seiner Hand, woraufhin er ihr flüchtig in die Augen sah. »Ich mache mir Vorwürfe, Thomas. Ich hätte es vorhersehen müssen. Ich weiß nicht, warum es mir bei meinem letzten Besuch nicht aufgefallen ist.«

Er verzog das Gesicht, schüttelte energisch den Kopf und wischte ihre Aussage mit einer Geste beiseite. »Papperlapapp. Tina hat vorhin denselben Quark geredet, weil sie sich von mir getrennt hat. Sie und du, ihr tragt keine Verantwortung. Das tue ich allein.«

»Wo ist sie eigentlich? Ich hatte ihr geschrieben, dass ich euch hier besuchen komme.«

»Sie ist kurz zu mir in die Wohnung gefahren, ein paar Sachen holen. Bücher, Zeitungen, meinen Laptop.«

»Wie soll's jetzt weitergehen? Mit dir, mit euch?«

»Ich weiß es nicht.« Er betrachtete einen Augenblick ihre ineinander liegenden Hände. »Ich liebe Tina über alles. Trotzdem hätte ich sie beinahe zur Witwe gemacht, und das werde ich mir nie verzeihen, Lodi.«

»Du solltest nicht so hart mit dir ins Gericht gehen.«

Thomas nickte eine Weile vor sich hin.

»Kann sein, dass du recht hast. Aber es ist die Wahrheit, ich verfluche mich dafür, was ich getan habe. Ich bin schwach geworden.«

»Jetzt kommst du erst mal wieder auf die Beine. Danach suchen wir dir eine neue Wohnung und statten sie vernünftig aus. In diesem Rattenloch kannst du unmöglich bleiben. Ich bestehe darauf.«

Ein Lächeln huschte über sein Gesicht.

»Was ist mit eurem Fall? Gibt's was Neues?«

Lodi blinzelte eine Zeit lang wortlos.

»Du weißt, dass ich dir alles anvertrauen würde, Thomas. Aber hältst du es für eine gute Idee, wenn ...«

Er schnitt ihr gestenreich das Wort ab.

»Mir geht's wieder gut, Lodi. Das ist doch ein Grund, warum mich diese Scheiße so runtergezogen hat. Mir fehlt das Ermitteln, das Befragen, das Observieren, das Verfolgen.«

»Ach, Thomas. Ich weiß nicht ... Das würde Tina mit Sicherheit nicht gut finden.«

Er rollte mit den Augen. »Sie muss es ja nicht erfahren. Bitte lass mich teilhaben an eurem Fall. Das würde mir das Gefühl geben, wieder an etwas Sinnvollem mitzuwirken. Wer weiß, möglicherweise kann ich euch sogar helfen?«

Lodi drehte sich weg und sah nachdenklich aus dem Fenster. Thomas hatte zwar versucht, ihr die Schuldgefühle auszureden, aber so einfach gaben die nicht auf. Sie hingen ihr hartnäckig in den Knochen wie eine festsitzende Grippe. Natürlich hatte Lodi mitbekommen, dass es ihm dreckig ging, dass er seit dem Ausscheiden aus dem Dienst und der Trennung von Tina in ein Loch gefallen war. Dennoch war sie überzeugt gewesen, dass er sich aus diesem mit der Zeit herauskämpfen würde. Niemals hätte sie es für möglich gehalten, dass er so tief in seiner Trauer versinken und keinen Ausweg mehr aus ihr sehen würde. Kannten sie sich nicht lang genug, dass sie diese Entwicklung hätte vorausahnen müssen? So rapide, wie es mit Thomas innerhalb weniger Wochen bergab gegangen war, hatte sich der totale

Absturz am Horizont angekündigt wie schwarze Wolken ein Gewitter.

Sie sah ihn wieder an. Seine Augen leuchteten. Die Vorstellung, Lodi und Kathrin in ihrem Fall zu unterstützen, hatte ihm schlagartig ein wenig Lebensfreude zurückgebracht. Wer war sie, dass sie ihm diese verwehrte?

»Einverstanden«, gab sie ihren Widerstand auf. »Ich erzähle dir, was wir bisher wissen …«

Lodi hatte ihren Bericht gerade beendet, als ihr Handy in der Hosentasche vibrierte. Auf dem Flur nahm sie ab, es war Kathrin.

»Wo bist du?«, fragte sie. Ihre Stimme klang belegt, als hätte sie sich am Vorabend ein wenig unterkühlt.

»Im Krankenhaus«, erinnerte Lodi sie. Auf der Dachterrasse hatte sie ihrer Kollegin von der Absicht, Thomas zu besuchen, erzählt. Aber Wein förderte bei manchen Menschen eben nicht gerade das Gedächtnis.

»Wie geht's ihm? Bitte grüß ihn von mir.«

»Richte ich aus. Es geht ihm gut, er kommt wieder auf die Beine.«

»Prima.« Kathrin hustete. »Danach solltest du umgehend ins Präsidium kommen. Die Ärzte haben grünes Licht gegeben, Krentz und Fänger sind vernehmungsfähig.«

»Beide? Das überrascht mich.«

»Ja, mich auch. Aber sei's drum, dann nehmen wir sie uns eben gleichzeitig vor, sozusagen ein gemischtes Vernehmungsdoppel. Von Rheinfeld ist schon ganz ungeduldig, er erwartet heute eine Verhaftung.«

Lodi rollte mit den Augen. »Dann sollten wir unseren geliebten Chef nicht enttäuschen.«

»Das denke ich auch. Bis gleich also.«

* * *

Lodi richtete Kathrins Grüße aus und versprach Thomas zum Abschied, ihn anzurufen und über die Vernehmungsergebnisse zu informieren. Dann fuhr sie mit dem Fahrstuhl nach unten, verließ das Krankenhaus durch den Haupteingang und schwang sich aufs Fahrrad. Zehn Minuten später erreichte sie das Polizeipräsidium.

Auf dem Flur kam Kathrin ihr mit einer dampfenden Tasse Tee entgegen. Lodi bedankte sich und trank direkt einen Schluck ab.

»Wie teilen wir uns auf?«, fragte sie.

Kathrin zuckte mit den Schultern. »Du bist die Teamleiterin, du entscheidest.«

Lodi horchte in sich hinein. Einen Moment stellte sie sich vor, sie säße dem einen oder dem anderen Verdächtigen gegenüber. Krentz hatte sie auf der Kleingartenanlage als Geisel genommen; auf Fänger hatte sie vor Larissa Laubes Haus geschossen. Bei beiden bestand die Gefahr, dass die Vernehmung Bilder in ihr wecken würde. Doch der Gedanke, von Angesicht zu Angesicht mit Krentz zu sprechen, löste nichts in ihr aus. Im Gegensatz zu demselben mit Fänger, denn ihr Puls stieg unmittelbar um einige Schläge an. So gesehen hörte Lodi auf ihr Herz.

»Ich nehme Krentz, du Fänger.«

»Traust du dir das zu?«

Sie bemerkte selbst, dass ihr Nicken schon überzeugter gewirkt hatte.

* * *

Vor dem Vernehmungsraum blieb Lodi kurz stehen. Sie war allein auf dem Flur. Sie schloss die Augen, atmete tief durch die Nase ein, hielt die Luft für ein, zwei Sekunden an und ließ sie mit Nachdruck durch den Mund entweichen. Das wiederholte sie für mehrere Züge. Es verfehlte seine Wirkung nicht, sie spürte, wie sich im Gleichklang mit Atmung und Puls auch ihr Geist beruhigte. Sie musste jetzt stark sein.

Dann öffnete sie die Augen wieder, setzte ihr dienstliches Lächeln auf und entriegelte das elektronische Türschloss mit ihrer Chipkarte. Krentz saß in Handschellen an einem Tisch. Er sah nach wie vor gezeichnet aus von seinem Sturz auf dem Schotter, mehrere inzwischen versorgte Wunden zierten sein Gesicht. Bei der Verfolgung in der Kleingartenanlage hatte Lodi keine Zeit gehabt, ihn sich genau anzuschauen. Das holte sie nun nach.

Seinen dichten, ungezähmten Bart, an den sie sich erinnerte, hatte er abrasiert, den Schweißgeruch abgeduscht. Die abgetragene Outdoor-Kleidung hatte er gegen von der Polizei gestellte Sachen getauscht, ein hellblaues T-Shirt, eine dunkelblaue Hose und schwarze Sneaker. Auch die Kurzhaarperücke zur Tarnung trug er nicht mehr, stattdessen umrahmten dunkelbraune, mittellange filzige Locken sein Gesicht. Strähnen fielen über seine Stirn, von denen er sich mit einem kräftigen Pusten befreite. Er blickte Lodi mit seinen grau-grünen Augen an. Entschlossenheit und Anspannung mischten sich darin, außerdem glomm ein Funke Verunsicherung in ihnen. Seine schmale Ober- und Unterlippe ließen auf einen ehrgeizigen Charakter schließen. Er erweckte den Eindruck eines Einzelgängers. Keine Spur von der Führungspersönlichkeit, die Krentz angeblich sein sollte.

Rechts neben ihm hatte Hannes Platz genommen. Lodi hätte sich lieber den kühlen Kopf Florian an ihrer Seite gewünscht, aber der unterstützte Kathrin bei der Vernehmung von Karsten Fänger im Nebenraum.

»Guten Morgen, die Herren«, begrüßte sie die beiden. Sie zog sich den Stuhl heran, setzte sich und deutete mit einem Nicken auf die vor Krentz stehende Tasse Kaffee. »Wie ich sehe, sind Sie mit einem Getränk versorgt. Ich nehme an, der Kollege Berger hat sich Ihnen bereits vorgestellt. Mich kennen

Sie zwar auch schon, aber noch nicht namentlich: Ich bin Oberkommissarin Lenke.« Sie sah zu Hannes hinüber, er bejahte ihre Frage, ob die Tonaufnahme lief. »Gut, dann können wir also loslegen.« Sie schlug die Mappe vor sich auf und startete mit den Fragen zu seiner Person. »Bitte teilen Sie mir mit, falls ich eine falsche oder unvollständige Information vorlese. Jacob Krentz, Sie wurden am 12. April 1990 in Melsungen geboren und haben dort als Einzelkind Ihre Kindheit und Jugend verbracht.«

Er nickte kaum merklich.

»Ihre Eltern sind Christina und Markus Krentz, beide inzwischen bereits verstorben. Ihre Mutter hat sich als Biologin in Umweltprojekten zum Erhalt von Flüssen und Wäldern der Region engagiert, Ihr Vater hingegen hat eine Praxis als Tierarzt in Melsungen geführt.«

Wieder ein Nicken.

»Nach dem Abitur an der Gesamtschule haben Sie den Wehrdienst verweigert und stattdessen den Zivildienst an einer Schule für Gehörlose in Homberg, Efze, absolviert. Danach folgten einige Jahre lang diverse Nebenjobs: Lagerist, Betreuer im Tierheim, Verkäufer im Bioladen.«

Auch dem stimmte Krentz zu.

»Dieses Leben muss Ihnen allerdings zu perspektivlos erschienen sein, denn mit Mitte zwanzig haben Sie sich für den Studiengang Umweltingenieurwesen an der Universität Kassel beworben. Nachdem Ihnen ein Platz zugesagt wurde, haben Sie Ihrem Heimatort den Rücken gekehrt und sind nach Ahnatal in eine Wohngemeinschaft nahe der Kirche gezogen.«

»Ich habe während der ersten zwei Semester in einem Wohnheim des Studierendenwerks gewohnt«, korrigierte Krentz.

Lodi zog den Kuli von der Mappe und fügte diese Info ein.

»Sie scheinen die Uni-Luft mit Freude geschnuppert zu haben«, fuhr sie fort, »jedenfalls haben Sie Ihr Studium nicht in der Regelzeit beendet. Insgesamt waren es laut unseren

Informationen dreizehn Semester. Wie viele waren das oben-drauf?« Sie tippte mit dem Kuli auf das Papier. »Leider steht das hier nicht.« Das entsprach nicht der Wahrheit, aber Lodi wollte sehen, wie Krentz reagierte.

Er verschränkte die Arme. Ein körpersprachliches Zeichen, dass ihre Strategie allmählich Früchte trug. Bei Vernehmungen schlug sie häufig einen freundlichen Ton an, den sie jedoch mit Provokationen spickte. Ihren Hinweis, dass er länger stu-diert hatte als vorgesehen, lockte ihn erkennbar aus seinem Schneckenhaus.

»Steht in Ihrer Akte auch, dass ich von meinen Eltern kei-nerlei finanzielle Unterstützung bekommen habe?«, fragte er. »Dass ich zeitweise in drei Jobs gleichzeitig placken musste, um mich über Wasser zu halten?«

Lodi tat, als würde sie die Seiten überfliegen.

»Nein, das ist uns wohl durchgegangen«, antwortete sie, was erneut gelogen war. »Tja, manchmal ist das Leben kein Zuckerschlecken. Es kann sich sehr ungerecht anfühlen.«

»Es *ist* sehr ungerecht.«

»Sie sind ein studierter Mann, Ihnen muss ich den Konstruktivismus sicher nicht erklären.« Lodi verzog den Mund. »Also, fahren wir fort. Wobei, es kommt ja nicht mehr viel. Nach dem Studium sind Sie noch für eine Weile in Ahnatal wohnen geblieben. Doch dann kommt der Bruch, Sie haben Ihr Zimmer in der Wohngemeinschaft verloren. In den ersten Monaten haben Sie sich noch Hilfe bei der Bahnhofsmission und anderen sozialen Einrichtungen für Obdachlose gesucht. Und plötzlich«, Lodi klatschte in die Hände, »der totale Absturz. Ihre Spur verliert sich wie verwehte Fußspuren im Sand, als ob die Straße Sie verschluckt hätte.« Sie schlug die Mappe zu und klemmte den Stift wieder in die Ecke. »Wobei, für Polizisten wie uns ist so etwas weniger überraschend. Wir haben schon viele Lebensläufe von gescheiterten Existenzen gelesen.«

Damit brachte sie Krentz endgültig auf Betriebstemperatur. Die Zornesadern an seinen Schläfen fingen an zu pochen.

»Gescheiterte Existenz? Sie haben keine Ahnung, was ich durchgemacht habe.«

Lodi ignorierte seine Äußerung, denn sie nahm an, dass ihn das noch rasender machen würde.

»Gut, dann sind wir mit den Personendaten fertig. Der schwierigste Teil wäre also geschafft.« Sie lächelte gekünstelt und wischte sich über die Stirn, als würde sie diese von Schweiß befreien. »Kommen wir nun zur Belehrung. Herr Jacob Krentz, ich belehre Sie hiermit als Beschuldigten. Ihnen wird vorgeworfen, folgende Straftat begangen zu haben …«

Kurze Zeit später hatten sie auch diesen Teil abgeschlossen. Lodi hatte ihrem Verdächtigen nüchtern vorgetragen, dass sie ihn bezichtigten, Helmut Fänger auf dem Hochsitz im Kaufunger Wald aus ethisch-moralischen Überzeugungen mit einem Jagdmesser erstochen zu haben. Krentz hörte ihren Ausführungen geduldig zu. Er lehnte die Möglichkeit, seine Aussage zu verweigern, brüskiert ab. Er wollte auch keinen Anwalt konsultieren, denn er sei unschuldig und brauche keinen geldabschneidenden Rechtsverdreher, der ihn in die Scheiße reite.

Lodi zuckte mit den Schultern. »Wie Sie wollen. Bevor wir weitermachen, möchte ich mit Ihnen allerdings zunächst über etwas anderes reden«, folgte sie dem lehrbuchmäßigen Ablauf einer Vernehmung, der nach der Belehrung ein Gespräch zu einem nicht tatrelevanten Thema vorsah. Das sollte als Training dienen und der Aussageperson Gelegenheit geben, sich an die Fragen, den Ablauf und die erwartete Aussagengenauigkeit zu gewöhnen. »Wie ist es Ihnen eigentlich in der Bahnhofsmission ergangen? Sie haben doch dort Erfahrungen gesammelt. Wir wären Ihnen dankbar für ein paar Einblicke.«

Krentz blinzelte sie eine Weile an.

»Wollen Sie mich auf den Arm nehmen? Sie jagen mich durch diesen Kleingartenverein, faseln etwas von einem Typen, den ich zwar nicht kenne, aber ermordet haben soll, und dann fragen Sie mich nach der beschissenen Bahnhofsmission?«

Lodi lächelte in sich hinein. Es lief alles wie am Schnürchen, ihr Verdächtiger manövrierte sich geradewegs in die Falle, die sie ihm stellte.

»Nun, Herr Krentz, Sie vergessen wohl, dass Sie eine Staatsdienerin mit einem Messer bedroht haben. Allein dafür säßen Sie zu Recht hier. Aber wie Sie wollen, dann lassen wir das. Springen wir also ins kalte Wasser und fahren mit dem tatrelevanten Teil fort: Wann haben Sie zum ersten Mal von der AFF gehört?«

Krentz fuhr sich mit der Zunge über die Lippen. Zwischen seinen Augenbrauen zeichnete sich deutlich eine Falte ab.

»Ich habe keine Ahnung, wovon Sie sprechen.« Er zupfte sich an der Nase.

Um seine Lüge zu bemerken, hätte sich Lodi weder in Körpersprache auskennen müssen noch einen Detektor gebraucht. Er hörte sich an, als kaufte er sich seine eigenen Worte nicht ab.

»Herr Krentz, es gibt folgende Möglichkeiten: Entweder Sie liefern uns ein paar Informationen zu dem, was das K11 ohnehin weiß, dann werden wir gut miteinander auskommen. Wenn Sie es lieber ungemütlich haben wollen, spielen sie einfach weiter Ihre ›Lecken-Sie-mich-am-Arsch‹-Platte. Die Entscheidung liegt bei Ihnen.«

Er starrte eine Weile zu Boden.

»Ich weiß nichts von einem Helmut Fänger und auch nichts von einer Animal Freedom Force.«

»Woher kennen Sie dann den vollen Namen der Gruppe? Ich habe Sie nur nach der Abkürzung gefragt.«

Er sah zu ihr auf. In seinen Augen blitzte Entsetzen. Der Groschen musste gefallen sein, denn er hatte sich verraten.

»Ich … ich habe … darüber gelesen.«

Lodi seufzte. »Einverstanden, Sie haben sich also für die unangenehme Variante entschieden. Wie Sie wollen.« Sie streckte den Rücken durch. Eine veränderte Haltung als Signal, dass sie eine andere Gangart anschlagen würde. »Larissa Laube und Elias Lichtenberg. Diese Namen schon mal gehört?«

Krentz schluckte, blieb jedoch stumm.

»Das werte ich mal als Ja. Mit Elias, Ihrem Zögling, haben wir noch nicht gesprochen, aber das ist auch nicht nötig. Denn das, was Larissa ausgeplaudert hat, reicht uns.«

»Okay, schon gut. Ich bin in der AFF. Wir haben Fänger ein paar Briefe geschrieben. Was soll's?«

»Nun, die Staatsanwaltschaft wird diese wohl kaum als gewöhnliche Korrespondenz betrachten. Das sind lupenreine Morddrohungen, die Sie und Ihre Komplizen an Fänger geschickt haben.«

Krentz schabte eine Zeit lang mit den Schuhen am Boden. Lodi hielt ihn für intelligent genug, den Ernst der Lage zu begreifen. Noch war sie allerdings nicht so weit, ihm ein Geständnis vorzuschlagen, das sich für ihn strafmildernd auswirken könnte – und ihnen die Arbeit erleichtern würde.

Er sah sie wieder an und sagte: »Okay, Sie haben die Briefe. Fänger war ein Dreckschwein. Der hat auf alles geballert, was ihm vor seine Flinte gelaufen ist. Egal ob Tier oder Mensch.«

Lodi zuckte zusammen, denn das war die erste Aussage, mit der sie nicht gerechnet hatte. Worauf genau spielte Krentz damit an? In der Hoffnung, dass ihr Gegenüber nichts bemerkte, setzte sie unverzüglich wieder ihre Maske auf.

Doch ihre Reaktion war ihm leider nicht entgangen. Seine Augen weiteten sich, die Brauen schnellten nach oben.

»Sagen Sie bloß, Sie wissen das nicht?«

»Sie spielen auf Ihre ideologische Gleichstellung von Tier und Mensch an. Damit hat sich das K11 selbstverständlich befasst.«

Er zischte durch die Zähne und schüttelte energisch den Kopf. »Nein, das meinte ich nicht. Ich rede von dem«, er malte Gänsefüßchen in die Luft, »Unfall ...«

Lodi versuchte, ihre Fassade aufrechtzuerhalten. Sie gab Hannes ein Zeichen, sich ebenfalls zu beherrschen. Jetzt war klar, worauf Krentz hinauswollte.

Lodi lächelte. Sie bemerkte jedoch selbst, dass es gestellt aussah. »Bitte, erhellen Sie uns.«

»Vor sechsundzwanzig Jahren hat er diesen armen Mann erschossen. Sein Name war Alessandro Giordano. Er war der Sohn von italienischen Einwanderern. Gucken Sie sich den Vorfall doch mal genauer an! Ich kann es nicht beweisen, aber für mich sieht das nicht nach einem Versehen aus. Dieser Mörder hat eine Frau zur Witwe und zwei Kinder zu Waisen gemacht. Einfach so? Das stinkt doch zum Himmel.« Er verkniff sich den Satz, der ihm auf den Lippen zu liegen schien: dass Helmut Fänger in seinen Augen das bekommen hatte, was er verdiente.

»Wissen Sie etwas, das wir noch nicht wissen?«, fragte Lodi.

»Habe ich Einblick in die Polizeiakte oder Sie?«

»Wie Sie selbst gesagt haben: Die Ermittlungen gegen Helmut Fänger wurden eingestellt.«

»Pff. Wenn Sie meinen ...«

In Gedanken ging Lodi noch einmal durch, was bisher über den Vorfall bekannt war. Als Kathrin und sie den Fundort der Leiche begutachtet hatten, hatte Richard sie über den Eintrag von Helmut Fänger im Polizeiauskunftssystem aufgeklärt. Zunächst hatten sie sich beide auf die Einschätzung ihres Kollegen verlassen. Dann kamen die eindeutigen Hinweise für eine Täterschaft von Krentz oder Karsten Fänger dazu, sie hatten andere Überlegungen in den Hintergrund gerückt.

Bis Lodi den Brief der stillen Wächter vorgelesen hatte. Da war ihr zum ersten Mal der Gedanke gekommen, den Vorfall vor sechsundzwanzig Jahren näher zu untersuchen. Seitdem hatte Hannes zwar die Namen der Kinderzeugen von damals herausgefunden, doch weiter waren sie bisher noch nicht gekommen.

Lodi beschloss, diese Informationen für sich zu behalten, und runzelte die Stirn. »Haben Sie Fänger deswegen in den Briefen so bezeichnet? Weil er Giordano erschossen hat?«

Krentz nestelte mit den gefesselten Händen. »Unter anderem, ja.«

»Und weil es für Sie dasselbe ist, ein Tier zu erlegen oder einen Menschen zu töten?«

»Warum fragen Sie mich das? Wenn Sie sich wirklich mit der AFF auseinandergesetzt haben, wie Sie behaupten, kennen Sie die Antwort doch.«

Lodi nickte eine Weile stumm vor sich hin.

»Da haben Sie recht, das war eine rhetorische Frage.« Sie gab Hannes erneut ein Zeichen, woraufhin er die Mappe, die vor ihm lag, zu ihr hinüberschob. »Kommen wir zu dem, was wir außerdem über Sie wissen. Wie Sie gleich hören werden, ist das mehr, als Sie sich vorstellen können.«

Krentz' Mundwinkel zuckten nach oben, er schien diese Anmerkung für eine Provokation zu halten – das war sie auch, und gleichzeitig die Wahrheit.

»Vor drei Jahren sind Sie auf einer Demonstration in Gießen ein wenig über die Stränge geschlagen. Klingelt's da bei Ihnen?«

Sein Ausdruck wurde wieder finster. Er zog die Augenbrauen zusammen und brummte unverständliches Zeug vor sich hin.

»Nun, damals wurden Sie von der Polizei erkennungsdienstlich behandelt, wie wir es in der Fachsprache nennen. Es gab ein Fotoshooting, die Kollegen haben besondere körperliche Merkmale notiert, dazu Tonaufnahmen des gesprochenen Wortes von Ihnen aufgenommen …«

Krentz sah sie grimmig an. »Ich erinnere mich.«

»Prima. Dann ist Ihnen sicher auch im Gedächtnis geblieben, dass Fingerabdrücke von Ihnen genommen wurden.« Lodi schlug die Mappe auf, entnahm ihr ein DIN-A5-großes Foto von dem blutverschmierten Messer, mit dem Helmut Fänger brutal abgestochen worden war, und reichte es an Hannes, der es vor ihrem Verdächtigen ablegte.

Krentz kräuselte die Stirn und machte ein angewidertes Gesicht. Er drehte sich weg, schielte aber weiterhin mit einem Auge auf das Foto.

Auf Lodi wirkte seine Reaktion echt. Ob er sie einstudiert hatte, seitdem er nach dem Mord untergetaucht war? Oder war ihm ein schauspielerisches Talent in die Wiege gelegt worden? Lodi bezweifelte, dass sein Ekel authentisch war.

»Dieses Messer dürfte Ihnen bekannt vorkommen«, sagte sie.

Krentz blickte sie entgeistert an. »Wieso zum Teufel sollte es das?«

»Weil Sie damit Helmut Fänger ermordet haben.«

Er schoss schlagartig zu ihr nach vorn. Hannes streckte reaktionsschnell seinen Arm aus und hielt ihn an der Brust zurück.

»He, hören Sie: Ich weiß nicht, was für eine Scheiße Sie hier spielen, aber ich habe mit dem Mord nichts zu tun!«

Diesmal zischte Lodi durch die Zähne. Sie verzog den Mund und wiegte den Kopf hin und her. »Dann überlegen Sie sich besser schon mal eine Erklärung für die Staatsanwaltschaft, wie Ihre Fingerabdrücke auf die Tatwaffe gelangt sind.«

Krentz erstarrte, sein Gesicht fror ein. Sein Entsetzen wirkte ebenfalls echt, fand Lodi. Wenn es Teil eines Planes war, hatte er ihn perfide ausgetüftelt. Möglicherweise hatten die anderen Mitglieder der AFF ihn bei der Vorbereitung unterstützt? Hatten sie bei ihren Treffen so lange eine Vernehmung einstudiert, bis Krentz' Antworten und Reaktionen einwandfrei saßen?

Jetzt war der Moment für ihr Angebot gekommen, dachte Lodi.

»Wie Sie sehen, stehen Sie mit Ihrer Behauptung, Sie hätten mit dem Mord nichts zu tun, auf verlorenem Posten«, leitete sie es ein. Sie zählte mit den Fingern auf: »Da sind die Drohbriefe der AFF, Ihre Fingerabdrücke auf der Tatwaffe, Ihr Fluchtversuch in Witzenhausen ... In Summe kann die Staatsanwaltschaft daraus ein Paket schnüren, dass Sie verdammt lange hinter Gitter schicken wird.«

In Krentz kehrte wieder Leben zurück. Er fing an, dezent zu nicken, was für Lodi darauf hindeutete, dass er ihre nächsten Worte erahnen musste. Seine ausweglose Situation schien ihm einzuleuchten.

»Wissen Sie, die Staatsanwältin und ich kennen uns zwar noch nicht lange, aber Sie können hier jeden von uns fragen: Diese Frau hat Biss. Ich möchte ihr jedenfalls vor Gericht nie gegenübersitzen.« Lodi nickte über die Schulter auf die Tür in ihrem Rücken. »Nach unserem Gespräch werde ich sie anrufen und sie über Ihre Aussage in Kenntnis setzen. Sie wird nicht erfreut sein, zu hören, dass Sie sogar das Offensichtliche abstreiten.«

Krentz presste die Lippen aufeinander und kratzte sich am Kopf. Obwohl ihm seine alles andere als rosige Ausgangslage bewusst geworden zu sein schien, erweckte er nicht den Eindruck, kurz vor einem Geständnis zu stehen.

Lodi seufzte. »Wenn ich der Staatsanwältin allerdings mitteilen könnte, dass Sie sich einsichtig und kooperativ gezeigt haben, ließe sie sich ein wenig erweichen.« Sie zuckte mit den Schultern. »Ich darf Ihnen das nicht versprechen. Aber aus Erfahrung kann ich Ihnen verraten, dass sich Geständnisse selten strafverschärfend auswirken. Sie verstehen, was ich meine?«

Krentz bekam weiterhin den Mund nicht auf. Lodi und Hannes blickten ihn in gespannter Erwartung an, während die

Sekunden auf Zehenspitzen vorbeischlichen. Lodis Strategie schien nicht aufzugehen. Sie hatte darauf spekuliert, dass er bei dieser Beweislage einknicken würde. Er tat ihr jedoch nicht den Gefallen.

Als sie genug gewartet hatte, klopfte Lodi auf den Tisch, schlug die Mappe zu und stand auf. »Wie Sie wollen, Herr Krentz. Ich habe es nur gut mit Ihnen gemeint. Ich werde jetzt ...«

»Okay, okay«, erwiderte er plötzlich. »Sie haben gewonnen. Ich erzähle Ihnen alles ...«

* * *

Eine halbe Stunde später saßen Lodi, Kathrin, Hannes und Florian wieder vereint im Besprechungszimmer.

»Hannes, kannst du die Ergebnisse für die beiden zusammenfassen?«, bat Lodi und tippte sich an den Hals. »Ich habe eben viel gesprochen. Ich würde gern meine Stimme schonen.«

Ihr Kollege fing an, aus seinen Notizen vorzutragen.

Krentz hatte gestanden – allerdings nur, dass er Fänger am Morgen der Tat in den Wald gefolgt sei und ihn dort aus einem Versteck beschattet habe. Nach circa einer halben Stunde sei er aufgeflogen, woraufhin Fänger von seinem Hochsitz geklettert und rasend vor Wut auf ihn zumarschiert sei. Da Fänger in ihm den Verfasser der Drohbriefe vermutet habe, sei zwischen ihnen ein Handgemenge entstanden. In deren Verlauf habe Fänger sein Jagdmesser gezogen, doch Krentz sei es gelungen, es ihm in einem glücklichen Moment abzunehmen. Er habe fliehen können und das Messer unterwegs weggeworfen, wisse aber nicht mehr genau, wo.

Das ließen die Kommissare einen Moment sacken.

Kathrin ergriff als Erste wieder das Wort. »Man kann ihm nicht unterstellen, er hätte zu wenig Fantasie. Was denkt ihr?«

Hannes brummte zustimmend. »Absoluter Bullshit, wenn du mich fragst. Denkt er wirklich, er kommt damit durch?«

»Nach unserer Sitzung rufe ich Hannah Grün an«, warf Lodi ein. »Meines Erachtens dürfte der Haftbefehl Formsache sein. Eventuell wandert unser Mann dann heute noch in U-Haft. Was ist mit Karsten Fänger, wird er ihm dort Gesellschaft leisten?«

Florian kratzte sich am Kinn und holte Luft. Dann fing er an zu berichten.

Auch ihr zweiter Verdächtiger habe etwas eingeräumt: nämlich, dass er nicht erst am Mittag des Tattages in Kassel angekommen sei, sondern bereits am Vorabend. Er habe seinen Vater am nächsten Morgen besucht, um ihm Gesellschaft zu leisten. Die beiden hätten Karten gespielt, sich wie so oft dabei aber gestritten. Fänger senior habe die Hand gegen seinen Sohn erhoben, was angeblich auch nicht zum ersten Mal passiert sei. Im Unterschied zu früher habe der Junior sich dieses Mal jedoch zur Wehr gesetzt. Es sei heftig zugegangen zwischen ihnen. Karsten Fänger behauptete, dass so die Hautreste unter die Fingernägel seines Vaters gelangt sein müssten.

Lodi legte die Stirn in Falten. Sie fragte: »Hat er ein Alibi? Wo ist er zur Tatzeit gewesen?«

»Er behauptet, bei sich zu Hause gewesen zu sein«, informierte sie Kathrin. »Er habe sich von dem Streit erholt und auf dem Sofa geschlafen. Ich habe schon mit Herrn Hirschfeld telefoniert, du erinnerst dich?«

»Krentz' Nachbar und Vermieter in Ihringshausen.«

»Genau, der Mann mit dem Mustang und dem besten Hörgerät der Welt. Er scheint nicht nur ein Faible für seinen Oldtimer zu besitzen, sondern auch fürs Hinterherspionieren. Da er mehr oder weniger immer zu Hause sei, würde er mitbekommen, sobald Fänger das Haus betritt oder verlässt. An den Tattag kann er sich angeblich besonders gut erinnern, weil er jeden Samstagvormittag Besuch von seinem besten Freund

Manfred bekommt. Im Sommer würden die beiden bis zum Nachmittag im Vorgarten sitzen und die Welt an sich vorüberziehen lassen.«

»Lass mich raten: Fänger ist dabei nicht an ihnen vorübergezogen?«

»Das behauptet zumindest Hirschfeld. Er sagt, Fänger sei morgens losgefahren und erst gegen Mittag zurückgekommen. Allerdings nur für einen Kurzbesuch, maximal zwei Stunden, danach sei er wieder losgefahren. Laut Dr. Wittmann ist sein Vater da jedoch bereits tot gewesen.«

»Was hat er zu seiner Lüge mit dem Urlaub mit Frau Lange gesagt?«

»Ich zitiere: Ihm sei der Stift gegangen, als er uns vor dem Haus in die Arme gelaufen ist. Er habe seinen Vater besuchen wollen, um sich mit ihm zu versöhnen. Wegen dieser Kryptosache habe er befürchtet, dass wir ihn verdächtigen würden, und wollte sich in Panik ein Alibi verschaffen.«

»Vielleicht war er aber auch dort, um Beweise zu vernichten«, ergänzte Florian.

»Ein aufregender Fall, finde ich«, sagte wieder Kathrin. »Es könnten tatsächlich beide gewesen sein – oder als Komplizen gehandelt haben.« Sie wandte sich an Lodi. »Hast du so etwas schon einmal erlebt? Zwei Haftbefehle für zwei dringend Tatverdächtige?«

»Nein. Aber damit soll sich die Staatsanwaltschaft herumschlagen.«

Ihrer Kollegin schien nicht zu entgehen, dass sie mit anderen Dingen beschäftigt war.

»Was ist los? Du wirkst nachdenklich.«

»Ja, ich … Irgendetwas stört mich. Ich habe das Gefühl, dass wir etwas übersehen haben …«

Die vier verfielen in Schweigen. Kathrin, Hannes und Florian blickten gespannt auf Lodi. Das, was sie nicht losließ, war in einem Nebensatz angeschnitten worden: Da war dieser unbekannte Dritte. In Verbindung mit der Aussage von Krentz ergab sich daraus für sie ein ungutes Gefühl. Natürlich bestand die Möglichkeit, dass sich ihr Verdächtiger diese Geschichte im Angesicht der drohenden Verhaftung ausgedacht hatte. In der Vernehmung hatte er sich nicht als fanatischer Anhänger der Wahrheit präsentiert, sondern war immer erst von seinen Lügen abgerückt, nachdem ihm die erdrückende Beweislage keine Wahl gelassen hatte. Zu vermuten, dass die vermeintlich vorsätzliche Erschießung eines italienischen Einwandersohns ein Produkt seines Einfallsreichtums war, lag somit nicht fern. Trotzdem: Seitdem Krentz davon gesprochen hatte, spukte diese Sache in Lodis Kopf herum.

Sie räusperte sich und sah in ungeduldige Gesichter. Offensichtlich hatte sie ihre Kollegen nun lange genug auf die Folter gespannt.

»Ist es wegen dieses Unfalls?«, mutmaßte Hannes.

Lodi nickte.

Die Blicke der anderen beiden irrten zwischen ihnen hin und her.

Hannes drückte sich hoch und klopfte auf den Tisch. »Ich versuche noch mal, diese Kinderzeugen von damals zu erreichen. Vielleicht können wir deine Zweifel dann ganz schnell aus der Welt räumen ...«

Mittwoch, Vormittag, Präsidium

Hannah Grün klang bedrückt. Sie sei erst vor ein paar Minuten aus einer Verhandlung gekommen, über einen Fall, der selbst Hartgesottenen wie ihr an die Nieren gehe. Obwohl ihr die Staatsanwältin keine Einzelheiten mitteilen durfte, beflügelte Lodis polizeilicher Erfahrungsschatz ihre Vorstellung mehr als gewünscht. Sie kannte weder die Deliktsart noch irgendwelche Details, doch Grüns Stimme verriet ihr alles, was sie wissen musste. Manchmal brachte einen dieser Job an die Grenzen. Bei Lodi war dies im letzten halben Jahr zu häufig passiert. So durfte es unmöglich weitergehen. Sobald sie diesen Fall zu den Akten gelegt hatten, würde sie sich Gedanken um ihre Zukunft machen. Aktuell überstieg dies allerdings ihre Kapazitäten.

Die Staatsanwältin freute sich nicht nur, von ihr zu hören, sondern auch über die Ermittlungsfortschritte. Dass es gleich zwei dringend Tatverdächtige gab, betrachtete sie als Entschädigung dafür, dass sich in anderen Fällen lange Zeit gar keine auftaten – oder nie. Sie versprach, sofort den Haftrichter zu kontaktieren. Aufgrund der eindeutigen Beweislage dürfte diese förmliche Angelegenheit schnell geklärt sein.

Lodi bedankte sich. Obwohl sie versucht hatte, sich nichts anmerken zu lassen, hakte Grün nach, was ihr denn auf dem Herzen läge.

»Es könnte ein Hirngespinst sein«, antwortete Lodi. »Ein Gedanke ist während der Vernehmung aufgetaucht, hat sich verselbstständigt und wildert nun in meinem Kopf herum. Ich fürchte, ich werde ihn erst los, wenn ich ihn ausgesprochen habe.«

»Dann legen Sie mal los, ich bin ganz Ohr.«

»Nun, wir wussten, dass Krentz und die Anhänger der AFF sich als Antispeziesisten betrachten und daher das Erlegen von Tieren mit dem Ermorden von Menschen gleichsetzen. Bis zur Vernehmung sind wir davon ausgegangen, dass sich der Hass gegen das Opfer auf sein Jägerdasein und seine vermeintliche Schießlust begründet. Aber da ist möglicherweise noch etwas anderes.«

»Ich bleibe gespannt.«

»Angeblich habe sich vor sechsundzwanzig Jahren ein Jagdunfall ereignet, bei dem Helmut Fänger auf einen Mann namens Alessandro Giordano geschossen und diesen tödlich verletzt haben soll. Laut Krentz sei Fänger damals von den Behörden von allen Vorwürfen freigesprochen worden. Er hat jedoch durchblicken lassen, dass Zweifel an dieser Version angebracht seien.«

»Ach du meine Güte. Haben Sie das bereits überprüft?«

»Unser Kollege ist dran. Er versucht, Kontakt zu zwei Zeugen aufzunehmen, die damals etwas Verdächtiges gesehen haben wollen, das Fänger belasten würde. Sie waren allerdings noch Kinder, und es ist sehr fraglich, ob sie sich an den Vorfall überhaupt erinnern. Aber wir gehen dem Ganzen auf den Grund.«

»Machen Sie das.« Tastengeklapper im Hintergrund verriet, dass Grün vor ihrem Laptop saß und tippte. »Das ist es, was Sie mir erzählen wollten?«

»Um ehrlich zu sein, habe ich mir bereits weitergehende Gedanken gemacht.«

»Das hätte ich nicht anders von Ihnen erwartet, Frau Lenke.«

Lodi schmunzelte. So war sie nun mal, häufig steckte sie bis über beide Ohren mit dem Kopf in ihren Ermittlungen. Seit dem Fall Sonja Werkmann empfand sie diese Eigenschaft jedoch eher als Fluch denn als Segen. Norbert hatte recht: Dass sie häufig ein Glas Wein benötigte, um runterzukommen, stellte langfristig nicht die klügste Strategie dar. Trotzdem sah Lodi bei sich keine Gefahr, zur Alkoholikerin zu werden, wie es einige Kollegen von anderen Dienststellen vorgelebt hatten.

»Also, was schwebt ihnen vor?«, fragte Grün.

»Die Fingerabdrücke auf der Tatwaffe konnten Jacob Krentz und die Hautpartikel unter den Nägeln Karsten Fänger zugeordnet werden. So weit, so gut. Aber da sind noch diese Zigarettenstummel, die wir in der Nähe des Tatorts gefunden haben. Sie erinnern sich, die platt gedrückte Stelle?«

»Sie spielen auf die Spuren an, die das LKA nicht zuordnen kann?«

»Genau. Sie gehören zu einer männlichen Person, die bisher nirgendwo in unserer Rechnung auftaucht.«

»Was sagen unsere beiden Verdächtigen dazu?«

»Sie markieren weiter die Unschuldigen. In ihren Geschichten spielen das Opfer und sie die Hauptrollen, da tauchen keine Dritten auf.«

»Dann decken die beiden ihn?«

»Das ist die eine Möglichkeit. Die andere ist, dass noch jemand mit drin hängt, über den weder wir noch unsere Verdächtigen etwas wissen.«

»Okay, so weit kann ich Ihnen folgen. Aber worauf wollen Sie hinaus?«

»Ich … ich dachte da an eine Exhumierung.«

Grün verschluckte sich. Sie hustete eine ganze Weile, trank hörbar etwas und beruhigte sich nur langsam wieder. Sie atmete tief durch.

»Mit Ihnen wird's auf jeden Fall nicht langweilig«, kommentierte sie mit ironischem Unterton. »Sie kommen ja auf Ideen. Wen in aller Herrgotts Namen wollen Sie denn ausbuddeln lassen?«

»Giordano. Den Mann, den Fänger bei dem Jagdunfall erschossen haben soll.«

»Und was erhoffen Sie sich davon?«

»Nun, bisher sind wir von zwei vorstellbaren Motiven ausgegangen: Krentz könnte Fänger aus ethisch-moralischen Gründen getötet haben, sein eigener Sohn ihn eventuell im Affekt oder aus Rache, weil Fänger ein grauenvoller, gewalttätiger Vater gewesen ist. Möglicherweise gibt's aber noch ein drittes, das wir uns bisher nicht vorstellen können. Irgendeine Rolle muss dieser unbekannte Raucher in dem Ganzen doch schließlich spielen.«

Grün brummte skeptisch. »Sie sind immer noch nicht überzeugt, dass ihn einer von unseren Verdächtigen auf dem Gewissen hat? Trotz Fingerabdrücken, Hautresten, Teilgeständnissen und fehlenden Alibis?«

Lodi schwieg, und das war der Staatsanwältin Antwort genug.

»Ach herrje. Ihr Bauchgefühl?«

»Es hat mich noch nie enttäuscht.«

Nun war es Grün, die aufhörte zu reden.

Nachdem ein paar quälend lange Sekunden verstrichen waren, sagte sie: »Überprüfen Sie bitte erst diesen Vorfall. Wenn Sie rausfinden, dass Krentz sich die Geschichte nicht zusammengesponnen hat, melden Sie sich wieder bei mir. Dann schaue ich, was sich machen lässt.«

»Vielen Dank«, erwiderte Lodi. »Sie haben einen gut bei mir.«

»Ich werde darauf zurückkommen …«

* * *

Lodi legte auf und ging hinüber in die kleine Küche. Sie brauchte eine Erfrischung. Die Hitze hatte sich in den kleinen Räumen und auf den Fluren des Präsidiums so gestaut, dass selbst die Wände zu schwitzen schienen.

Lodi zog die Tür hinter sich zu. Nach der Vernehmung, der anschließenden Konferenz und dem Telefonat mit Grün brauchte sie ein wenig Abstand von anderen Menschen. An die Wand gelehnt, stand sie eine Zeit lang stumm da und starrte zu Boden. Sie schloss die Augen, die Ruhe bekam ihr gut. Dann nahm sie eine Flasche Wasser aus dem Kühlschrank und trank in einem Zug die halbe Flasche aus.

Das Handy schob ihrer kurzen Auszeit einen Riegel vor. Es fing an, in der Hosentasche zu vibrieren. Es war Tina.

»He, Lodi, ich bin's«, meldete sich Thomas zu ihrer Überraschung. »Mein Telefon hat den Geist aufgegeben. Ich hab mir das von meiner Göttergattin unter den Nagel gerissen. Heißt es nicht immer, diese Apfelgeräte wären so benutzerfreundlich? Ich komme überhaupt nicht klar mit dem Ding.«

Lodi schüttelte irritiert den Kopf. Sie streckte das Handy von sich und sah aufs Display. Der Anruf lief tatsächlich, sie bildete ihn sich nicht ein. Thomas klang anders als bei ihrem Besuch. Er hörte sich an wie früher: gut gelaunt, lebhaft, mit einem lockeren Spruch auf den Lippen. Als hätten sie ihn im Krankenhaus ausgetauscht.

»Wo ist Tina?«, fragte Lodi. »Ist sie bei dir?«

»Sie sitzt auf dem Stuhl neben meinem Bett und schläft.«

»Dann weckst du sie hoffentlich nicht auf.«

»Ach, die sägt schon wieder ganze Wälder ab, die müsste eigentlich von ihrem eigenen Schnarchen wach werden.« Es raschelte kurz im Hintergrund, als ob Thomas sich aufrichtete. »Hör zu, Tina hat mir meinen Laptop ins Krankenhaus gebracht. Ich habe über diesen Helmut Fänger recherchiert.«

Lodi rollte mit den Augen. »Du sollst dich ausruhen und nicht unsere Arbeit übernehmen. Müssen wir dich etwa auch noch am Bett fixieren?«

Er überging ihre Ermahnung einfach.

»Mir ist da etwas in seiner Biografie aufgefallen. Frag mich nicht, wie ich auf den Link gestoßen bin, ich weiß es nicht mehr. Aber ich habe diesen Asbach-uralt-Zeitungsartikel aus dem Jahr 1998 entdeckt. Darin wird berichtet, dass Fänger mal aus Versehen jemanden bei der Jagd erschossen hat. Weißt du davon?«

»Es gibt einen POLAS-Eintrag dazu, Richard hat es uns bei der Fundortbegehung erzählt. Kathrin und ich haben uns auf seine Einschätzung verlassen. Außerdem sind kurz danach die ganzen Beweise reingeflattert. Die Drohbriefe, die Fingerabdrücke, die DNA von Fänger …« Für einen kurzen Moment drang Stille durch die Leitung.

»Ihr habt es also nicht weiter überprüft?«

»Doch, ich habe Hannes damit beauftragt. Er ist auf die Namen von zwei Kindern gestoßen, die angeblich etwas Verdächtiges gesehen haben sollen?«

»Ja, das habe ich auch gelesen. Zwei Jungs, die auf einer Wiese vor dem Wald gespielt und hinterher ausgesagt haben, sie hätten einen Mann beim Aufstellen von Schildern gesehen. Allerdings waren ihre Aussagen voller Widersprüche. Polizei und Staatsanwaltschaft konnten weder zweifelsfrei feststellen, dass es sich tatsächlich um Fänger gehandelt hat, noch, dass die Schilder erst nach dem tödlichen Schuss aufgestellt wurden.«

»Klingt für mich, als sei ein tragischer Unfall wahrscheinlicher. Aber was stand denn noch in dem Artikel?«

»Ich fange am besten mal von vorne an. Wenn ich es richtig verstanden habe, hatte Fänger sich in den Neunzigern für mehrere Jahre ein Jagdgebiet gepachtet. Nach dem Schuss wurde er vernommen und hat behauptet, das Sperrgebiet sachgemäß mit Schildern kenntlich gemacht zu haben. Er habe an dem Tag Schwarzwild gejagt und dabei aus Versehen auf Giordano geschossen, der sich widerrechtlich in seinem Gebiet herumgetrieben habe.«

»So hat Richard es uns auch erzählt …«

»Laut dem Bericht soll ihn dieser Vorfall ziemlich mitgenommen haben. Nach einer notfallpsychologischen Behandlung sei es ihm aber schnell besser gegangen.«

»Es könnte demnach alles so abgelaufen sein, wie Fänger behauptet hat. Oder glaubst du, dass Fänger damals seine Spuren verwischt hat?«

»Selbst wenn, heißt das nicht zwangsläufig, dass es kein Unfall gewesen ist. Möglicherweise hatte er vergessen, die Schilder aufzustellen, und hat dies nachgeholt, um einer Anklage wegen fahrlässiger Tötung zu entgehen.«

»Leider können wir ihn dazu nicht mehr befragen. Heutzutage hätten diese Kinder wohl ihre Smartphones gezückt und ein Foto geschossen.«

»Ja, sehr wahrscheinlich. Sind trotzdem eine Plage, diese Dinger. Ich sehe es ja sogar im Krankenhaus, nicht mal hier können die Leute ihre Schlaubi-Schlumpf-Geräte aus der Hand nehmen. Oh, warte kurz.« Es raschelte, Thomas musste das Handy neben sich abgelegt haben. Dann leises, gedämpftes Gemurmel, Lodi hörte außer seiner Stimme auch jene von Tina heraus. Sie schien aufgewacht zu sein. »Da bin ich wieder. Meine Frau hat mal wieder im Schlaf gesprochen. Sie hat mir nachts schon die wildesten Geschichten erzählt. Aber wieder zurück zu unserem Fall.«

Lodi schmunzelte. »*Unserem* Fall?«

Erneut schwieg Thomas kurz.

»Ich danke dir auf jeden Fall für deine Mühen«, fuhr sie fort. »Ich werde mich gleich mit Kathrin und den anderen besprechen, wie wir nun vorgehen.«

»Warte, da ist noch etwas«, sagte er und klang ernst. »Ich hatte ja Zeit, also habe ich anschließend noch tiefer gegraben und die Archive diverser Lokalzeitungen durchforstet. Aus dem Jagdunfall hat sich eine Riesensache entwickelt. Ich verspreche dir, das wird euch interessieren.«

»Okay …«

Thomas rieb mit der Sprechmuschel über seinen Stoppelbart, sodass es kurz in der Leitung kratzte.

»Giordano, den Fänger erschossen hat, hatte eine Frau und zwei Kinder: einen Sohn, Luca, und eine Tochter, Federica. Kaum zu erraten also, dass er italienische Vorfahren hatte.«

Lodi erwiderte nichts auf diesen für Thomas typischen, aber unpassenden Spruch. Stattdessen fragte sie nach dem Alter der Kinder. Sie lägen nicht weit auseinander, das Mädchen sei damals zehn gewesen und der Junge elf. Heute mussten sie Ende dreißig sein.

Lodi war nur unwesentlich älter gewesen, als ihr Vater ihre Mutter im Wald ermordet hatte. Sie konnte sich vorstellen, wie Luca und Federica Giordano sich damals gefühlt hatten. Es musste ihnen den Boden unter den Füßen weggerissen haben. Ihrer beider Leben war von einem Moment auf den anderen nicht mehr dasselbe gewesen. Jemand hatte ihnen den Vater weggenommen! Er würde nie wieder zurückkehren, so sehr sie sich das auch wünschten. Der Tod, der härteste Verhandlungspartner von allen, der niemals Kompromisse schloss. Wahrscheinlich teilten sie wie Lodi ihr Leben in zwei Teile und sprachen heute als Erwachsene von einem Davor und einem Danach. Wie sie waren sie an diesem Tag zu Waisen geworden.

Lodi drückte ihre Gedanken weg.

»Konntest du herausfinden, wie sie den Verlust verkraftet haben?«

»Nicht direkt. Die Mutter hat es allerdings vollkommen umgehauen, sie wurde wenige Wochen nach dem Tod ihres Mannes in die Psychiatrie eingewiesen. Das Jugendamt hat ihr deshalb das Sorgerecht entzogen und die Kinder an Pflegefamilien übergeben.«

»Heftig. Weißt du noch mehr über die beiden?«

»Ja, ich habe herausgefunden, dass Luca als Sozialarbeiter für einen kirchlichen Träger tätig ist. Federica betreibt ein Nagelstudio in der Innenstadt, am Königsplatz.«

»Okay, das kenne ich.«

»Geht ihr da vorbei, Kathrin und du? Ihr solltet euch die beiden Giordano-Kinder mal aus der Nähe ansehen.«

»Das denke ich auch.«

Lodi sah aus dem Fenster. Während des Telefonats hatten sich ein paar graue Wölkchen am Himmel zusammengerottet. Sollte es tatsächlich ein bisschen Regen geben?

»Danke noch mal für deinen Einsatz«, sagte sie zum Abschied. »Ach, und Thomas: Kümmere dich um Tina. Ihr hast du es zu verdanken, dass du noch am Leben bist.«

Mittwoch, Mittag, Büro und Innenstadt

Lodi eilte zurück ins Büro. Kathrin war nicht da, vermutlich trieb sie sich im Nachbarraum bei Hannes und Florian herum. Lodi setzte sich direkt an ihren Computer und durchforstete POLAS nach dem Vorgang. Vielleicht hätten sie ihn schon viel früher genauer prüfen sollen, tadelte sie sich im Stillen selbst.

Sie überflog zuerst die Akte, dann druckte sie die Zeitungsartikel aus, zu denen Thomas ihr Links aufs Handy geschickt hatte, und las sie rasch durch. Mit einer Hand vorm Mund schüttelte sie ungläubig den Kopf: Es hatte sich alles genauso abgespielt, wie er berichtet hatte. Fassungslos sah sie kurz aus dem Fenster. Das durfte nicht wahr sein, sie mussten unbedingt diese Kinderzeugen erreichen und auch mit dem Sohn und der Tochter von Giordano sprechen.

Wie aufs Stichwort schwang die Tür auf und Kathrin kam herein. »Hey, da bist du ja wieder. Ich war gerade drüben bei unseren beiden Jungfüchsen.« Sie legte ihre Handgelenke nebeneinander, wie in Handschellen gefesselt. »Hast du mit der Staatsanwältin wegen des Haftbefehls gesprochen?«

Lodi drehte sich zu ihr um. »Wir müssen los«, sagte sie, schob die ausgedruckten Berichte aufeinander und rollte sie zusammen. Auf ihrem Schreibtisch drückte sie sich hoch. »Keine Sorge, ich erkläre es dir unterwegs …«

Kathrin blieb stehen und legte eine Hand auf den Mund. Lodi gab ihr Zeit, die Geschichte um Fänger und Giordano sowie dessen Familie zu verdauen. Sie hatten beinahe den Königsplatz erreicht, bis zu Federicas Nagelstudio waren es nur noch wenige Hundert Meter.

Während Kathrin weiter stumm dastand und ungläubig dreinschaute, meldete Hannah Grün sich auf Lodis Handy.

»Gut, dass Sie anrufen«, begrüßte sie die Staatsanwältin. »Ich wollte mich ohnehin mit Ihnen in Verbindung setzen.«

»Heute läuft unsere Leitung aber heiß, was? Zuerst ich, danach Sie?«

»Einverstanden. Ich vermute, es geht um die Haftbefehle?«

»Genau. Ich habe gerade mit dem Richter gesprochen, er stimmt uns in allen Punkten zu. Krentz und Fänger werden ab heute ihre Zeit in U-Haft verbringen, zumindest bis zu den Verhandlungen.«

»Sehr gut.«

»Und was liegt Ihnen auf dem Herzen?«

Hannah Grün reagierte nicht überrascht, dass Krentz' Erzählungen sich als Wahrheit herausgestellt hatten. Lodi ließ sich von Kathrin die Zeitungsartikel zurückgeben, gab in wenigen Sätzen deren Inhalt wieder und fasste außerdem zusammen, was sie über die Umstände des Jagdunfalls im System recherchiert hatte.

»Meine Kollegin und ich stehen gerade sozusagen schon in der Tür zu dem Nagelstudio der Tochter«, sagte Lodi. »Wenn Sie vor Ort sein sollte, werden wir bei ihr mal die Lage sondieren.«

»Eine gute Idee. Wie sieht's mit dem Sohn aus?«

»Den versuchen wir im Anschluss zu kontaktieren.«

»Einverstanden. Bitte setzen Sie mich über die Ergebnisse in Kenntnis.«

Lodi zögerte, Grün auf ihre Zusage aus dem letzten Telefonat anzusprechen. Glücklicherweise erinnerte sich die Staatsanwältin auch ohne Hinweis daran.

»Keine Sorge, ich habe die Exhumierung nicht vergessen. Ich halte meine Versprechen und kümmere mich darum. Allerdings erschließt sich mir immer noch nicht, was Sie sich davon erhoffen. Zumal nach sechsundzwanzig Jahren ... Na ja, ich brauche Ihnen vermutlich nicht zu sagen, dass das ein schwieriges Unterfangen wird. Ich rate mal ins Blaue hinein: Sie wollen einen DNA-Abgleich mit den Speichelresten an den Zigarettenstummeln vornehmen?«

Lodis Lippen bogen sich zu einem Lächeln.

»Sie haben es erfasst, Frau Staatsanwältin.«

»Ich verstehe, das klingt interessant. Ich kann Ihnen allerdings nicht garantieren, dass der Richter sich bei dieser Sachlage auf eine Exhumierung einlässt. Falls doch, sollte uns Ihr Bauchgefühl besser nicht enttäuschen. Sonst bleibt es das erste und letzte Mal, dass wir für so eine Aktion grünes Licht bekommen ...«

* * *

Während Lodi mit der Staatsanwältin gesprochen hatte, hatte Kathrin sich wieder gefangen. Sie gingen weiter den Königsplatz hinunter, bis sie den schmalen Durchgang zum Parkplatz am Entenanger erreicht hatten. In dem Eckhaus befand sich Federica Giordanos Nagelstudio.

In dem Laden herrschte reger Betrieb, die Plätze an den zweireihigen Tischen waren restlos besetzt. Lodi sah sich flüchtig um, denn sie war zum ersten Mal in einem Nagelstudio. Diese waren in den letzten Jahren an mehreren Orten in der Stadt wie Pilze aus dem Boden geschossen, und dieser Hype hatte sich ihr noch nie erschlossen.

Die Regale an den Wänden waren mit ordentlich aufgereihten Nagellacken, Pflegeprodukten und Accessoires vollgestellt. Auch die Arbeitsplätze, an denen die konzentriert aussehenden Mitarbeiterinnen mit elektronischen Feilen die Nägel ihrer Kundinnen glätteten, sahen sauber und strukturiert aus. Paravents zwischen den Tischen sorgten für ein wenig Privatsphäre. Im hinteren Bereich gab es eine Wartezone mit bequemen Sesseln und Zeitschriften.

»Guten Tag, willkommen bei FederNails«, holte eine Stimme Lodi aus ihren Beobachtungen. An einem Tresen stand eine junge Frau mit asiatischen Gesichtszügen. Sie sah an einem Computerbildschirm vorbei in ihre Richtung und winkte ihr zurückhaltend zu. »Haben Sie einen Termin?«

Lodi und Kathrin gingen zu ihr hinüber. Kommentarlos zeigten sie ihre Ausweise vor.

»Wir möchten uns gern mit Federica Giordano unterhalten«, sagte Lodi. »Ist sie da?«

Die Mitarbeiterin schluckte. Dann nickte sie stumm, drehte sich um und zeigte unsicher zum hinteren Studiobereich.

»Ist dort ihr Büro?«, fragte Kathrin. Wieder vorsichtiges Nicken. »Bitte bringen Sie uns zu ihr, am besten unauffällig. Wir wollen Ihren Betrieb nicht stören.«

Federica Giordano konnte ihre italienischen Wurzeln nicht leugnen. Sie war kurz gewachsen, hatte schulterlange, dunkelbraun glänzende Haare und haselnussfarbene, mandelförmige Augen. In dem voll plissierten kürbisfarbenen Maxikleid sah sie elegant und zugleich natürlich aus, was ihr dezentes Make-up unterstrich.

Lodi und Kathrin stellten sich vor, lehnten die Einladung, sich hinzusetzen, jedoch ab.

»Was kann ich für Sie tun?«, fragte Federica.

»Wir würden gern mit Ihnen über den Tod Ihres Vaters sprechen«, erklärte Lodi. Das Lächeln der Besitzerin wandelte sich von echt zu gestellt. Sie schien Übung darin zu besitzen, ihre Mundwinkel festzuschrauben. »Könnten Sie netterweise ein wenig Ihrer kostbaren Zeit für uns erübrigen?«

Federica musste nachdenken, was man ihrem Gesicht allerdings nicht anmerkte. Mit demselben Ausdruck wie davor schaute sie Lodi und Kathrin wortlos an.

Nach einer Weile nickte sie über ihre Schulter zu einer Tür, die ins Freie führte, und sagte: »Ich wollte ohnehin gerade eine rauchen gehen ...«

Sie gingen ein paar Schritte die Straße hinunter und blieben an der nächsten Häuserecke stehen. Federica klopfte sich eine Zigarette aus dem Softpack. Sie zündete sie an, nahm einen Zug und zeigte mit dem brennenden Glimmstängel auf das Werbeschild neben dem Schaufenster ihres Ladens. Entweder hatte sie erst vor Kurzem zu rauchen angefangen, oder sie war gesegnet mit ihren Genen, denn im Gegensatz zu anderen sah man ihr das Laster nicht an. Sie hatte weder faltige Haut noch gelbliche Fingernägel.

»Es macht keinen guten Eindruck, wenn die Besitzerin in der Nähe des eigenen Geschäftes raucht«, sagte Federica, und ihre Stimme ließ nun jede Freundlichkeit vermissen. »Also, der Tod meines Vaters?«

Lodi verschränkte die Arme und deutete nickend auf Kathrin. »Zunächst möchten wir uns bedanken, dass Sie mit uns darüber sprechen. Wir verstehen, dass dieser ...«, sie zögerte wegen des richtigen Begriffes, »Unfall ein sehr einschneidendes

Erlebnis für Sie und Ihren Bruder gewesen sein muss. Selbst wenn es schon eine Ewigkeit her ist.«

Federica sah sie ausdruckslos an und erwiderte nichts. Sie zog erneut an ihrer Zigarette und ließ den Rauch durch die Nase entweichen. Dabei legte sie den Arm um ihren Bauch und stützte ihren Ellbogen darauf.

Lodi hätte eine andere Reaktion erwartet. Dass ihr Gegenüber sie erbost fragen würde, warum die Kripo nach sechsundzwanzig Jahren diesen Fall wieder aufrollte und sie damit belästigte. Dass sie sie anbrüllen würde, weil sie, ihr Bruder und ihre Mutter genug gelitten hätten. Stattdessen stand sie da und erweckte einen gleichgültigen Eindruck.

»Haben Sie jemals bezweifelt, dass es sich um einen tragischen Unfall gehandelt hat?«, fragte Lodi.

Wieder Schweigen. Dann ein weiterer Zug, Rauch aus der Nase, ein desinteressierter Blick.

»Nein«, antwortete Federica.

Kathrin zog die Augenbrauen zusammen. »Wirklich niemals?«

Kopfschütteln.

»Es gibt Zeugen, die gesehen haben wollen, dass Fänger das Sperrgebiet zu spät mit Schildern markiert habe. In diesem Fall wäre es mindestens eine fahrlässige Tötung gewesen.«

Federica zuckte mit den Schultern. »Kinder, die an dem Tag auf einer Wiese gespielt haben. Das beweist gar nichts.« Sie klang abgebrüht.

»Sind Sie Helmut Fänger schon mal begegnet?«

»Nein.«

»Und Ihr Bruder?«

»Soweit ich weiß, auch nicht. Aber da müssen Sie ihn selbst fragen.«

»Stehen Sie in engem Kontakt miteinander?«

»Was verstehen Sie darunter?«

»Zum Beispiel, wie oft Sie sich treffen.«

Federica wiegte den Kopf hin und her. »Wir arbeiten viel. Er für die Kirche und ich im Laden.« Sie tippte die Asche ab. »Aber wir sehen uns schon recht regelmäßig. Mindestens ein- bis maximal zweimal pro Woche, würde ich sagen. Je nachdem.«

»Wann haben Sie ihn zuletzt getroffen?«

»Vergangenes Wochenende. Unsere Mutter ist letzten Monat gestorben. Wir sind deshalb am Donnerstag nach Italien aufgebrochen, um unsere Großeltern zu besuchen.«

»Das tut uns leid, Frau Giordano.«

Federica bedankte sich mit einem erzwungen aussehenden Nicken.

»Wann genau sind Sie zurückgekommen?«

»In der Nacht von Sonntag auf Montag. Es muss etwa halb drei gewesen sein.«

»Sind Sie die ganze Strecke gemeinsam gefahren? Oder ist Ihr Bruder auf dem Weg irgendwo zu- oder ausgestiegen?«

Sie legte kurz den Kopf schief, als käme ihr diese Frage seltsam vor. »Wir haben uns auf der Strecke abgewechselt und unterwegs Pinkelpausen eingelegt, falls Sie das meinen.«

»Gibt es Beweise für Ihre Aussage? Dass Sie beide vergangenes Wochenende in Italien gewesen sind?«

Der Anflug eines hämischen Lächelns streifte Federicas Gesicht, doch sie brachte ihre Mimik schnell wieder unter Kontrolle.

»Sie könnten unsere Familie in Italien ansprechen. Großeltern, Tanten, Onkel, Cousinen ... Dafür müssten Sie sie allerdings auf Italienisch befragen.«

Lodi konterte: »Das würden dann unsere italienischen Kollegen im Rahmen einer Amtshilfe übernehmen.«

Federica blinzelte sie an. Offensichtlich lag ihr die Frage auf den Lippen, was darunter zu verstehen sei, aber sie behielt sie für sich. Stattdessen rauchte sie die Zigarette mit einem langen kräftigen Zug bis auf den Filter herunter.

Lodi setzte zu ihrer letzten Frage an: »Wie sieht's mit Belegen für die Fahrt aus? Tankquittungen?«

Wieder zeigte Federica zum Laden hinüber. »Ich bin der einzige ordentliche Mensch in meiner Familie. Wahrscheinlich weil ich ein eigenes Geschäft führe. Rechnungen, Belege und Quittungen hebe ich immer auf. Sie sind in einem Ordner in meinem Büro …«

Sie hatte sie tatsächlich aufgehoben. Federica suchte die Kassenzettel raus, von Tankstellen bei Genua, Bozen, Ingolstadt und kurz vor Kassel. Allesamt Raststätten entlang der Route, die sie angeblich mit Luca gefahren war, und auf den ersten Blick auch alle am Sonntag ausgestellt beziehungsweise in der Nacht zu Montag. Lodi nahm die Zettel dankend entgegen.

»Wir brauchen Ihre Handynummer und die Ihres Bruders«, sagte Kathrin. »Auch mit ihm würden wir uns gern unterhalten.«

Während Federica die Belege freimütig herausgerückt hatte, zögerte sie nun kurz. Doch dann schraubte sie sich wieder ihr unechtes Lächeln ins Gesicht, griff nach dem iPhone auf dem Schreibtisch und suchte die Kontaktdaten ihres Bruders heraus.

»Haben Sie vielen Dank für Ihre Zeit«, sagte Lodi zum Abschied. »Sollten sich in nächster Zeit weitere Fragen ergeben, melden wir uns bei Ihnen.«

* * *

Sie ließen den Königsplatz hinter sich und gingen an der Drogen- und Obdachlosenszene vorbei über den Lutherplatz Richtung Präsidium. Ein Weg, den viele Kasseler Bürger inzwischen weiträumig vermieden. Sogar als Polizistin fühlte sich Lodi unbehaglich, wenn sie an der von Monat zu Monat größer werdenden Gruppe von gestrandeten Menschen und den ebenfalls anwachsenden Müllbergen vorbeiging. Es kam ihr vor wie der Eintritt in ein gesetzloses Land, ein Stück Wilder Westen mitten in der Stadt.

»Was denkst du dazu?«, wollte Lodi nun wissen, als sie an der Lutherkirche vorbeigegangen waren und an einer roten Fußgängerampel warteten.

Kathrin verzog den Mund und nahm sich Zeit zum Nachdenken.

»Ist dir etwas an Federicas Reaktion aufgefallen?«, stellte sie eine Gegenfrage. »Als wir erwähnt haben, dass wir auch mit ihrem Bruder sprechen möchten?«

»Sie scheint nicht zu wollen, dass wir Kontakt zu ihm aufnehmen. Wohingegen sie uns die Quittungen geradezu aufgedrängt hat.«

»Wie gehen wir jetzt vor?«

»Im Büro schnappen wir uns Hannes und Florian. Einer von ihnen soll die Namen der Zeugen von damals ermitteln und sich mit ihnen in Verbindung setzen. Der andere kann sich die Tankstellen vornehmen.«

»Du denkst an Kameras«, mutmaßte Kathrin. »Okay, und wir finden in der Zwischenzeit heraus, wo genau Luca arbeitet, und statten ihm einen Besuch ab?«

Lodis Blick fiel auf den Spruch auf Kathrins T-Shirt, denn sie hatte heute noch nicht nachgeschaut: »Yoga – weil Schokolade keine Lösung ist.« Sie schmunzelte. Offensichtlich gab der Schrank ihrer Kollegin eine Menge lustiger Exemplare her.

»Yogis können sich wohl nicht nur verrenken, sondern auch Gedanken lesen«, sagte sie. »Genau so habe ich es mir nämlich vorgestellt.«

Bei Grün überquerten Lodi und Kathrin die Kreuzung und folgten geradeaus der Straße Richtung Präsidium. Sie betraten es durch den Nebeneingang und gingen durchs Treppenhaus nach oben in den dritten Stock. Sie schafften es allerdings nicht bis zu ihrem Büro, weil von Rheinfeld ihnen auf dem Flur mit energischen Schritten und entschlossenem Gesichtsausdruck entgegenkam. Lodi und Kathrin blieben überrascht stehen, denn dass ihr Dienstvorgesetzter seine Komfortzone verließ und zum Pöbel herabstieg, war seit seinem Umzug in die Teppichetage nicht mehr vorgekommen. Noch während er auf sie zustiefelte, zeigte er auf Lodi.

»Kollegin Lenke, ich habe Sie gesucht«, sagte er und klang nicht amüsiert. Aber wann hatte er das jemals getan? »Sie kommen mit in mein Büro.«

»Es ist auch schön, Sie zu sehen«, antwortete Lodi, allerdings nur in Gedanken. In der realen Welt sagte sie: »In Ordnung, Herr Präsident.« Sie drehte sich zu Kathrin und flüsterte ihr ins Ohr, dass sie Hannes und Florian die besprochenen Aufträge erteilen sollte.

Mittwoch, früher Nachmittag, Präsidium

Und täglich grüßt der Polizeipräsident, ging Lodi ein abgewandelter Titel einer ihrer Lieblingsfilme durch den Kopf. Mit dem Unterschied, dass sie kein weiblicher Bill Murray war und Kassel zum Glück nicht so verschlafen wie das US-amerikanische Kaff Punxsutawney in Pennsylvania.

Sie hatten an von Rheinfelds Tisch Platz genommen. Ihr Vorgesetzter sah aus wie das Regenwetter, nach dem die ausgedorrte Stadt zurzeit so sehr lechzte. Ihm musste eine verdammt große Laus über die Leber gelaufen sein. Er saß noch steifer da als beim letzten Mal, atmete schwer, schnaufte und kratzte sich grimmig durch seine Bartstoppeln. Seine Wangen darunter waren gerötet, seine Lippen zusammengepresst, seine Stirn gerunzelt.

»Ich habe vorhin einen Anruf von Dr. Thaler erhalten«, sagte er. Lodi wusste, von wem er sprach: Thaler war Haftrichter beim Amtsgericht. Ein Mann mit grau melierten, an den Schläfen zurückweichenden Haaren, der an der Schwelle zur Pensionierung stand und die Ruhe von mehreren Dienstjahrzehnten in sich trug. »Er hat mir erzählt, dass die Staatsanwältin zwei Haftbefehle beantragt haben soll«, von Rheinfeld spickte auf eine Notiz, »für Jacob Krentz und Karsten Fänger.« Er legte den Zettel wieder ab und beugte sich mit verschränkten Händen nach vorn. »Bei Zweiterem handelt es sich um den Sohn des Opfers, richtig?«

Lodi zwang sich, keine Miene zu verziehen.

»Ja, Herr Präsident.«

»Erklären Sie mir das.«

Sie trug ihm die Beweise vor, die sowohl für die Täterschaft von Krentz als auch für jene von Fänger sprachen. Oder für eine gemeinsame. Ihre Gedanken zu dem Jagdunfall vor sechsundzwanzig Jahren behielt sie für sich, denn sie ahnte, dass dies zu viel für ihren Chef sein würde. Ohnehin verwunderte sie, dass Richter Thaler kein Wort über die angefragte Exhumierung von Alessandro Giordanos Leiche verloren hatte.

Von Rheinfeld sah sie weiter grimmig an, als wären seine Gesichtszüge trotz der Hitze festgefroren. Er fragte: »Sie haben meine Forderung vom letzten Mal ziemlich ernst genommen, was?«

»Ihnen kann man es aber auch nicht recht machen«, lag es Lodi auf den Lippen. »Sie wollten eine Festnahme, ich habe Ihnen zwei geliefert.«

Sie sprach es nicht aus, sondern blieb erneut bei einem einlenkenden »Ja, Herr Präsident«.

»Und dann hat Thaler noch wirres Zeug geredet, irgendetwas von einer Exhumierung, die Sie angeblich mit der Staatsanwältin besprochen haben sollen …« Er wartete vermutlich auf einen Widerspruch, aber Lodi schwieg. Ihr fehlender Einwand schien ihn zu verwirren. »Sie wollen mir nicht etwa sagen, dass es wahr ist, was er mir erzählt hat?«

Sie versuchte weiter, sich zu beherrschen. Doch es gelang ihr nur mittelprächtig, denn sein Starren beunruhigte sie. Sein Wankelmut machte sie rasend. In Gedanken redete sie sich in

Rage: dass er sich entscheiden solle, dass er nur auf seine Karriere schaue, dass es skandalös sei, warum ein opportunistischer Hasenfuß wie er einen Posten wie diesen besetzte. Und dass jeder andere Kollege vom K11 besser für ebendiesen geeignet war.

Sie holte gerade zu einer Antwort aus, als von Rheinfeld ihr in die Parade fuhr. Glücklicherweise, denn ansonsten hätte Lodi mindestens die Hälfte von dem, was ihr durch den Kopf ging, ausgesprochen. Das hätte in einem sprachlichen Blutbad geendet – mit dem schlechteren Ende für sie, weil der Präsident des Polizeipräsidiums Nordhessen nun einmal an einem deutlich längeren Hebel saß als sie.

Von Rheinfeld fing sich ein wenig, wenn auch nur in homöopathischem Ausmaß. Sein Gesicht nahm wieder eine etwas gesündere Farbe an. »Sie werden sich diesen Irrwitz mit der Exhumierung aus dem Kopf schlagen. Und was die zwei Haftbefehle angeht …« Er fuhr sich mit einer Hand durchs Haar. »Es wird nur einer dieser beiden Männer auf der Anklagebank landen. Ich rate Ihnen dringend, den richtigen auszuwählen.«

* * *

Nachdem Lodi die Tür zum Büro des Polizeipräsidenten zugezogen hatte, eilte sie über den Flur zum WC. Sie vergewisserte sich, dass sie allein war, schloss sich in einer Kabine ein und setzte sich vornübergebeugt auf den Klodeckel. Sie riss sich Toilettenpapier ab, tupfte sich den Schweiß von der Stirn, dem Hals und über der Oberlippe ab. Nicht nur die Hitze war schuld daran, dass sie schwitzte. Das lag auch an dem Gespräch mit dem Polizeipräsidenten. Denn die Schlinge, die er nach dem Leichenfund von Sonja Werkmann im Habichtswald um ihren Hals gelegt hatte, hatte sich inzwischen verdammt eng zusammengezogen. Diese Enge spürte Lodi inzwischen körperlich. Sie lehnte sich zurück und schloss die Augen.

Einatmen, ausatmen.

Sie versuchte, sich zu konzentrieren. Durch die Nase ein, durch den Mund aus.

Einatmen, ausatmen.

Es dauerte eine Weile, bis sich ihr Atem beruhigte und auch ihr Gedankenkarussell langsamer wurde. Als sie sich wieder stabiler fühlte, stand sie auf, kam aus der Kabine und stellte sich ans Waschbecken. Sie drehte den Wasserhahn auf. Wartete, bis das Wasser eiskalt geworden war, dann schaufelte sie sich mehrere Ladungen ins Gesicht und träufelte sich ein paar Tropfen in den Nacken. Der Blick in den Spiegel war unerträglich. Zu sagen, dass sie schon besser ausgesehen hatte, wäre eine maßlose Untertreibung gewesen. »Dein Gesicht könnten Kinder an Halloween als Maske aufziehen«, hätte Thomas wahrscheinlich in seiner unnachahmlichen Art gesagt, und dieser Gedanke brachte Lodi immerhin ein flüchtiges Schmunzeln zurück auf die Lippen. Sie drehte den Wasserhahn zu, warf das klamme Papierknäuel in den Mülleimer und zupfte ihren Poncho zurecht.

Dann verließ sie das WC und ging durchs Treppenhaus nach unten. Sie war gespannt zu erfahren, wie weit ihre Kollegen in der Zwischenzeit mit ihren Aufträgen vorangekommen waren.

* * *

Als Lodi ins Büro kam, saßen die drei am Tisch und steckten ihre rauchenden Köpfe zusammen. Sie schauten gebannt auf einen Laptop. Kathrin bemerkte Lodi als Erste und sprang auf.

»Da bist du ja wieder«, sagte sie und winkte sie zu sich herüber.

Lodi blieb überrumpelt stehen. Ihre Kollegin musste ihre Abgeschlagenheit bemerken, denn sie machte ein mitfühlendes Gesicht. Mit fragendem Blick und einem Nicken zur Decke erkundigte sie sich wortlos, wie es bei von Rheinfeld gelaufen war. Lodi winkte ab, ging zu ihrem Schreibtisch hinüber und biss in das Brötchen, das ihr jemand aus der Kantine mitgebracht und dort abgelegt haben musste.

Kathrin ließ die beiden Männer allein und kam zu ihr herüber.

»Hannes hat im System die Namen der Zeugen von damals gefunden. Die Kinder, die Helmut Fänger beim verspäteten Abgrenzen des Sperrgebiets gesehen haben wollen, heißen Marcel Hoppe und Dennis Riedel.«

Lodi schluckte den Bissen hinunter, schraubte sich eine Flasche Wasser auf und spülte mit einem Schluck nach.

»Wissen wir sonst noch etwas über die beiden?«, fragte sie.

»Sie sind zumindest nicht polizeilich in Erscheinung getreten.« Kathrin zeigte auf Florian. »Aber wir haben Glück, unser Kollege ist ein Fuchs und hat die beiden im Internet gefunden. Die beiden führen einen Versandhandel in Kassel, denn wie sich herausgestellt hat, sind sie damals wie heute beste Freunde.«

»Hast du mit ihnen gesprochen?«

»Ich habe in der Firma angerufen. Weder Hoppe noch Riedel waren da, aber man hat mir dankbarerweise die Handynummern weitergegeben. Ich habe sie nacheinander kontaktiert. Langer Rede kurzer Sinn: Beide können sich sehr gut an diesen Tag erinnern. Sie bleiben bei ihrer Aussage.«

»Und die Adresse von Luca Giordano?«

»Habe ich auch rausgefunden, er wohnt in Vellmar. Seine Arbeitsstelle ist unten an der Markthalle. Ich habe beim Empfang angerufen, er hatte noch einen Termin und müsste dort demnächst eintrudeln.«

»Du bist ganz schön produktiv gewesen, während von Rheinfeld mich durch den Fleischwolf gedreht hat«, sagte Lodi. Sie biss ein weiteres Mal in das Brötchen und zeigte mit der freien Hand auf Hannes und Florian, die nach wie vor konzentriert auf den Laptop schauten. Das Gespräch der Kommissarinnen hatte sie nicht gestört. »Und was gibt's da zu sehen?«

»Hannes und Florian haben sich aufgeteilt und bei den Tankstellen angerufen«, erklärte Kathrin. »Kurz bevor du zurückgekommen bist, sind wohl per E-Mail die Aufnahmen von der Tanke in der Nähe von hier eingetrudelt. Auf die restlichen müssen wir noch warten.«

»Okay. Gibst du mir Bescheid, wenn sie da sind?« Lodi hob demonstrativ ihr Handy.

»Na klar, aber …« Kathrin sah sie verwundert an. »Was hast du vor?«

»Wenn's euch nichts ausmacht, lege ich mich im Ruheraum aufs Ohr.« Lodi fasste sich an die Stirn. »Ich habe das Gefühl, dass da eine Migräne im Anmarsch ist, und hier komme ich nicht zur Ruhe …«

Sie trat auf den Flur und bog Richtung Treppenhaus ab. Der Ruheraum befand sich einen Stock über ihr. Mit dem kleinen, etwas muffigen Sofa, das darin stand, hatte Lodi schon Bekanntschaft gemacht. Sie ging nach oben, betrat den leeren Raum und zog die Vorhänge zu. Dann sank sie auf das Sofa, stöpselte sich ihre drahtlosen Kopfhörer ein und spielte auf ihrem Handy die Playlist mit dem Meeresrauschen ab. Sie schüttelte das Kissen aus, legte sich hin und deckte sich zu. Unmittelbar fielen ihr die Augen zu, und schon kurze Zeit später war Lodi eingeschlafen.

* * *

»He, Schlafmütze«, vernahm sie eine leise Stimme. Dann ein leichtes Schütteln an den Schultern. »He, wach auf. Wir haben die Videos.«

Lodi öffnete zaghaft die Augen … und sah in das Gesicht von Kathrin. Ihre Kollegin kniete vor ihr und lächelte sie an.

»Hier, trink erst mal einen Schluck.« Kathrin reichte ihr eine Wasserflasche. Lodi bedankte sich, richtete sich auf und trank. Dann gab sie die Flasche zurück, gähnte und streckte sich und wusch sich mit den Händen übers Gesicht.

»Was macht die Migräne?«, fragte Kathrin.

»Ist zum Glück weggegangen. Wie lange habe ich geschlafen?«

»Drei Stunden. Florian und ich sind in der Zwischenzeit etwas essen gegangen, Hannes ist hiergeblieben. Als wir zurückgekommen sind, hatte er schon alle Tankstellenvideos gesichtet. Er hat gesagt, dass es auf ihnen etwas gäbe, das wir uns unbedingt anschauen sollten …«

Lodi bat Hannes mit einer Geste, ein Stück zu rutschen. Kathrin und sie setzten sich neben ihn und Florian aufs Sofa.

Dann spulte ihr junger Kollege den Ausschnitt des Überwachungsvideos zum Anfang zurück. Es handelte sich um die Aufnahmen von einer Tankstelle an der A7, auf der man aus Süden kommend nach Kassel fuhr. Sie lag an der Ausfahrt Guxhagen und somit nur zwanzig Kilometer vor den Toren der Stadt. Federica Giordanos Tank durfte ziemlich leer gewesen sein, wenn sie so kurz vor ihrem Ziel nachtanken musste. Der Zeitcode in der oberen Ecke zeigte an, wann die Kamera die Bilder aufgezeichnet hatte: Sonntag, 14. Juli, 3.36 Uhr. In der Nacht, in der Federica und Luca von der Italienreise zurückgekommen waren.

Dann spielte Hannes das Video von vorne ab. Der Perspektive zufolge musste die Kamera an der Dachkante des Zahlhäuschens angebracht sein, gegenüber den Zapfsäulen, die dadurch alle im Bild und gut zu erkennen waren. Autos kamen angefahren, hielten an. Menschen stiegen aus, verschwanden in dem Häuschen zum Bezahlen, stiegen wieder ein, brausten davon.

Bis plötzlich ein dunkler Fiat Tipo mit Kasseler Kennzeichen auftauchte. Er fuhr an die Tanksäule Nummer drei heran. Der Motor wurde ausgeschaltet, die Lichter erloschen. Kurz darauf stieg eine Person aus, bei der es sich der Statur und den Bewegungen zufolge wahrscheinlich um eine Frau handelte.

Kathrin kniff die Augen zusammen und beugte sich nach vorn zu dem Laptop. »Das könnte Federica sein. Was denkst du?«

»Sie sieht ihr sehr ähnlich«, erwiderte Lodi. Sie schaute Florian auffordernd an. »Wissen wir schon ihr Kennzeichen?«

Ihr Kollege verstand die Aufforderung. Er nickte, prägte sich das Nummernschild ein, stand auf und ging ins Nachbarbüro, in dem er und Hannes normalerweise saßen. Er würde an seinem Computer eine Halterabfrage vornehmen, was bei nur einem Namen üblicherweise eine Sache von Sekunden war.

Nachdem er die Tür hinter sich zugezogen hatte, sagte Hannes: »Nehmen wir an, dass sie es ist. Es spricht ja einiges dafür. Die entscheidende Frage ist in meinen Augen jedoch eine andere.«

»Du meinst, ob sie in Begleitung gefahren ist oder nicht«, mutmaßte Lodi.

»Richtig.« Er bat sie beide mit einer Geste um Geduld. Dann spulte er vor, bis die Person, die sie für Federica hielten, aus dem Zahlhäuschen zurückkam und sich hinters Steuer setzte. Hannes drückte die Leertaste, das Video fror ein. Eine Weile klickte er auf dem Touchpad herum, sodass sich der Ausschnitt um die Windschutzscheibe vergrößerte. Er zeigte auf die Person hinter dem Lenkrad. »Wir können zwar nicht genau sehen, wer das hier ist, aber wir erkennen, *dass* dort jemand sitzt.« Sein Finger wanderte ein paar Zentimeter nach rechts. »Hier hingegen ist niemand. Für mich sieht das wie ein leerer Beifahrersitz aus.«

Lodi und Kathrin rückten noch ein Stück dichter heran. Ihr Kollege hatte recht, die Person in dem Fiat war allein, daran bestand kein Zweifel.

»Sie könnte ihn vorher abgesetzt haben«, vermutete Kathrin.

Hannes wiegte den Kopf hin und her. »Das können wir mit ziemlicher Sicherheit ausschließen. Diese Aufnahmen stehen exemplarisch für die an den anderen Tankstellen. Alle Kameras haben dasselbe Bild aufgezeichnet.« Er zeigte auf den Bildschirm. »Wenn sich herausstellt, dass dieser Wagen tatsächlich auf sie zuge…«

Er wurde unterbrochen. Die Tür schwang auf und Florian kam herein. Die drei warfen ihm umgehend erwartungsvolle Blicke zu. Er nickte und fing an zu berichten: »Der Wagen ist im Januar dieses Jahres angemeldet worden. Auf Federica Giordano, wohnhaft in Kassel.«

Stille erfasste das Büro. Schweigend sahen die vier Kommissare einander an.

Jetzt hatten sie die Bestätigung, wer auf dem Video an der Tankstelle bei Guxhagen zu sehen war. Und – wie Hannes hinzugefügt hatte – somit auch auf den Aufzeichnungen der übrigen Tankstellen bei Genua, Bozen und Ingolstadt. Auf allen das gleiche Bild: Federica kommt mit ihrem Fiat Tipo mit Kasseler Kennzeichen angefahren, tankt, bezahlt, fährt weiter. Und der Sitz neben ihr bleibt unbesetzt. Von ihrem Bruder ist jedoch nicht das Geringste zu sehen.

»Sie hat uns belogen!«, entfuhr es Kathrin.

Lodi brummte zustimmend.

»Wir müssen herausfinden, warum«, steuerte Florian bei. »Wieso deckt sie ihren Bruder?«

Mittwoch, später Nachmittag, Stadt

Dieselbe Frage wollte Lodi ihr stellen, wenn sie gleich zum zweiten Mal an diesem Tag vor ihr stehen würde. Zu viert hetzten sie zu Federicas Nagelstudio am Königsplatz.

Lodi zeigte auf die Tür, durch die Kathrin, Federica und sie vorhin zum Rauchen nach draußen getreten waren.

»Ihr blockiert den Seitenausgang!«, befahl sie.

Hannes und Florian nickten synchron und gingen ein kurzes Stück die Straße hinunter.

Dann betraten Lodi und Kathrin den Laden durch den Vordereingang. Unter den staunenden Blicken der Kundinnen und der Mitarbeiterin hinterm Tresen, die erst mit offenem Mund dastand und kurz darauf etwas Unverständliches stammelte, stürmten sie an den Tischen vorbei zu Federicas Büro.

Die Mittdreißigerin mit den italienischen Wurzeln hockte hinter ihrem Schreibtisch. Sie schoss hervor und sah ertappt aus. Lodi ließ ihren Kontrollblick schweifen und ahnte, warum: Alle Schubladen waren herausgezogen und leer, ebenso wie die beiden Schränke, deren Türen offen standen, und auf dem kleinen Tisch stapelte sich ein Unterlagenberg. Ihr drängte sich unmittelbar das Gefühl auf, dass es eine Frage von Minuten gewesen war, dass sie Federica hier noch antrafen.

»Kommen wir etwa ungelegen?«, fragte Lodi. Ihr Gegenüber war so perplex, dass sie kein Wort herausbrachte. Die Überrumpelungstaktik funktionierte. »Ihre Abreisepläne müssen Sie wohl oder übel verschieben.«

Federica kratzte sich am Kopf. Ihr Ausdruck verfinsterte sich, sie stemmte die Fäuste in die Hüften und nahm einen breitbeinigen Stand ein. Sie fragte: »Wären die Damen zunächst so freundlich, mir zu erklären, warum Sie hier einfach so reinplatzen?« Sie zeigte auf die offene Bürotür, durch die die entgeisterten Gesichter der Kundinnen und Mitarbeiterinnen zu sehen waren. »Ich habe ja für vieles Verständnis. Aber was Sie tun, ist geschäftsschädigend!«

Kathrin warf die Tür hinter sich zu. Mit einem Knall fiel sie ins Schloss.

»Und nun können Sie uns verraten, warum Sie uns belogen haben«, sagte Lodi.

Federica runzelte die Stirn und schüttelte den Kopf. »Wovon reden Sie da?«

»Von Ihrer Reise nach Italien«, fauchte Kathrin. »Sie wissen schon, die Sie angeblich mit Ihrem Bruder unternommen haben.«

»Wieso angeblich? Ich habe Ihnen doch die Tankquittungen mitgegeben! Und meine Familie in Italien haben Sie noch gar nicht befragt. Die wird Ihnen bestätigen, dass Luca und ich dort gewesen sind.«

»Das kann ich mir vorstellen«, kommentierte Lodi. »Deswegen verlassen wir Kriminalpolizisten uns ungern auf Aussagen von Familienmitgliedern. Wissen Sie, wer nicht befangen ist? Die Überwachungskameras an den Tankstellen, die Sie angefahren haben.«

»Und die sprechen eine eindeutige Sprache«, fügte Kathrin hinzu. »Nämlich, dass Sie allein unterwegs gewesen sind.«

Federica traf diese Aussage wie ein Faustschlag. Ein Wirkungstreffer, der sie sichtbar beeinträchtigte. Steif stand sie hinter ihrem Schreibtisch, kein einziger Muskel regte sich in ihrem Gesicht. Sie musste geahnt haben, dass die Polizei die Wahrheit herausfinden würde. Sie hatte versucht, sich mit den Tankquittungen Zeit zu erkaufen.

Lodi machte einen Schritt auf sie zu. »Frau Giordano, warum haben Sie uns belogen?«

Weiter keine Antwort. Federica reagierte nicht mal, als nun auch Kathrin näher auf sie zuging. Kein Blinzeln, kein Zucken, kein Mucks.

»Frau Giordano, noch stehen Ihnen folgende Möglichkeiten offen.« Lodi zählte an den Fingern ab. »Erstens: Sie versuchen, an uns vorbeizukommen, was Ihnen nicht gelingen wird. Zweitens: Sie fliehen durch die Seitentür, dort rennen sie unseren beiden männlichen Kollegen in die Arme. Drittens: Sie bleiben weiter stumm wie ein Fisch, dann nehmen wir Sie mit auf die Dienststelle.«

Mit einem Mal kehrte Leben in Federica zurück. Ihr glasiger Blick wurde klar, sie schaute Lodi und Kathrin abwechselnd an.

»Und die vierte?«, krächzte sie.

Lodi zeigte nickend auf den kleinen Tisch und antwortete: »Wir setzen uns dorthin, und Sie erzählen uns alles, was wir wissen wollen …«

* * *

Kathrin steuerte sie über die Holländische Straße Richtung Stadtrand. Vellmar, wo Luca Giordano wohnte, lag unmittelbar dahinter. Mit neunzehntausend Einwohnern stellte die Gemeinde die zweitgrößte im Landkreis dar. Durch die dichte Bebauung gingen die Kasseler Nordstadt und das Arbeiterstädtchen fließend ineinander über.

Lodi schaute aus dem Fenster. Schmucklose Mehrfamilienhäuser aus den Wirtschaftswunderjahren zogen an ihr vorüber, aneinandergereiht wie Glieder einer Kette. Es ging auf die heißeste Stunde des Tages zu, schätzungsweise würden sie auch heute nur knapp unter vierzig Grad bleiben. Die Hitze flimmerte über dem Asphalt, und mit ein wenig Fantasie sahen die Häuser aus, als würden auch sie schwitzen.

Kathrin linste in den Rückspiegel. »Sind sie noch hinter uns? Ich kann sie nicht sehen.«

Lodi beobachtete den rückwärtigen Verkehr eine Zeit lang im Seitenspiegel. Als ein SUV die Spur wechselte, tauchte der Dienstwagen auf, in dem ihre beiden jungen Kollegen saßen – mit Federica auf der Rückbank. Hannes beschleunigte, um Meter gutzumachen, und schloss zu ihnen auf.

»Da sind sie«, sagte Lodi, und Kathrins Gesichtsausdruck entspannte sich.

Sie verstand, dass ihre Kollegin aufgeregt war. Das, was Federica Giordano ihnen im Büro ihres Nagelstudios gestanden hatte, hatte auch sie sprachlos gemacht.

Sie hatte ihnen in mehreren Punkten nicht die Wahrheit erzählt. Das erste Mal bei der Frage, wie oft Luca und sie sich sahen. Früher sei es so gewesen, wie sie gesagt hatte. Sie und er hätten sich mindestens ein- bis zweimal pro Woche getroffen und wenn nicht, hätten sie miteinander telefoniert. Doch als diese verfluchte Kiste aufgetaucht war, sei ihre Beziehung zerbrochen. Sie glaubte nicht, dass sie jemals wieder so werden würde wie früher.

»Was für eine Kiste?«, fragte Lodi.

Federica seufzte. Ihr Blick wurde weit und verschwamm. Spannung wich aus ihrem Körper, sodass sie langsam auf ihrem Stuhl in sich zusammensackte.

»Frau Giordano?«, sprach Lodi sie an. »Geht's Ihnen gut? Sind Sie noch bei uns?«

Sie brauchte eine zweite, lautere Ansprache. Sie schüttelte energisch den Kopf, als würde sie versuchen, die belastenden Gedanken abzuschütteln.

»Was für eine Kiste?«, wiederholte Lodi ihre Frage.

Federica räusperte sich. Ihre Stimme klang geschwächt. »Unsere Mutter hat schon seit einem Jahr im Sterben gelegen. Bis vor zwei Monaten hatte ich den Eindruck, sie hätte ihren Frieden mit dem Tod geschlossen. Dass sie sich vom Leben verabschiedet hatte und keine Reue und kein Bedauern mehr in sich trug.« Sie gewährte sich eine kurze Pause. Wahrscheinlich, um weiter Kraft zu sammeln. »Doch dann hat diese Frau sie angerufen. Ihr Anruf hat alles verändert. Und ich meine wirklich alles. Nicht nur das Sterben meiner Mutter, sondern auch Lucas und mein Leben davor.«

Lodi verstand nur Bahnhof. Sie sah zu Kathrin hinüber. Ihrem Gesichtsausdruck nach zu urteilen, mussten in ihrem Kopf ebenfalls Fragezeichen aufgetaucht sein. Wie hatte Federica das gemeint? Dass ein Ereignis den Fortgang der Geschichte veränderte, hatte sie schmerzhaft am eigenen Leib erfahren. Aber wie sollte ein einzelner Anruf das Leben rückwirkend verändern können?

Federica sprach weiter: »Wissen Sie, vor dem Tod meines Vaters sind wir eine glückliche Familie gewesen. Wir haben in einem Haus in Kaufungen gelebt, Luca und ich hatten unser eigenes Zimmer, der Wald war in der Nähe. Dort sind wir oft mit unseren Eltern spazieren gegangen.«

Lodi musste schlucken. Lauter, als sie gewollt hatte, und so wandten sich die anderen beiden ihr überrascht zu und sahen sie verwirrt an. Es war eine unbewusste Reaktion gewesen, denn Lodis Gegenüber schien ähnlich aufgewachsen zu sein wie sie. Zwar in Verbundenheit mit der Natur, dafür mit finanziell bessergestellten Eltern. Bis das Schicksal ihr seine hässliche Fratze gezeigt hatte. Auch das hatten Federica und Lodi gemeinsam.

»Dann hat dieser Fänger … Ich meine, dann wurde mein Vater …« Die junge Frau suchte nach Worten, fand sie aber nicht.

»Es kam zu dem Unfall im Wald«, soufflierte ihr Kathrin.

Federica nickte kaum merklich. »Dieser Tag hat alles verändert. Wie viel wissen Sie darüber?«

Lodi fasste zusammen, was sie über die Abwärtsspirale der übrig gebliebenen Familie Giordano nach dem tödlichen Schuss aus dem Jagdgewehr von Helmut Fänger herausgefunden hatten. Dass die Mutter in die Psychiatrie eingewiesen und ihr im selben Atemzug das Sorgerecht für ihre Kinder entzogen wurde, die das Jugendamt in die Obhut von Pflegefamilien übergab.

Federica presste kurz die Lippen aufeinander. »Ja, das ist die Kurzversion.«

Sie holte wieder tief Luft und erzählte Lodi und Kathrin nun die lange.

Ihre Mutter sei früher eine fröhliche und lebhafte Frau gewesen. Zu sagen, dass der Verlust ihres Ehemannes sie bloß verändert habe, wäre erheblich zu milde ausgedrückt, denn er habe ihren Charakter ins Gegenteil verwandelt. Sie sei nie wieder die Alte geworden.

»Dabei ist es nicht nur die Trauer gewesen«, sagte Federica. »Die mag der Grund gewesen sein, dass sie in der Psychiatrie gelandet ist. Aber was sie gebrochen hat, waren die Schuldgefühle.«

»Inwiefern hätte Ihre Mutter schuld sein können an dem Jagdunfall?«, fragte Lodi.

»Nicht daran. Sondern, dass sie nichts bemerkt hat von …« Federica kratzte sich am Kopf. Seufzte. Nickte vor sich hin. »Mein Vater und Fängers Frau, sie … sie hatten ein Verhältnis.

Sie standen sogar kurz davor, ihre Familien zu verlassen und ein neues Leben anzufangen.«

Mit einem Mal lief es Lodi eiskalt den Rücken hinunter. Sie drehte sich zu Kathrin, ihr verschlug es ebenfalls die Sprache.

Es waren die Parallelen, die Schnittmengen zwischen Federicas und ihrer eigenen Vergangenheit, die Lodi erschaudern ließen. Augenblicklich fühlte sie sich mit dieser verrauchten und scheinbar unnahbaren Frau verbunden. Vereint in der Erfahrung, in jungen Jahren schnell erwachsen werden zu müssen. In dem Erleben, aus dem Welpenschutz der Welt entrissen und in die kalte, dunkle Realität gestoßen worden zu sein. Lodi entdeckte es in ihren Augen, verborgen hinter einem Schleier der vermeintlichen Unerreichbarkeit, so wie bei ihr selbst. Keine von beiden brauchte das auszusprechen.

Federica erzählte auch ohne Bitte weiter. »Sie hat kurz vor dem Tod meines Vaters davon erfahren. Mir hat sie es erst Jahre später gebeichtet. Meinem Bruder hingegen nie, denn er hat unseren Vater abgöttisch geliebt. Sie hat mich angefleht, ihm nichts zu erzählen, ich musste es ihr versprechen. Es ist mir so schwergefallen wie nichts anderes in meinem Leben, aber ich habe mich daran gehalten, bis zuletzt. Jemandem mein Wort zu geben, ist mir heilig.«

Lodi schluckte und räusperte sich. Es fühlte sich an, als steckte ihr ein Kloß im Hals.

»Wie hat Ihre Mutter von der Affäre erfahren?«, fragte sie.

»Mein Vater und Fängers Frau haben sich Briefe geschrieben. Damit sie geheim bleiben, haben sie sie an Postfächer geschickt. Meine Mutter hat jedoch irgendwann einen dieser Liebesbriefe in seiner Jacke gefunden. In das Papier war ein Foto von den beiden eingewickelt. Es ließ keine Fragen mehr offen.«

»Hat sie Ihren Vater zur Rede gestellt?«

Federica schüttelte den Kopf. »Dazu ist es nicht mehr gekommen. Kurze Zeit später hat Fänger meinen Vater erschossen.«

»Was ist mit den Briefen und dem Foto geschehen?«

»Meine Mutter hat sie damals in eine Kiste mit anderen Fotos getan. Bei unserem plötzlichen Auszug wurde die auf dem Dachboden unseres ehemaligen Hauses vergessen. Dort ist vor einem Vierteljahr wieder einmal jemand Neues eingezogen, dabei ist die Kiste aufgetaucht. Über die Namen auf den Briefumschlägen und die Beschriftungen auf den Rückseiten der Fotos hat die neue Mieterin uns ausfindig gemacht und netterweise kontaktiert. Meine Mutter hat Luca gebeten, die Kiste bei ihr abzuholen.«

»Das verstehe ich nicht«, sagte Kathrin stirnrunzelnd. »Ihre Mutter wollte doch verhindern, dass Ihr Bruder etwas von der Affäre Ihres Vaters erfährt? Warum hat sie dann nicht Sie geschickt?«

Federica lächelte. Kein fröhliches, sondern eines dieser traurigen Lächeln, das den eigentlichen Ausdruck der nach oben gebogenen Lippen ins Gegenteil verkehrte.

»Dasselbe hätte ich sie auch gern gefragt«, antwortete sie. »Aber die Gelegenheit dazu hat mir das Schicksal verwehrt. Sie ist vorher von uns gegangen.«

»Welchen Grund vermuten Sie?«

»Ich weiß es ehrlich gesagt nicht. Meine Mutter hat in den vergangenen Jahren zunehmend an Demenz gelitten. Sie könnte schlichtweg vergessen haben, was sich in der Kiste befand.« Federica schwieg einen Moment, dann zuckte sie mit den Schultern. »Oder sie hat es aus Reue getan und hatte nicht den Mut, es ihm zu beichten. Auf diese Weise hat er es selbst herausgefunden, wenn auch auf die harte Tour.«

»Wie hat es Ihr Bruder aufgenommen?«

»Er war außer sich. Er hat uns zusammengetrommelt und uns Vorhaltungen gemacht. Dass wir ihn hintergangen hätten, wie wir ihm so etwas antun konnten, dass wir keine Familie seien …«

Nicht zu Unrecht, ging es Lodi durch den Kopf. An Luca Giordanos Stelle hätte sie ähnlich reagiert.

»Und dass der Schuss unmöglich ein Unfall gewesen sein könne«, fügte Federica hinzu. »Dass dieses Dreckschwein ein Mörder sei. Daran hatte er nun keinen Zweifel mehr.«

Lodi und Kathrin schossen zueinander herum. In Kathrins Augen blitzte nicht nur dieselbe Fassungslosigkeit auf, wie Lodi sie verspürte, sondern sie schien sich auch ähnliche Fragen zu stellen.

»Wo sind Brief und Foto jetzt?«

Federica hustete sich in die Faust. »Luca hat sie. Keine Ahnung, was er damit angestellt hat. Ich vermute, er hat alles verbrannt.«

»Wissen sie, wo Ihr Bruder am vergangenen Samstagmorgen gewesen ist?«

Wieder presste sie kurz ihre Lippen aufeinander.

»Nein«, erwiderte sie schließlich. »Aber als ich in Italien auf meinem Tablet die Nachricht gelesen habe, dass ein älterer Jäger auf einem Hochsitz im Kaufunger Wald erstochen wurde, habe ich ihn per Videocall angerufen und ihn dasselbe gefragt.«

»Und was hat er geantwortet?«

»Zunächst nichts.« Federica drehte sich um und zog ein Tuch aus einer Box, mit dem sie sich die Tränen aus den Augen tupfte. »Dann hat mich mein Bruder mit einem drohenden Blick angesehen, wie er es noch nie getan hat, und gesagt, ich solle ihn das nie wieder fragen …«

Zehn Minuten später kamen die Kommissare an dem Mehrfamilienhaus an, in dem Luca Giordano wohnte. Es befand sich in einem gepflegten bürgerlichen Wohnviertel am Ende einer Sackgasse, dahinter begann freies Feld.

Plötzlich sah Lodi einen Mann. Er belud gerade einen roten VW Polo in der Einfahrt, während zwischen seinen Lippen eine brennende Zigarette baumelte. Der Wagen platzte bereits aus allen Nähten. Der Mann schien sie kommen zu hören, denn er hielt inne und sah stirnrunzelnd zu ihnen herüber.

»Das könnte er sein, oder?«, fragte Kathrin.

Lodi stimmte zu, denn selbst durch die Windschutzscheibe und trotz der Entfernung erkannte sie auf den ersten Blick Ähnlichkeiten mit Federica. Der Mann hatte dieselbe Haarfarbe, war in etwa gleich groß. Aber vor allem sah er beim Rauchen genauso aus wie sie.

Lodi befahl Hannes und Florian über Funk, dass sie einen Bogen um sie fahren und den Wagen von der anderen Seite kommend einkeilen sollten. Dann drückte Kathrin aufs Gas und bremste erst kurz vor dem drohenden Zusammenprall ab. Sie kamen nur Zentimeter von der Stoßstange entfernt zum Stehen. Sie schnallten sich ab, rissen die Türen auf und sprangen hinaus. Beide mit einer Hand an der Waffe, die andere wie zur Stopp-Geste nach vorn ausgestreckt. Lodis Herz pulsierte, als sie das kalte Metall ihrer Dienstpistole fühlte.

»Polizei, bleiben Sie sofort stehen!«, rief sie. »Herr Giordano, nehmen Sie die Hände hoch!«

Mit quietschenden Reifen hielt nun der andere Dienstwagen neben ihnen. Hannes und Florian sprangen heraus und verschanzten sich hinter den offen stehenden Türen. Noch hatten auch sie ihre Waffen nicht gezogen, aber sie machten sich schussbereit.

Luca stand mit offenem Mund in der Einfahrt. Hektisch sah er zwischen den Polizisten und dem Polo hin und her. Lodi folgte seinem Blick … und erkannte das Ende eines Metallrohrs, das durch das offene Seitenfenster nach draußen lugte.

Der Lauf eines Gewehrs! Luca transportierte es auf dem Rücksitz. Ob es sich um die Repetierbüchse handelte, die im Waffenschrank von Helmut Fänger gefehlt und die er an seinem Todestag mit auf den Hochsitz genommen hatte?

Luca kam schnell wieder zu sich. Er schien zu begreifen, was ihm bevorstand. Das Fragezeichen über seinem Kopf verpuffte, sein Blick verfinsterte sich, er spannte seinen Körper an.

»Was für eine Scheiße …«, fluchte er. Statt wie befohlen die Hände hochzunehmen, fuchtelte er mit ihnen durch die Luft. »Verpisst euch, ihr Arschlöcher!«

»Herr Giordano, bitte beruhigen Sie sich!«, rief Lodi. Ihre Stimme klang auf einmal verändert. Höher, schwächer, ängstlicher. Sogar Kathrin neben ihr zuckte zusammen.

Lodi nickte zu dem Seitenfenster. »Was transportieren Sie da auf dem Rücksitz?«

Doch Luca antwortete nicht. Stattdessen wagte er sich in Trippelschritten seitwärts an seinen Polo heran. Wollte er sich etwa das Gewehr schnappen und auf sie schießen?

»Ihr sollt euch verpissen, hab ich gesagt!«

Lodi verstärkte den Griff um ihre Pistole.

Plötzlich sprang die hintere Tür des anderen Dienstwagens auf. Federica streckte ihren Kopf ins Freie, woraufhin Hannes sich ihr pfeilschnell zuwandte. »Frau Giordano, bitte setzen Sie sich wieder hin!«

Aber sie dachte nicht daran. Stattdessen starrte sie schweigend zu ihrem Bruder hinüber.

Staunend sah Lodi zu, wie zwischen den Geschwistern irgendetwas ablief. Einzelkinder wie sie konnten das nicht nachvollziehen, aber sie besaß eine Vermutung. Sie glaubte, dass Federica wortlos auf ihn einredete. Dass sie ihm riet, sich zu ergeben, und versprach, alles würde gut werden. Dass sie ihm nahelegte, an seinen Vater zu denken, der zwar ein Lügner und Ehebrecher gewesen war, aber immer gewollt hätte, dass sich seine Kinder ihrer Verantwortung stellten.

Doch Luca beeindruckte der Versuch seiner Schwester nicht. Im Gegenteil, ihr Auftauchen trieb ihm weitere Zornesfalten auf die Stirn. Die minimalen Zweifel, die Lodi bis zu dieser Sekunde noch in seinem Gesicht zu lesen geglaubt hatte, waren verschwunden, abgelöst von dem Ausdruck wilder Entschlossenheit. Ohne seinen Kopf zu bewegen, linste Luca zu dem Gewehr auf dem Rücksitz hinüber.

Tu es nicht, redete ihm Lodi telepathisch ins Gewissen. Nimm einfach die Hände hoch, verdammt!

Er zwang sie, zu handeln. Jetzt, bevor es zu spät war. Unbedingt musste sie ihm einen Schritt voraus bleiben.

Sie zog ihre Pistole aus dem Holster und richtete sie auf ihn. Auch Kathrin, Hannes und Florian zückten ihre Waffen und zielten auf ihn.

Dieser Anblick verlieh Lodi frischen Mut. Neue Energie strömte durch ihren Körper. Ihr Griff um die Pistole fühlte sich schlagartig fest und sicher an. Ganz anders als in dem Moment, in dem sie Karsten Fänger ins Visier genommen hatte. Sie spürte keine Angst in sich aufsteigen, kein Kribbeln in den Beinen, keinen Schweiß auf der Stirn. Da war nur Klarheit. So, wie sie sie lange nicht mehr empfunden hatte.

»Zum letzten Mal, Herr Giordano«, rief Lodi ihm entgegen, nun wieder mit Nachdruck, »nehmen Sie die Hände hoch und gehen Sie von dem Wagen weg! Tun Sie nichts Unüberlegtes, sonst sehen wir uns gezwungen, von der Schusswaffe …«

Eine ruckartige Bewegung, Luca drehte sich um und hechtete das letzte Stück zu dem Polo hin. Seine Hände hatten nur ein Ziel, seine Fingerspitzen streiften bereits den Lauf des Gewehrs.

Lodi zog am Abzug. Der Verschluss schoss vor und zurück. Mit einem Knall feuerte die Pistole das Projektil ab. Postwendend schlug es in seinem Ziel ein. Giordano stürzte getroffen zu Boden und schlug mit dem Kopf auf den Pflastersteinen der Einfahrt auf.

»Luca!«, schrie Federica. Die junge Frau sprang hinter der Autotür hervor und eilte ihrem Bruder zu Hilfe.

Was jetzt geschah, kam Lodi wie aus einer anderen Welt vor. Als hätte sie ihren Körper verlassen und würde sich und ihre Umgebung aus der Vogelperspektive beobachten. Sie sah Kathrin, die zu Luca und Federica stürmte, Hannes, der wie schockgefroren dastand, und Florian, der sein Handy ans Ohr nahm und über die Leitstelle einen RTW orderte.

Allmählich fand Lodi zurück in die Realität. Sie steckte ihre Waffe weg und stützte sich auf das Dach des Dienstwagens. Kathrin, die neben dem Angeschossenen kniete, pfiff zu ihr herüber. Ihr Blick verhieß gute Neuigkeiten: Luca war zwar verletzt, aber er würde durchkommen.

Lodi atmete erleichtert aus und ließ den Kopf sinken.

Zwei Schüsse innerhalb weniger Tage, dachte sie.

Zwei zu viel für ihren Geschmack.

Donnerstag, Vormittag, Haus von Thomas und Tina

Lodi strahlte. So zufrieden hatte sie Thomas seit langer Zeit nicht mehr gesehen. Er saß auf der Terrasse, nippte an einem Limobier und naschte schelmisch grinsend und mit fettglänzenden Fingern aus einer Tüte Erdnussflips. Tina, die neben ihm Platz genommen hatte, lächelte verliebt wie ein Teenager und streichelte ihm über die Wange. Er sah viel besser aus als vor ein paar Wochen, wieder mit einer gesünderen Farbe im Gesicht, und auch die Ringe unter seinen Augen entwickelten sich zurück.

»Ich bin froh, dass ihr es noch einmal versucht«, bekundete Lodi aus voller Überzeugung.

Die beiden sahen sich an, nickten und küssten sich.

Dann wandte Thomas sich ihrem Gast zu. Er langte in die Tüte und zeigte mit prall gefüllter Hand auf Lodi.

»Und der Fall?«, fragte er. Er warf sich einen Erdnussflip ein. »Du hast am Telefon angedeutet, dass ihr ein Geständnis habt?«

Lodi trank ebenfalls einen Schluck Limobier und blinzelte ihm dabei bestätigend zu.

»Wir haben Giordano gestern vor seinem Haus vorläufig festgenommen. Auf dem Präsidium hat er uns dann alles gestanden. Zum Glück kam das Ergebnis aus Wiesbaden schon heute Morgen rein. Die DNA auf den Zigarettenstummeln, die wir unweit des Tatorts gefunden haben, stammt von ihm. Er hat Lederhandschuhe getragen, deswegen hat er keine Fingerabdrücke auf der Tatwaffe hinterlassen. Die Handschuhe haben wir jedoch inzwischen aus seiner Wohnung sichergestellt. Es gibt winzige Blutreste, die vom Opfer stammen.«

»Und er hat sich euch einfach ergeben?«

»Nein. Ich … ich musste auf ihn schießen. Er wollte gerade nach dem Gewehr auf seinem Rücksitz greifen. Mir blieb keine andere Wahl.«

Thomas und sie sahen sich in die Augen. Für einen Moment wurde sein Blick glasig, als flammten durch diese Worte seine Erinnerungen an die Nacht am Edersee auf bedrückende Weise auf. So gut es ihm so kurz nach seinem Absturz bereits wieder ging, würde die Verarbeitung seines Traumas noch einige Zeit in Anspruch nehmen, schätzte Lodi.

»Laut Giordano ist es so abgelaufen«, fing sie daher an, das Geständnis zusammenzufassen. »Durch das Foto und den Brief wurde ihm sofort klar, dass der Jagdunfall, an den er wohl ohnehin nie geglaubt hatte, tatsächlich ein Mord gewesen sein musste. Nun kannte er zudem das Motiv: Fänger hat Giordanos Vater erschossen, weil der regelmäßig an seiner Frau genascht hat, wie du es ausdrücken würdest.« Ihr ehemaliger Kollege lachte kurz auf, dieser Spaß auf seine Kosten holte ihn glücklicherweise aus seinen trüben Gedanken zurück. »Nachdem er Mutter und Schwester zur Rede gestellt hat, hat er sich über Wochen regelmäßig im Kaufunger Wald auf die Lauer gelegt.«

Thomas hob mahnend einen Finger. »Womit er nicht allein gewesen ist, wie wir von Krentz wissen. Dieser Verrückte hat Fänger doch ebenfalls ausspioniert.«

Lodi nickte. »Auch Krentz hat das Opfer eine Weile beschattet, und Giordano ist das natürlich nicht entgangen. Er hat darin ein Muster erkannt und ist an denselben Tagen und zur selben Uhrzeit wie Krentz in den Wald geschlichen. Ein Wunder, dass er ihm nicht aufgefallen ist.«

»Wahrscheinlich hat Krentz nur Augen für Fänger gehabt.«

»Gut möglich. Giordano behauptet jedenfalls, am Samstag Zeuge des handgreiflichen Streits geworden zu sein. Als Krentz daraufhin die Flucht ergriff und das Messer wegwarf, hat er seine Chance gewittert. Er hat es sich geschnappt, sich die Lederhandschuhe übergezogen und ist zu dem geschwächten Fänger auf den Hochsitz geklettert. Dort soll es ihm gelungen sein, ihm ein Geständnis abzuringen.«

Thomas warf nun mehrere Flips auf einmal ein, kaute und spülte mit Limobier nach. »Können wir ... Ich meine, könnt ihr zwar nicht mehr überprüfen, aber das spielt nach dem Geständnis ja auch keine Rolle mehr.«

»Exakt. Angeblich hat Fänger außerdem zugegeben, dass er mit dem Gewehr, das er am Tattag mit auf den Hochsitz genommen hat, Giordanos Vater erschossen hat.«

Thomas verschluckte sich und musste husten. Tina schlug ihm sanft auf den Rücken. Lodi war ähnlich schockiert gewesen, als sie davon gehört hatte.

»Und das Gewehr?«, fragte Thomas, als er wieder Luft bekam und sprechen konnte. »Was ist damit passiert?«

»Giordano hat es vom Hochsitz mitgenommen«, antwortete sie. »Es war dasselbe, mit dem er auf uns schießen wollte ...«

Plötzlich klingelte ihr Handy, sie hatte es ausnahmsweise auf den Tisch gelegt. Sie nahm es hoch und warf einen Blick aufs Display. Unbekannte Nummer.

Oder nicht?

Sie runzelte die Stirn. Null sechs eins eins, die Vorwahl von Wiesbaden. Das LKA? Die folgenden zwei Ziffern, acht und drei, erhärteten ihren Verdacht, denn mit denselben fing die Telefonnummer von Selma Öztürk an.

»Entschuldigt mich«, bat Lodi, »ich habe keine Ahnung, wer das ist. Aber es könnte ein Anruf aus unserer Landeshauptstadt sein.«

Sie ging nach drinnen in die Küche.

»Lenke?«

»Guten Tag, Frau Lenke«, meldete sich eine unbekannte, aber freundlich klingende Frauenstimme. »Mein Name ist Doris Schiller. Schiller wie Goethe.«

Lodi schluckte. Sie wusste, um wen es sich bei der Anruferin handelte: nämlich um niemand Geringeren als die Vizepräsidentin des hessischen Landeskriminalamts. Von Öztürk und anderen Kollegen in Wiesbaden hatte sie bereits einige Dinge über die zweithöchste Kriminalbeamtin des Landes gehört. Es hieß, sie sei eine sympathische, zugewandte und zugleich zielstrebige Frau. Lodi stellte sie sich ein bisschen wie Hannah Grün vor.

Sie räusperte sich. »Guten Tag, Frau Schiller. Wie Sie sicherlich bemerken, bin ich etwas überrascht, von Ihnen zu hören.«

Die Anruferin schien zu lächeln. »Ja, das kann ich mir vorstellen. Aber seien Sie ganz unbesorgt, ich rufe in einer – wie ich finde – angenehmen dienstlichen Angelegenheit an.«

»Okay …«

»Wir in der Führungsetage des LKA verfolgen Ihre Arbeit nun schon eine ganze Weile. Ein gutes Jahr, schätze ich.«

»Oh. Davon war mir nichts bekannt.«

»Dann machen wir anscheinend gute Arbeit«, bewies Schiller Humor. »Ich bin keine Freundin vieler Worte, deshalb mache ich es kurz: Wir sind beeindruckt von Ihren Leistungen, insbesondere in Ihren letzten beiden Fällen. Daher möchten wir Sie gern zu einem Gespräch einladen.«

Lodi wurde bei diesen Worten noch heißer als ohnehin in diesen Tagen. Ihrem Herzschlag nach zu urteilen stand sie kurz vor Schnappatmung.

»Denn wir würden uns freuen, Sie so bald wie möglich als Teil unseres Teams begrüßen zu dürfen …«

Epilog

»Das ist ja der Wahnsinn!«, sagte Kathrin. »Ich bin sprachlos. Herzlichen Glückwunsch!« Sie stand auf und beugte sich zu Lodi hinüber. Als die auf ihre Andeutung jedoch nicht reagierte, sondern weiter ihr Weinglas in der Hand behielt, rollte Kathrin spielerisch mit den Augen. Mit einer Geste bat sie ihr Gegenüber, auch aufzustehen, und schob hinterher: »Na, los, ich will dich drücken!«

Kaum hatte Lodi ihr Glas abgestellt und sich aufgerichtet, zog ihre Kollegin sie forsch zu sich heran. Sie umschloss sie fest mit ihren Armen und schaukelte leicht hin und her. Eine liebenswürdige Reaktion, wie Lodi fand. Lächelnd schaute sie flüchtig Richtung Westen.

Die Sonne war bereits hinter den wellenförmigen Hügeln des Bergparks versunken. Bevor Kathrin unangemeldet bei ihr vorbeigeschneit war, hatte Lodi das Spektakel von ihrer Dachterrasse aus bestaunt, vom besten Platz der Stadt, beseelt von ihrem Besuch bei Thomas und Tina und einem halben Glas Wein. Das Farbenspiel hatte sie verzaubert. Zuerst war da ein zartes Rosa, das sich mit dem Grün der Bäume zu einem lebhaften Orange verband. Dann Purpur und Kobaltblau, und als wollten die wenigen Sommerwolken sich nicht mit einer

312

Nebenrolle begnügen, schimmerten sie von Lila bis Gold. Der Himmel, ein Gemälde.

Lodi verlor das Zeitgefühl. Als wäre es selbst dem Thermometer zu anstrengend gewesen, weiter nach oben zu klettern, verharrte es wie festgenagelt bei dreißig Grad. Glücklicherweise strich jedoch ein leichter Wind über die Dachterrasse, der die Luft auf eine laue Sommerwärme abkühlte. Schwalbenformationen zogen vorbei, untermalt vom Gesang der Amseln und Drosseln in den Bäumen des Viertels sowie diesem undefinierbaren Summen der Stadt.

Staunend verfolgte Lodi, wie sich das Abendlicht allmählich über die Häuser legte und die Dächer zum Leuchten brachte. Die Strahlen der Sonne führten als Abschiedsgruß wirre Koboldtänze in den Fenstern auf, sodass die schillernden Reflexionen von Scheibe zu Scheibe hüpften. Dann verschwand das Gestirn in einem atemberaubenden Finale hinter einem goldenen Vorhang.

Nachdem Frau Schiller sie angerufen hatte, war Lodi für einen Augenblick allein in Thomas' Wohnzimmer geblieben. Das Telefonat hatte sie kalt erwischt, sie musste diese Information erst einmal verarbeiten. Die Vizepräsidentin des hessischen LKA hatte ihr einen Job angeboten!

»Das ist die Champions League für Kriminalbeamte«, hatte Thomas diese Neuigkeit mit einem seiner beliebten Sportvergleiche kommentiert, was bewies, dass es ihm wirklich wieder besser ging. Außerdem hatte er recht. In ihrer Fantasie hatte Lodi sich öfter ausgemalt, wie es sein würde, für das LKA zu ermitteln. Ob dieser Job für sie möglicherweise ein Sprungbrett zu noch größeren Aufgaben werden könnte? Vielleicht würde er sie ihrem Traum näher bringen, als Ermittlerin beim BKA einzusteigen? Immerhin befanden sich beide Behörden in Wiesbaden, so weit brauchte sie demnach gar nicht zu springen.

Kathrin ließ sie wieder frei. Dafür fasste ihre Kollegin sie nun an den Schultern, und mit einem Lächeln, hinter dem sich anscheinend auch ein bisschen Wehmut verbarg, sah sie ihr in die Augen. In den Winkeln ihrer eigenen kündigten sich Tränen an.

Etwas überfordert presste Lodi kurz die Lippen aufeinander. »Ich danke dir«, sagte sie. Sie befreite sich sanft, aber bestimmt und sank zurück auf ihre Liege. »Es ist aber noch gar nichts entschieden. Wer weiß, was die Einladung von Frau Schiller überhaupt zu bedeuten hat.«

»Pff, jetzt werte das nicht gleich ab«, erwiderte Kathrin. »Wenn das LKA auf dich aufmerksam wird, ist das eine große Ehre!« Auch sie setzte sich wieder hin. »Wie geht's jetzt weiter?«

»Ich habe schon mit unserem Chef telefoniert und mir für nächste Woche einen Tag Urlaub genommen. Dann fahre ich mit dem Zug nach Wiesbaden runter und höre mir das Angebot an.«

»Hast du Lust auf den Job?«

»Ehrlich gesagt habe ich mir noch nicht viele Gedanken gemacht. Am Telefon klang es ziemlich verlockend, aber wir werden sehen.«

»Und Wiesbaden?«

»Ich kenne die Stadt noch gut aus meiner Ausbildungszeit, daher bräuchte ich sicherlich keine lange Eingewöhnungszeit. Südhessen reizt mich schon ein wenig, gerade weil einfach mehr los ist als hier oben.«

Kathrin rollte mit den Augen. »Wem sagst du das. Offiziell ist Kassel zwar eine Großstadt, in Wahrheit aber ein ziemlich verschlafenes Nest. Außerdem sind die Nordhessen …«, sie überlegte kurz, »ein spezielles Völkchen.«

»Trotzdem sind sie mir über die Jahre ans Herz gewachsen. Und nach kleinen Startschwierigkeiten fühle ich mich inzwischen sehr wohl. Aller Anfang ist manchmal schwer, doch irgendwann habe ich meine Augen geöffnet für die Schönheit der Stadt. Der Bergpark, die Karlsaue, das Fuldaufer …«

»Du hast recht, wir haben ein schönes Zuhause.« Kathrin sah kurz zum Himmel, an dem schüchtern die ersten Sterne funkelten. »Öffne deine Augen für die Schönheit – das könnte ein Spruch für eines meiner Yoga-Shirts sein.«

Sie lachten.

Lodi schnappte sich ihr Glas, zeigte damit auf ihre Kollegin, trank einen Schluck und stellte es wieder ab. »Womit wir beim Thema sind: Wieso trägst du eigentlich keins?« Bereits bei der Begrüßung war ihr aufgefallen, dass Kathrin an diesem Abend ungewöhnlich schick aussah, mit hochhackigen Schuhen, einer zulaufenden, hochtaillierten Stoffhose und einer weiten Schlupfbluse darüber. Außerdem hatte sie einen markanten Lippenstift sowie Lidschatten aufgetragen und sich sogar mit einem Eyeliner einen Lidstrich am oberen Wimpernkranz gezogen.

Hinter Kathrins Lächeln schien sich diesmal Verlegenheit zu verbergen.

»Ich … ich hatte davor noch eine … Verabredung«, sagte sie. Sie trank einen Schluck und verschränkte die Hände. Lodi machte große Augen, doch Kathrin wich ihrem Blick aus. »Und bevor du fragst: Es war eine Frau. Ehrlich gestanden, hat's mich ziemlich erwischt.«

Lodi bemühte sich um eine angemessene Antwort, aber aus irgendeinem Grund verließen die Wörter, die in ihrem Kopf herumschwirrten, nicht ihren Mund. Sie stammelte unverständliche Laute vor sich hin, bei denen selbst ein Kryptologe die Stirn gerunzelt und erwidert hätte, diese Sprache habe er noch nie gehört.

Dankbarerweise zeigte Kathrin sich amüsiert. »Bei deiner Reaktion kommen Erinnerungen hoch«, sagte sie schmunzelnd. »So ähnlich haben sich auch meine Eltern damals verhalten.«

Lodi versuchte, sich zu sammeln. Sie musste doch etwas Sinnvolleres beitragen können als dieses Gestammel. Da sie nicht wusste, wohin mit ihren Händen, griff sie kurzerhand nach ihrem Glas und suchte Halt daran. Damit war die Frage, die sie sich in den letzten Tagen hin und wieder gestellt hatte, beantwortet.

Sie räusperte sich. »Es tut mir leid, wenn ich … Es ist nur, dass ich …«

Kathrin winkte ab und drehte sich zu ihr um. »Alles gut, mach dir keinen Kopf. Ich weiß, dass du mit meinem kleinen Geheimnis verantwortlich umgehst. Sonst hätte ich es dir nicht offenbart.«

Lodi spürte, wie langsam die Anspannung von ihr abfiel. Jetzt gelang es ihr endlich wieder, zu lächeln.

»Es ist bei mir gut aufgehoben, versprochen.«

»Das weiß ich.«

Nun nahm sich auch Kathrin ihr Glas. Sie nippte jedoch nicht sofort daran, sondern streckte es Lodi entgegen.

»Auf den neuen Job!«

»Und die neue Liebe!«

Sie stießen an, tranken einen großen Schluck und schauten danach schweigend in die Ferne.

Folge der Autorin auf Amazon

Wenn dir dieses Buch gefallen hat, folge Rieke Jost auf Amazon. Dann erhältst du eine Benachrichtigung, wenn die Autorin ihr nächstes Buch veröffentlicht. Um der Autorin zu folgen, gehe bitte folgendermaßen vor:

Desktop:

1) Suche auf Amazon.de oder in der Amazon App nach dem Namen der Autorin.

2) Klicke auf den Namen der Autorin, um auf die Autorenseite zu gelangen.

3) Klicke auf den »Folgen«-Button.

Smartphone und Tablet:

1) Suche auf Amazon.de oder in der Amazon App nach dem Namen der Autorin.

2) Klicke auf einen Titel der Autorin.

3) Klicke auf den Namen der Autorin, um auf die Autorenseite zu gelangen.

4) Klicke auf den »Folgen«-Button.

Kindle eReader und Kindle App:

Wenn du dieses Buch auf einem Kindle eReader oder in der Kindle App liest, wird dir automatisch angeboten, der Autorin zu folgen, nachdem du die letzte Seite des Buches gelesen hast.

Zeitfracht Medien GmbH
Ferdinand-Jühlke-Straße 7
99095 Erfurt, Deutschland
produktsicherheit@kolibri360.de

Druck:
CPI Druckdienstleistungen GmbH
im Auftrag der
Zeitfracht Medien GmbH
Ein Unternehmen der Zeitfracht - Gruppe
Ferdinand-Jühlke-Str. 7
99095 Erfurt